世纪小说馆
纯美笔触 悲悯情怀 叩问人性 直面现实

U0931492

没有风花雪月，绝少市井烟火，大胆引入推理的因素，王秀梅把故事铺展得扑朔迷离。最终她进行了生活的清创包扎：世事的暗夜翻涌，情怀的忧伤咀嚼，心灵的放纵飞窜……

丢手绢

Diushoujuan

王秀梅/著

二十一世纪出版社
21st Century Publishing House
全国百佳出版社

图书在版编目（CIP）数据

丢手绢 / 王秀梅著 . -- 南昌 : 二十一世纪出版社 ,2011.12(2022.4重印)

（21 世纪小说馆）

ISBN 978-7-5391-7061-9

Ⅰ . ①丢… Ⅱ . ①王… Ⅲ . ①中篇小说 – 小说集 – 中国 – 当代
②短篇小说 – 小说集 – 中国 – 当代 Ⅳ . ① I247.7

中国版本图书馆 CIP 数据核字 (2011) 第 248729 号

丢手绢 王秀梅 / 著

策　　划 张　明
责任编辑 张　宇
出版发行 二十一世纪出版社
（江西省南昌市子安路 75 号　330009）
www.21cccc.com　cc21@163.net
出 版 人 张秋林
经　　销 新华书店
印　　刷 北京金康利印刷有限公司
版　　次 2012 年 4 月第 1 版　2022 年 4 月第 3 次印刷
开　　本 700mm × 1000mm 1/16
印　　张 19
字　　数 230 千
书　　号 ISBN 978-7-5391-7061-9
定　　价 29.00 元

赣版权登字—04—2012—69

如发现印装质量问题，请寄本社图书发行公司调换 0791-86524997

出版前言

这是一个令人激动、亢奋又无奈、伤感，一个“神马都是浮云”、令人无法把握和逆料的信息娱乐化时代；一个挟带着无以伦比的超能力量，真正以迅雷不及掩耳之势便能瞬间瓦解和改变所需要的一切，令人百感交集却又身不由己，连真实的人生都能被摇晃的前所未有的浮躁时代。

所幸还有小说——这个文学门类中最坚不可摧的艺术形式，依然用它对人生悲悯的宽容和抚慰，让人的心灵还能保有一丝清澈和真诚。虽然文学板块在信息浪潮的强烈冲击下，不可遏制地发生着巨大的变化，但文学的真正重心和意义却是无法逆转的。

小说是叙事的艺术，要有真实的情感和人生感悟。它所要传达的永远是应该直达内心的深刻的思想性，只有这样，小说才会具有永恒的生命力。

新世纪的文学发展至今，已整整是第十个年头。面对纷繁复杂、剧烈变化的当下时代，小说家们无疑遭遇了前所未有的文学创作挑战。怎样挖掘和表现当下社会情状下的真实生活和思想，是他们所面临和思考的。带着这样的使命和情感，我们策划出版“21 世纪小说馆”系列。

启动“小说馆”，力图囊括当下具有广泛影响力及切合当下市场因素的新锐作家和重要作家的代表作品，以当下风格、当下气派和文学价值观上的当下立场，来展示历史进程、社会变迁、当下生存与现实画景，尤其是表现思想的表情、真实的人性、人民对生活的自己的理解和安排。

挂一漏万，偏颇缺失也在所难免。但在当下的市场经济和社会转型下，这项文学工程将尤其警惕审美趣味的走低、语言的粗陋及想象力、原创力的匮乏，而特别倡导当代作家对社会责任的承担，对现实敏锐大胆的把握、对人精神深处犀利而透彻的挖掘、对当下国人复杂而多彩生活的表现、对未来乐观而坚韧的希望、以及对优美汉语言的精心重铸、传承启后。

如此，这方“馆”将会是欣欣向荣的中国文学事业的一个缩影，是生机勃勃的转型期中国小说界的一件雅事盛事，其文学价值和社会意义，相信只会随时间的推移而日益彰显。

静下心来，用一颗善感的心去阅读它们，去感受当下世相人生的脉动，则每颗心灵必多一份丰沛润泽。观照别人的人生心性，享受不可多得的愉悦，这或许是生命发酵的催化剂，生命便得以多出了酿造人生的时间。

是为前言。

目录

孤独的葡萄

一

六岁那年在向心毛巾厂，童话第一次接触成年男人，那男人不是姥爷，姥爷已经死了，也不是舅舅，舅舅结了婚，跟一个脸很白眼很大的姑娘。

每天上午下午，童话要从小姨宿舍里出来，绕过墙角转到屋后，穿过一条胡同，去尽西头的公共厕所。被叫做老良的男人会在破败的院子里坐着，旁边趴着跟他一样形容委琐不辨年龄的黄狗。

很多次，老良从破旧的藤椅里欠身起来，迅速把手伸进口袋，掏出一截红头绳。黄狗下巴颏支在地上，睁开眼一动不动看着走过去的童话。它已习惯主人屡试屡败的邀约，并为那不小心垂落在耳朵稍上的红头绳觉得可怜，因而忍住瘙痒让它落在那里。

那个夏天是如何地漫长啊，从来不缺的是雨水，常常在童话尚未转过墙角的时候天还是晴的，走在胡同里雨就下来了。老良终于把童话邀进破败的院门，童话天天看着的院子只成了一个过渡的空间，一截过渡的管道，她通过这个司空见惯的空间，走进那不知底细的屋子。

老良的屋子一如他这个人，形容委琐落寞至极，所有物件都是静止的：八仙桌上豁了口子的茶壶，半空里吊着的竹篮，墙角里露出灰絮的棉靴。墙皮爆开后将落未落，就那么死在半空里，连同几滴蚊蝇黑红的尸血。

只有老良枯瘦的手是活的，它像一只丑陋的昆虫，曲起身体，停上童话如植物叶子般清新的小手，再慢慢展开，以红头绳为饵，把掌心贴上去。因为充满汗渍，那手掌黏腻稠滑，而且有不洁的气味，甚至连累了那根透明如金属丝般的塑料红头绳，使它在亮相的瞬间顿失光彩。

所以，不能说是那根红头绳猎捕了童话，虽然她离开的时候带走了它。老良稠滑的手伸进裙子里去以后，童话把红头绳在食指上缠了好几圈，指肚渐渐充血肿胀，她竖着那根指头，想象它会不会被勒断。那时候童话时常有这样那样的古怪念头，都跟丢弃有关，她觉得身上那些奇怪的物件，手指脚趾啦，鼻子耳朵啦，都会慢慢掉落，像头发牙齿和指甲。但她又发现还有源源不断的头发茬生出来，指甲会从皮肉里不动声色地长出，新的牙齿慢慢会把空出来的牙床填满。那么手指脚趾呢？

老良的手显然老态龙钟，没有掉落后新生的迹象，这让童话困惑。她承受着它在她两腿之间的摸来探去，一边纠缠于这个难解的问题。

童话没穿小底裤。六岁的童话细弱瘦小，乳牙才刚刚掉了两颗，完全是个小孩，或许在小姨眼里还是个婴儿呢。小姨从来就没想过该给她穿小底裤了，底裤，那是大人才用得着的东西。老良被那无遮挡的获取激动得浑身发抖，脸上流下一条条汗水，鼻尖上挂着一滴，看起来摇摇欲坠，却始终挂在那里，终于童话觉得累了，不耐烦了，用那只五花大绑的手指把它弹落了下来。

那手指不会动了，黑紫色的指肚仿佛就要如一颗子弹头激射而去，这是冒险的极限，对童话的胆量来说仅止于此。

她卸下红头绳，解放那根变形的食指，看着它飞快回复得跟另一根食指一样。老良重新劫获童话的一只手，用了些力气，绑架般把它带到一个地方，让它握住了一个什么东西。童话不知道她手里的东西是何物，她被老良的样子吓住了，还被老良的力量吓住了，张嘴咬了他的胳膊。

老良的胳膊也根本不像曾经长出过新的，倒仿佛从生下来就是那两条，一直用了几十年，那么陈腐，皮肉松垮，贴着一层气味暧昧的黏腻之物，像坏掉的豆腐。老良有多老？这么说，人身上有些东西是不能以旧换新的？

童话那细嫩的牙齿竟然让老良啊的叫了一声，仿佛童话咬了他的胳膊，那胳膊就要掉一样。可见他经常挨揍已形成条件反射，肉体的一丁点痛都会激起本能的叫喊。他的大半生都陷在这种可怜的境遇里，谁让他偷呢，一个豁嘴本来就让人嫌恶，加上小偷小摸，难免消磨掉邻居们的同情之心。

童话研究了她刚才被迫停留的地方，发现那里鼓了起来，她疑心一只老鼠钻进老良的裤子里。炎炎夏日，下雨也不觉得有什么凉爽，老良穿了一条不知从哪搞的大短裤，右腿撕破一个洞，腰间松紧带倒是完好，两头都已蓬了毛，从布里钻出来，系在一起打了一个巨大的死结，系得乱七八糟，因而像一只蜘蛛咬在腰间。

童话断定有老鼠之类东西通过右腿破洞钻进老良的短裤里，但又不想过问。老良说，小姑娘，红头绳送给你，扎辫子。豁嘴的老良比比划划很是费了一番工夫来表达心迹，才让童话拿走了那根红头绳。

童话拿着红头绳走到葡萄下面。葡萄没搭架子，它从墙角长出来，藤条有一部分攀附在一根晾衣绳上，另一部分爬在一棵树上，童话不认识那是一棵什么树。初到毛巾厂的时候，葡萄藤上除了叶子什么都没有，在童话目光一日日的营养下，现在已结出豆粒大小的葡萄来。老良的破藤椅安在葡萄下面，加上老良这个人，就很煞风景了。

雨停了，胡同里泥泞不堪，她提着那根红头绳，低着头，看塑料凉鞋一下下浸到泥水里，拔出一些稀泥来。有几滴顺着鞋后跟甩到小腿肚上，像忽然粘上一口痰。

毛巾厂的工人们不喜欢把宿舍安在这样一个地方，特别是他们要跟老良们这些人住在一条胡同之隔，并且共用一个厕所。这是靠近铁路边上的一个铁路宿舍区，说是这样说，但并不是正规的宿舍区，只是不知道什么年头盖在这里的十几间平房，铁路职工管这里叫“十间房”，起初住着的都是货真价实的铁路职工，渐渐地那些人搬到其他正规的宿舍区去了，空出的房子做了顺水人情，送给亲戚朋友来住，人口就这样杂乱起来，并且频繁易主，毫无疑问都是些穷人。像老良这样的，已经无从查实是谁的人情。

厂子要搬迁的消息传了很久，童话记得至少有一年多，姥姥还没死的时候，这消息就频频被小姨带回家去，但直到现在，女工们还在蹚着泥水，一路咒骂着去胡同尽头的公共厕所。

无疑这条胡同是一条等级线，仿佛不咒骂两声，毛巾厂工人们就降格为十间房里那些潦倒之人。童话在春天的时候来到毛巾厂，一来即被灌输了距离的概念。十间房里生生不息地发生着些不上讲究的故事，女工们趴在宿舍床上，围挤着窗户观看和议论，加上一些幸灾乐祸的嘲讽。

所以童话在那个雨天的午后，提着那根来自十间房的红头绳回到宿舍，很是为它的安身之所费了些心思。最后她把它夹在一本小人书里。包括老良后来送她的水果糖，吃完以后那些糖纸都被她藏了进去。

她睡着了，梦见手里握着一只老鼠。

二

后来童话终于知道老良的短裤里不是什么老鼠，也是在那年夏天。她谈恋爱时再次接触到男性，是在十六岁的夏天。

十五岁时童话跟母亲发生一场争执，核心是中考。母亲把改写命运的契机交给童话，立志从童话这一代起咸鱼翻身，用知识和学历武装头脑，从此世袭下去。八十年代有这种抱负，尤其是女人，算是难得一见，她要让童话上重点高中，然后成为一个女大学生，而童话抵死不干，形式上一直跟母亲保持默契，至少没有异议，报志愿的时候却在表上填了中专。

这加剧了这对母女的敌视。中考以后的整个暑期，童话和母亲几乎无话可谈，母亲这时候进入另一种矛盾重重的人生，一边没有爱情一边渴望爱情，她已经过了四十岁，越来越没有多少余地可以回旋。

童话冷眼旁观母亲的焦虑，感到自己人生第一步走得何其漂亮，啊，她羽翼渐丰，就要离母亲而去，抛弃这女人。这比起她当年抛弃自己算什么呢，一点都不狠。

母亲名叫童蔷，从名字可以看出，童话没有父亲，因而她成为童蔷的人生之累，必须一抛了之。所以当年她把童话抛弃给自己的父母和弟妹。

一整个暑期，童话都跟一只猫待在一起。她不理会童蔷的仇视。这种不惊不辱，不动声色，完全是有经验的人生的样子。当然，她经历那么多，六岁就看到男人的裸体，想没有经验都难。

只是那经验缺失了最饱满的部分。

十六岁那年春天童话进入恋爱期，对象是兄弟班一个很帅的男生，他的迷人之处在于有一种淡淡的贵族化的忧郁，因为这种气质，他被选中饰演话剧《雷雨》里的周萍。导演是一名教哲学的老师，双腿残疾，不明原因。晚自习的空隙，童话跑到礼堂去看排练，站在一头白发的哲学老师旁边，观察他那两条一动不动搭在轮椅上的腿。

那时候童话洞悉身体各处的生命奥秘已有十几年，确切说，从离开毛巾厂后她就知道，肉体上的有些部分不停地在新陈代谢，而有些是从生下来就在走向死亡。哲学老师的双腿已经死亡，生命抛弃了这两条被称为腿的东西，然后强加给哲学老师很多精神上的东西。他没有话筒，因此导演起来格外费力，满脸淌汗，人们都敬佩这位轮椅者，唯有童话一眼就看到他的内心里去：他害怕成为一个被抛弃者，所以才如此尽力。与其在导演，不如说是他自己在演出。

童话决定跟男生好是因为他是个没父亲的孩子，那可怜的父亲在三十多岁时就死于非命。他也是一个被抛弃者，帅且忧郁，常常在校园的树荫下低头潜行。

那年暑假童话给童蔷写回一信，说要去一个关系亲密的女同学家小住几天，为了保险，她强调是那女生的母亲相邀。童蔷没有办法干预，她可能也知道，这封信只是一份出于礼貌的通告，而非征询，更非哀求。

在童蔷眼里，童话的骨头是硬的，血是冷的。从她们母女不咸不淡的关系里她给出这个结论，特别是中考结束后那个暑期，童话日夜跟那只猫在一起，直到后来那东西跑到街上误食鼠药而死。

相信那只猫在死前一定是幸福的，童话居然抱了它三天三夜，直到它的胃被鼠药一点点烧烂，疼痛而死。它死以后童话在床上用枕头和被子把它围起来，像摆了一个祭坛。

童蔷冷眼旁观整个过程，断定将来她老死的时候，童话对她难及对这只野猫。那是一只童话捡来的野猫。

童话跟随演话剧的男生回老家，男生的母亲骑着一辆三轮车从火车站把他们载回家。这女人跟童蔷年龄相仿却看起来要老上十岁，她坐在缝纫机前，把一块绵绸布加工成两条短裤，此后童话就跟男生穿着情侣短裤在家里晃来晃去。

男生的姐姐在周末带着四岁的儿子回来，翻箱倒柜找出做姑娘时穿过的衣服，送给童话。男生的姐姐很惋惜，因为她生育之后发胖，从前的漂亮衣服都只能抖搂出来看看了，现在穿在童话身上，她觉得减轻了对那些衣服的慢待，因此特别高兴，对童话也特别好，完全像亲姐姐。

童话受到了没有想到的礼遇，那么亲切自然，只享受过程，不过问明天。男生的母亲和姐姐都对他们将来是否能结合不做任何猜想，只是把她当成他们家的一分子，甚至带她去参加男生一个表哥的婚宴。

童话迷失在亲情里，也迷失在新鲜的爱情里。在学校童话从没见过男生是这副样子，轻薄柔软又飘逸的绵绸短裤暴露着男生的形体，从而终日困扰着她，终于有一天夜里他褪下那条绵绸短裤，让童话收获了天大的震惊。那一瞬间，她发现老良给他的经验是缺损的，隐瞒的，老良腿间那堆已经衰老的肉体隐瞒了生命的部分真相。

而老良和童话，竟为那肉体各自搭上多少东西，多么不划算、多么不计得失……

男生家里的格局是这样的，一室两厅一厨一卫，为了解决睡觉的问题，客厅里那张沙发晚上放开当床用。跟那和蔼的老女人睡一张床，还是独自睡沙发，童话坚定不移地选择后者。她总是这样，本能地抗拒孤独，又本能地给自己制造孤独。于是男生就跟他母亲一起睡到卧室的大床上去，名义上是那样，每天晚上，他们却盘膝坐在沙发上看着电视说着话，度过大半夜的时间。

平心而论他们是纯洁的，即便那个晚上男生向她暴露了一部分隐秘的肉体。

我有一个请求，但你千万不要生气，好吗?

男生这样请求她。

然后，是结结巴巴的说明，让她明白他请求她的内容，其实无非就是褪下短裤，向她贡献他的爱意，仿佛只有那毫无保留的展示方能证明他从肉体到心灵同时对她倾其所有。而他并没有进一步的所图，并且她后来怀疑那时候他跟自己一样，都对那部分肉体的功用不甚了解。

他又请求她，碰一碰，好吗?

她坐在沙发上，他站在她面前，电视机在他身后发着孤独的光，卧室里他母亲已经熟睡，不过，谁知道那女人每晚是不是真的睡着了，十七岁的儿子带了女朋友回来，自己呢，已经守寡那么多年。但这女人毫无妒意，总是尽量隐遁自己。

最后他蹲下来，跪在她面前呜咽着道歉，童话，对不起，我不该这样。她说没关系，却反而加重了他的不安。没有灯光，只有忽闪忽闪的电视发出不甚清楚的光，他看不见她脸上的表情，也不敢看，好像刚才做了天打雷劈的坏事情，必须等到她给出令他信服的不介意的承诺，而她所有承诺他都不信服。

这样纠结了许久，在她的强制之下，他才不安地回卧室睡觉，边走边回头重复那句已经重复一万句的话，童话，千万别生气，对不起，以后我再也不那样了。

童话惊诧于男人的不同，六岁那年老良可没有这么多顾虑，那老男人倘若不是唇裂，也决计不会事先征得她的同意。他的手，手上粘腻的汗，都是那么理所应当、饱经世故、毫不迟疑，他知道光阴已去，就更不能放过任何一次机会。况且他总觉得人生是受亏欠的，唇裂致使他终身未娶，只好从一些做小姐的身上找补，无论如何找补也是觉得不够。

暑期过到一半的时候，童话才很知趣地回到童蔷身边。尽管迷失，那时候她就已隐约懂得好东西不能总是捂着，恐会捂坏的。男生的母亲骑着三轮车把她送到车站。每天她都用那老旧的三轮车，拉着一卷一卷的绵绸布到农贸市场上卖，据说这不体面的生意她做得还不错，男生在学校里穿得总是很好，皮肤又白，加上贵族气质，谁也不知道这一切的背后原来竟是一架老旧的三轮车。

那时候童话就认定出身对一个人的影响有多么宝贵，她跟男生有致命的相同点，就是被抛弃，对此他们安之若素，同时又提心吊胆。他们蔑视它同时又惧怕它，生怕在人生里再来一次。

对那男生来说，这矛盾的人生折磨要更甚一些，因为他的父亲、爷爷、一直往上追溯到很久，这些男人的命运古今相同，都活不过四十岁，照此推断，他也终将被彻底抛弃。

她为此心疼他，因而勃发母爱，下午下课后常常步行到学校后边的农贸市场，买些水果啊凉皮啊，在男生宿舍楼下喊他，他提着那些东西回到宿舍，收获着男生们的嫉妒。

三

童话找了一个妇产科医生做丈夫，丈夫后来又成为一名研究生殖学的专家，在那家医院的生殖中心工作，成天面对层出不穷的大龄女人，她们一致的特点是愁眉苦脸，为求一孕不惜倾家荡产，屡败屡试。

童话这时候已经三十六岁了，她为什么没有孩子，不能生，什么病，都是人们分析和猜测的话题。

在一个没有任何预兆的早上，童话离开了家。丈夫龙逐浪的反应跟天底下多数男人一致，先是不以为意，后来发觉不对劲，开始打他能想到的所有电话，尽一个做丈夫的本分。

关于童话的社会关系是一个谜，对龙逐浪来说是一个谜，对她自己来说恐怕也差不多，因为她是福利院孤儿出身。龙逐浪认识童话还是在当妇产科医生的时候，她痛经，小脸苍白还流着冷汗，龙逐浪永远也忘不了她当时的绝望之色，仿佛是让死亡一路追赶进去的，而且根本无心去在乎即将把痛经这样的事情讲给一个男医生。

她讲了从十二岁来例假之后就不曾断过的疼痛，同时十指伸直，绷紧，按住腹部，像要把它按没了。龙逐浪知道这属于典型的原发性痛经，他惊讶于从十二岁到二十二岁这十年，她竟然没有采取任何措施来止痛，即便那天上午，她也是因为路过医院才做出的临时决定。而据他的经验，她的痛经程度不轻。

病例本是刚买的，没有用旧了的那些典型特征：毛角，翻边，或因为卷过而像老人佝偻的腰，放在桌上无法伸直。他见惯了那些被搓揉的病历本，或许有的上面还曾沾过女病人下体的分泌物。他曾给一个打扮时髦的女人做下体检查，女人居然把玻璃涂片夹到病历本里拿到化验室，又大大咧咧地回来，说涂片被我弄坏了，得重新做，然后躺回床上张开两腿。

谁知道龙逐浪到底接触过多少女人，她们的不洁已让他麻木，而童话却像个少女一样纯洁。他看了看病历本的封面，马上又被这个名字迷住了。当她转身走到门口的时候他又叫住了她，告诉她别去取他给她开的药。

童话站在门口等着他给出一个自我否定的答案，作为医生他这样干还是第一次。他说我刚才给你开的是止痛药，虽说也会管用，但用多了容易依赖，且会引起胃溃疡。如果你相信我，我给你开一个中药方子，你到外面的药房自己抓了煎服。还有，除了经血凝滞不畅是痛经的原因之一，还有一个原因来自精神方面，紧张、抑郁、恐惧、情绪不稳定，都要克服。

他一下子看到了童话的内心里，并且作为一家西医医院的医生，莫名其妙给这个病人开了一个中药方子，凭的仅仅是他对中医私底下的爱好和研究。他其实喜欢的是中医，却阴差阳错，成了一名研究生殖学的专家，西医专家，有时候病人拿着中医方子来问他，他会虎起脸来，指责她们，不孕症靠中医是永远治不好的！他当真这么想吗？他自己也很迷茫。

以后当他知道童话福利院孤儿的身世，不免为自己的直觉而自负。童话的痛经一直没有实质性的好转，他给她开的中药方子疗效甚微，到后来只剩下精神功效。龙逐浪知道，肯定会有一些孤儿后遗症要跟随在童话的人生里，如果痛经算是的话，那还不是多么可怕。

并且童话对疼痛的耐受力超出了龙逐浪的想象。

他喜欢上了童话，并不怎么费力。原本他以为已经让那些张开两腿躺在检查床上的女人们夺走了性别，还有对女人的感情。童话的身世也造成了她社会关系的清白，十岁的时候她被一个没有孩子的女人领养，十五岁考上一所中专学校，临近毕业那年那女人离她而去，她再次成为一个孤儿。

实际上，在身世问题上，童话对龙逐浪是有欺瞒的，她从没告诉他那领养她的女人是她母亲。她当然没有任何欺瞒龙逐浪的必要，只是不愿意承认那个女人是她母亲而已。甚至她小姨童桑、舅舅童椿，她都从未对龙逐浪提起过。

总之在龙逐浪对童话的阅历里，童话没什么社会关系，她毕业后没几年，当初所学的计算机专业就不怎么优越了，她在单位里经历了两次转岗，本就没什么深交的同事七零八落，这时候她跟龙逐浪结了婚，工作得不顺心，干脆办了停薪留职，基本就是一个社会关系等于零的人了。

童话的手机像往常一样待在电脑桌上，插在一个草编的小工艺筐里，电脑桌上的摆设也跟往常一样，锥形的骨瓷咖啡杯，小瓶的绿色植物，润手霜，笔筒，纸，纸上记录着水仙花10:00成熟，昙花15:22收获，收获后种牧草，犀牛18:16生产，旁边标注的日期是今天。

童话玩QQ农场，且兢兢业业，每天把第二天要成熟的作物写在纸上，像打理家务一样认真。

龙逐浪看看表，晚上十点。他打开电脑，童话的QQ设置的是自动登录，让他感觉进入了一座空城。农场里的水仙昙花都已开放，没有主人去理，一棵一棵寂寞地发着呆，犀牛生产了一堆小崽，自己从草坷里爬起来重新进入下一轮生产期，漫无目标地游来荡去。

童话手机的通话记录显示，龙逐浪的弟媳王芽是她失踪之前的最后一个联系人。王芽也和童话一样闲居在家，妯娌两人经常结伴逛街吃饭，有时还在QQ上聊天，都聊些什么他从没关注过，无非就是时装美食，发型化妆品之类。

他把电话打给王芽，王芽回忆说，昨天，王芽在网上给她们两人买的香奈儿手挽包到货了，两人约在一家新开的披萨店见面，童话请的客。

童话很正常啊，王芽说，跟以前一样。

电话之后王芽打车过来，跟龙逐浪一起检视童话的东西，衣柜里的衣物，卫生间里的洗涮用具，存折的数目，没任何预兆表明童话的消失是有预谋的离家出走，她只背走了那只新买的香奈儿小绵羊皮包，连手机也没带，就好像买菜去了一样。菜市场在小区后面，步行五分钟就到，通常她就不带手机。

龙逐浪看一眼王芽的包，问，就这个？

那包是肉色的，看不出是小绵羊的皮，被一道道线来回地压榨，形成一片有规则的平行四边形，感觉像一张划上刀痕的发面饼。

你老婆要了个红色的，棱格也是她选的，其实我喜欢光面的，她非要棱格的我也没办法，只好顺着她了。

王芽尽力帮龙逐浪回忆，对了，你老婆问我那一格一格像不像伤口，横切一下竖切一下。你是不是做什么坏事伤害她了？

伤口，这是他老婆能说出来的话吗？就他对她的了解，这么文艺腔的话她从没说过。或许女人对女人和对男人有所不同。

龙逐浪的弟弟龙逐波不在家，正在南方几个城市蹲点开发新客户，推销他们公司的矿山设备，他常年如此。而他们的父母在两百公里外的乡下，所以王芽就成为龙逐浪唯一的商量对象。

很显然，咱们把人弄丢了，王芽说，童话无亲无故，咱怎么跟她的父母交代。

王芽所虑有点不切实际，且不说童话那抛弃了她的父母在不在人世尚未可知，即便尚在，且即便得知女儿丢失，有没有资格来怪罪龙逐浪，都是一个值得商榷的问题。而且这只是礼貌说法而已，细究起来，那两个人这辈子下辈子都应该识相，孤独终老，不要打扰任何人。

这晚龙逐浪和王芽制定推翻又制定了多套方案，在不停的确定与否定中完成了一个决定，暂不报警。龙逐浪不报警并不说明对童话不重视，而是还有更重要的事情要高于此事，十几年前，他牵头的生殖学医疗研究打破这个城市医学界一项空白，十几年来成效卓著。他是一只沉默的辛苦的燕子，一点点衔枝啄泥，到现在已经筑好一巢，内装一大堆的学术成就和口碑，只在静待时日。

此等不便明说的因素，王芽想必也能忖到几分，大伯哥德高望重，也算是这个城市的名流，那些经他手生出了孩子的母亲自发在论坛上给他建专栏，一边给孩子喂奶一边感恩戴德地吹捧他，使他在这个城市的名头堪比香港的何永超。

这样看来，童话的失踪真是一个麻烦。

四

福利院正要准备搬迁，倘若再迟半个月，龙逐浪就要到魁玉路的新福利院去了，据说新院投资过亿，可以想见跟现在的差别。现在这老旧的福利院，老房子，老树，老空气，正是拿走他妻子童年时光的地方。

童话三十六岁，离开这里已有二十多年，龙逐浪不知道这么漫长的时间过去，还有多少她的痕迹留在这里。院里走着的护工年龄都比童话要年轻，可以想见她们并不了解这座有半个多世纪之久的福利院。

一群孩子在玩滑梯，砖红色的滑梯，做成直的或螺旋的形状，螺旋的要更吸引人一些，梯顶做成一只壳，孩子一个个从壳里探出脑袋，像蜗牛。接着他们从螺旋形的滑梯上往下滚，像做跳水运动中的侧翻。

一个小女孩很寂寞地坐在花坛旁边，两只脚尖绷直了，在地上擦来擦去，脚上穿着一双白色带红边的小布鞋，看他一眼，眼神迷茫。龙逐浪喉咙里有点发酸，他想，童话小时候可能也这样寂寞地在这里坐过。

中午时分龙逐浪从福利院出来。现实情况有一部分符合他的预计，比方院里现有的管理人员，的确没有二十六年之前的老人，也有一部分资料超出他的掌握，主要是：童话不是在福利院长大的，她六岁进院十岁出院，这就牵出了她的两个社会关系，分别是她的小姨童桑和生母童蕾。这两个女人分别扮演了送她进院和接她出院的角色。

这是巨大斩获，让他在深秋的街上头冒热汗，激动不已。他在童话二十六岁那年跟她结婚，弹指一挥间，十年过去了，连新婚之夜都没有如此激动过。

他比童话大五岁，那个时候他从医科大学毕业成为一名妇科大夫已有几年历史，只有在刚做实习医生的时候，他面对检查床上张开两腿的女人感到过窘迫，带他的女医生嘴里偷偷嚼着一块口香糖，让他戴上手套跟在她后边。他看着女医生用扩张器撑开那个口子，并把手毫不犹豫地伸进去，感到胳膊上的汗毛腾地竖立起来。

你来，再检查一遍。女医生脱下手套，让他上。他头脑发胀，腿重如铅，女病人警惕地坐起来提出异议，干嘛要让他再检查一遍？拿我做实验啊？

他更加发窘，立在原地不知所措。女医生处变不惊地笑一下，说不愿意再查一遍啊？不愿意就算了。

女人从床上坐起来，面带不悦地套上裤子，换上另一个穿裙子的女人，这女人把内裤脱下来，对他说，我来让你做实验好了，然后把裙子从腰上一撩盖住脸。他本以为逃脱了，这下重新头大如斗，在女医生结束之后，犯罪一般把手从那已经张大的口子里伸进去。

他以想象不到的速度飞快地不再窘迫，不锈钢扩张器拿在手里如拿筷子一样自如。想起那个穿裙子的女人，他不知道该感激还是仇恨。

所以，对于童话的女体，在认识她的时候他就已经失去想象的欲望，新婚之夜倘若他能够激动，那就绝不是一个冷静的妇科医生了。

午饭时间访客是不礼貌的，龙逐浪找了个地方吃西餐，主要为的是最后那杯咖啡，他必须头脑清楚。下午，他去拜访福利院的前任院长，据说她前年退休，在福利院工作整整三十年。

老院长肩上搭着一条黑红相间的格子方巾，慈眉蔼目，跟她书柜里那一本本的相册一样让人信赖和叹服。龙逐浪惊讶于一个真相的破解竟然会如此容易，毫无丁点的曲折。他好奇地看着一张黑白相片，不太敢相信里面那个婴儿肥的女孩是童话。

真的，太不一样了，童话如今是瘦削的，她严格控制膳食的摄入，宁愿饿出胃病也不愿意肥胖。自然，作为生殖学专家，他也知道肥胖对女人内分泌的危害，很多女患者带着一身肥肉往他面前一站，他第一句话就是让她先回去把体重减下来。教科书没有教他这样治疗不孕，他自有一套逻辑，并能保证它的有效。就像他的生活，他们没有孩子，却安之若素，这在他的预料和掌握之中。他们也许是要有孩子的，但什么时候要，他希望由他说了算。现在的状况很合他意，童话似乎对要个孩子也没什么欲望。

婴儿肥的童话在小时候是忧郁的，脸上有泪痕，穿着一件小苹果领的小褂，裤子短到脚脖子以上，一只手抓着半只残苹果，另一只手紧紧拉着一个姑娘，那姑娘也长着一张婴儿肥的脸庞，两人像姐妹俩。

那姑娘就是童话的小姨童桑。

龙逐浪捧着相册，一点点辨认出了童话，眼睛，鼻子，嘴巴，还有那浓密的头发。他记得结婚那天童话盘了头发，宴席结束后回到家，他们的第一件事情不是做爱，而是数童话头上的发卡。童话坐在梳妆台前，缓缓地卸下很多枚发卡，黑色的小发卡逐渐在台面上集合成一小堆，场面蔚为壮观。童话要龙逐浪猜有多少个，龙逐浪对那堆东西真的没什么概念，二十个？童话摇摇头，三十个？童话再摇摇头。两人头并着头数那堆发卡，结果是八十七个。童话又告诉他，化妆师花了两个小时才把那么多头发弄好。

三十岁以后童话像所有女人一样开始掉头发，为了减缓掉发的速度，她由卷发变成直发，但始终是长发。

龙逐浪从没见过她从前的相片，包括中专时候的，在他看来那是最宝贵的时光，不留下几本相册来，简直不足以说明一个人打青春时光过过。但是童话没有，她的孤儿出身让龙逐浪很轻易地理解了这一点，这应当也是后遗症的一种，对自己的存在持否定、不认同感，甚至有强迫性的自我消亡感。

童话只有一张中专毕业合影，贴在留言本的封二上，而且由于尺寸过小，他根本就辨认不出哪一个是她，对那个留着所谓的白菜帮子头的米粒大小的脸，还被前面坐着的一位老师挡住了一半，他真是没什么感觉。

龙逐浪入迷了。他觉得无论是童话读中专时的白菜帮子头，还是后来的卷发直发，都比不上小时候的齐耳短发，特别是刘海，整齐地压在眉际，纹丝不乱，真是超级可爱。

不光是头发，还有那婴儿肥的脸，抓着半只苹果的小手，刚刚流了泪的脸，甚至包括那衣服的圆领、扣子、胸前绣着的两只小鸭，都让龙逐浪爱情泛滥。倘若把如今的童话和小时的童话摆在一起，让他选一个做情人，他会毫不犹豫选择小时的童话。干净的童话。

有关童话的旧事，老院长一看到相片就悉数回忆起来了，仿佛早就打好了包，放在那里等着龙逐浪来，龙逐浪一到，包裹打开，所有的就都亮出来了。龙逐浪不得不由衷地夸赞老院长的记忆力，从某种程度上来说，他们两人都是跟人打交道的，但龙逐浪不敢说他能对诊治过的病人过目不忘，甚至很多时候一个病人坐在对面，他要反复看病历本，一直翻到前面的好几次记录，才能对病人的情况有所回忆。

老院长说，十岁的时候，童话的母亲来看她，我拿出这张相片，讲了童话被送来那天的经过。为了哄她留下来，她小姨给了她一只苹果，然而那孩子好像知道自己就要被抛弃了，边吃苹果边掉眼泪，她小姨说照个相，她就很听话地看着镜头，照完相片，她主动松开小姨的手，很认命的样子。当我讲完这些，童话的母亲哭了，她抽抽噎噎地告诉我她过得很不好，但还是把童话领走了。本来她只是打算来看看她的。

还有童话的小姨，她一个还没结婚的大姑娘，一个人带着个孩子，连对象都找不着，也是没有办法了。

老院长还说了些什么，无非就是童话的孤僻，忧郁，龙逐浪都听不下去了，他打断老院长，问，童话的小姨，您有没有她的联系方式?

老院长说，童话走后，她就没再来过，不过我知道当时她在向心毛巾厂上班。

时间是一个杂草堆，而福利院是一根藤，龙逐浪知道，只要拽住了这根藤，上面的枝枝蔓蔓都将被一起带出，亮相于杂草堆之上。

离开的时候，龙逐浪借走了那张相片，童话和她小姨童桑站在一棵大树前，龙逐浪记得上午在福利院看到过一棵很粗壮的老槐树，想来很有可能就是她们身后那一棵。老院长肯定了龙逐浪的疑问，她告诉他，那棵古槐有几十年的树龄了，福利院的前身是红十字会的恤养院，上世纪四十年代建院时它就有了。

离开老院长家以后，龙逐浪就在街边找了一家照相馆，把相片复制了一张。打印机把童话和她小姨的脚先吐出来，然后依次是她短到脚脖子以上的裤脚，两条紧紧并在一起的腿，半只苹果，掉了最下面一只扣子后散开的衣襟，空洞的扣眼，胸前的两只小鸭，圆角的衣领，婴儿肥的脸，哭泣的表情。

五

龙逐浪的生活骤然紧张起来，当然，并不是说过去他的生活是吊儿郎当的，恰恰相反，一点都不，他严谨，积极，一丝不苟。只是因为那些内容都轻车熟路，像流水作业。有序，就不紧张。

是的，病人虽多，每天八点不到就坐满了候诊室，但病症无非就是那么有限的几类，解决措施也无非就那么几种，对女人们来说，归根结底是排卵的问题，影响排卵无非就是卵巢功能不好，内分泌失调，对症药物早有专家研究出来，全国通用。比方说多囊卵巢，先用达英35抑制排卵，目的是减少劣质卵子的生产，二十一天后停用，一周后来例假，两周后再给服促排药刺激排卵。然后每天B超监测优势卵泡的生长，必要时打针促排。……典型的流水作业，精确到了每一天。龙逐浪的长处只在于，在严格遵守流水规则的同时，加上他自己总结的一些逻辑，比如减体重，他声色俱厉地强迫女病人回家跳绳节食，恫吓她们减不下体重的话，药物也只能干瞪眼。他还很明白减压的重要，病人愁眉苦脸地坐下来，他不看病历，先做心理疏导，让她们不要成天想着这事，甚至打包票能给她们治好。

天知道这个城市有多少女人视他为偶像，他成熟，优雅，睿智，像上帝派下来的圣人、救世主。他从未想过这有序的生活会忽然紧张起来，比方现在，他还跟往常一样，隔天坐诊，化身心怀悲悯的救世主，但其余时间就紧张起来，开车奔赴一个个目的地，福利院，向心毛巾厂，有时会不小心闯了红灯，让警察指引到路边停下，掏出驾驶证验看，填单子罚款，摇上玻璃之后给一句国骂。

龙逐浪很是费了一番周折，才打听到向心毛巾厂，原来它早在多年前就被一家纺纱厂兼并。厂房搬走了，童话的小姨童桑却一辈子都没搬出那个凌乱的地方，她后来终于结婚了，但只是从单身宿舍搬到旁边的厂家属楼而已。

胡同还在，胡同对面的十间房还在，她总是奇怪那些房子凭什么那么耐住，这么多年，一茬一茬的人搬走，一茬一茬的人搬来，就连她们毛巾厂家属楼如今也是住客混杂，新面孔整天都有，肮脏的楼梯上到处贴着买房卖房的小广告。

就她无处可去，要终老于此。当年她跟食堂的掌勺师傅小王结了婚，还生了儿子王爱童，可是王爱童初中还没毕业，小王却死了。小王跟所有患了肝癌的人死法一样，大概撑了有半年，直撑到全身剩下一张皮才咽气，咽气前很久就没钱住院了，搬回家里一日日等死，疼得受不了就注射杜冷丁。

小王死了，只给他们娘俩留下这套房，这是一个矛盾的纠结，一方面这是一笔财产，另一方面也是一个桎梏。童桑带着一个十四岁的儿子，再嫁就像搬出这套房子一样难，假若她生的不是儿子，是个女儿，那还要好办一些。

后来终于有一个男的愿意娶童桑，这男人带着自己十五岁的女儿住到了她家，通俗说就是入赘。不入赘又怎么办呢，她还得感谢这套房子，没有它，这男的恐怕也不会娶她。这样一来她们娘俩就不用喝西北风了，因为在小王生病的那半年里她正好又下岗了。

现在她儿子王爱童出息得很是一般，初中毕业念了两年汽修学校，然后喜欢上电脑，又跑到科技市场给人打工卖电脑。她现在的丈夫老毛原来也有一份体面的工作，当初她看上他无非也就是因为有那份工作，但混到现在，五十多岁的老毛却混成了一个收停车费的，每天到一家大型商场门口上班，手里握一大把停车费单子，脸和手常年享受太阳的沐浴，透着一种让人难以忍受的黑。

而她的继女，当初十五岁来她家的时候，还像模像样的，没几年就在她两个姑姑的教唆下跟她反目，其中一个姑姑给她早早找了个工作，当然也不是什么体面的工作，那之后就很少回来了，直到结婚前回来为要钱而跟她大吵一架，结婚后肚子飞快大起来，早就打了招呼，生下后要送给她带。

她正在计算着找一个什么样的借口，拒绝带那个没有血缘关系的小杂种。

总之童桑这大半生，一直就是不如意的。龙逐浪找到十间房那里时，她正在做凉皮，她的凉皮加工坊在胡同尽西头，十间房里的一间，租的。跟公共厕所只有十几米的距离。

童桑是如何想到做凉皮生意的，这跟她长期以来的摸索有关，自从下岗，她闯过多条再就业之路，做凉皮已经是第N条了。不过她没想到这条路还比较行得通，只是要吃一些苦头，每天要和很多很多面，然后洗面，沉淀，倒去浮在上面的清水，留下黏稠的淀粉水，在一面铝制的大箩里倒上薄薄一层，架到锅里蒸。三五分钟后开锅盖，拿出大箩，架到另一个装冷水的大锅里，冷却，找个好下手的地方，揭起一个边来，猛一揭，一整张凉皮就下来了，摞到一个案子上。这个时候热锅里的第二个大箩又该出锅了。

童桑每天就这样在热气缭绕中做凉皮，一张一张在案子上摞出可观的高度，然后搬到一个三轮车上，三轮车改装了一下，车斗上安了一个铝合金玻璃箱，箱子下面放着几个塑料桶，分别装上大蒜水，辣椒油，麻汁，黄瓜丝，面筋。还有小菜板，刀，塑料袋，碗，脏兮兮的抹布。

她把这三轮车骑到路上去，骑大约十分钟，到港口附近的马路上支好。一般这时候人们该想想吃什么午饭了，很多附近的民工三三两两围过来，她左手像模像样套一个廉价塑料袋，从大摞里揭下一张，放到菜板上，右手手起刀落，一张凉皮被尸解成很多条，碗上再像模像样套一个塑料袋，凉皮盛进去，加上面筋黄瓜丝和各种调料，得了。

她的一大摞凉皮不到一个小时就卖光了，然后她骑车拉着空的铝合金玻璃箱子回家睡觉，半下午又开始和面。无数凉皮生生不息地从她手底下诞生，她那频繁进出于热锅里的手，经过了一段长满燎泡的日子，如今遍布米粒大小的疤斑。

天热，平房前后开着门窗对流，也抵不过那口大锅制造的热气，锅灶里还填着木头，熊熊燃烧。做凉皮火轻了可不行。她应该庆幸至今尚住在凌乱的十间房地带，她的第二任丈夫老毛没本事，却还算个勤快男人，每天早晚不收停车费的时候，喜欢沿着铁路线散步，他把沿线十几公里范围内扔在路肩外面草棵子里的废旧枕木都想办法弄了回来，垛在平房院子里，用斧头劈一堆，烧完了，再劈一堆。枕木上有油，不费吹灰之力就能烧出做凉皮需要的旺火来。

龙逐浪站在平房门口的时候，看到童桑戴着一顶白色的厨师帽，但显然没有好好戴，仍然有乱纷纷的头发从边缘伸出来，使那帽子只像个摆设，反倒捂出了她更多的汗水，不知道摔成了多少瓣，噼里啪啦掉到锅里。

她也不管，只是警惕地看了看龙逐浪，凭直觉不是城管工商或者电视台的，就低下头去继续干活。凉皮只要下了锅就一刻也不敢懈怠，一张紧着一张地出锅进锅。

六

让龙逐浪感到奇怪的一件事是，福利院的老院长居然只有记忆力没有好奇心，他跟她借那张相片——说好了是借，要还的，老院长什么都没问。老院长退休以后足足花了三个月的时间整理那些相片，买了新相册，按照时间顺序一张张排列起来，纹丝不乱夹进去，每张都能讲出一段故事来，每本就是《一千零一夜》。如此精神富矿她决然不能丢，哪怕一小块石头。

对此龙逐浪还是颇有感慨的，想想自己，倘若明天退休了，能把病人当成此生的回忆录吗？恐怕没那么纯洁。

他包里此刻夹着那张复制的相片，在来此之前他又去了一次老院长家，归还那张原版相片。这一次老院长依然什么都没问，龙逐浪甚至都没做过自我介绍，他是童话的什么人，童话现在什么地方，过得怎么样，这些都应该是疑问。尤其是对于一个退休后的寂寞老太太，面对龙逐浪，应该像面对一页写满问号的纸。

只能理解为，相册里每个人后面都跟着一大堆问号，他们离开福利院后，问号肯定要更多，老院长不想知道得太多。他不也这样吗，作为一个医者，他不是上帝派来的救世主，从概率学角度来说，每个病人被医好的概率只有0.5，那些被几个疗程过后折腾得卵巢再也不堪折腾，或者试管失败过多次的女人，不得不无奈地离开医院，她们以后的生活，是认了命，还是收拾收拾南下北上继续求医，说真的，他一点都不想知道。他希望那些女人都没有来过。

龙逐浪看了一会儿童桑制作凉皮，估计还得些时候，就进去蹲下帮她往灶里添火。童桑拿脚把一个马扎子推到他屁股底下，没说话。这些年她真是懒得说话了。

说吧，找我干什么，买凉皮？最后她无事可做了，才对他说话。

龙逐浪一直在思考怎么跟童桑展开话题，他拿一根铁棍拨弄着灶里的火时，想好了一个话题，就是这种制作方式太原始了，应该改进。他虽不懂这东西的制作工艺，但想来肯定有专用机械，至少应该有锅炉之类自动化程度高一些的设备。

他正想着，童桑已经揭下最后一张凉皮，坐到另一张马扎子上，摘了帽子，解了围裙，露出更多的本来面目。头发白了一些，剩下那些黑的也干枯如草，可能因为夜里要弄面，早晨又要早起，眼里有血丝，没血丝的地方也浑浊无光，脸就更不用说了，老相横生，本来就是个婴儿肥的脸型，由于不控制饮食和不修饰，显出一种峥嵘的感觉。身材也胖，透着不节制的病态。

显然造成这样的苍老跟际遇有关，龙逐浪马上就为刚才想到的那些话题感到羞惭，觉得太不合时宜。倘若童桑有足够的条件和心境去弄那些自动化设备，也就不会窝在这样一个简陋的房子里了，还离公共厕所这么近。他的嗅觉并未因久入此屋而对公共厕所里的异味失去敏感，那味道浓得坚如磐石，根本就化解不开。

“我应该叫您姨，童话是我妻子。”龙逐浪说出这句话艰难得就像第一次把手伸进病人的身体，他看到那满不在乎的女人一下挺直了腰身，满身的疲惫之态都让位给了惊讶和紧张，她并紧双腿，下意识地将委顿之色收敛到最低，这才警惕地开始怀疑和审视。

龙逐浪不忍心，只好尽快让这个过程结束，他干脆利落地拉开手包，从里面拿出那张相片，作为物证和说明。童桑将手在衣服上抹抹，她穿着一件圆领松垮的套头衫，人造棉的质料，已让汗塌得不成样子。她毫无目的和意义地抹完手，接过那张相片，不到一分钟就掉开眼泪了。

这在龙逐浪的意料之中，不过他还是捏了一把汗，觉得她不承认的概率也占0.5%，毕竟当年她抛弃了童话。

她哭了一阵子，猛然看到案子上那一大摞凉皮，由于心疼，哭得更厉害了。龙逐浪打算把它们全都买下来，后来又改变了主意，觉得那样做有怜悯之意，不妥。于是他说，不如我帮您去卖凉皮，反正也闲着没事做。

走到胡同里他就有些后悔，生怕遇到熟人，被人家盘问，但还是硬着头皮去了。他把车放在胡同口没开，童桑蹬三轮，他在旁边步行，也就不到二十分钟的路程。好在港务局那里安全一些，不过他还是发现有一个妇女领着个蹒跚学步的小孩盯着她看，可能不相信一个著名医生会在街边卖凉皮，就走过去了。

他们的生意还不错，中午只拉着一点残汁剩汤回去了，然后龙逐浪就开车拉童桑去吃饭，她回家换了件衣服，但还是很不自信，龙逐浪就带她去吃牛排，要了个小房间，免得她在大庭广众之下坐立不安。

她又哭了很久，不习惯用纸巾，抹了一手背的泪。龙逐浪不敢对她说童话失踪了，只好说些早就想来看看她今天路过顺便这样的客套话，她这才意识到甥女嫁了个体面人，终于不哭了。龙逐浪循循善诱，让她在吃下一道道食物的同时，也一点点把童话的事情吐出来。一顿牛排，时间抻得老长，直到把她的胃彻底填满。

现在他终于知道了童话的历史，这可怜的人从生下来就被亲妈抛弃给了她的姥爷姥姥和舅舅，这期间先是他姥爷去世，接着有个脸很白眼很大的姑娘被她舅舅看中，她舅舅也到了该娶的年龄，浑身的力气没地方使。她姥姥就托人上门求亲，那脸很白眼很大的姑娘觉得大家继续在一个锅里吃饭，她有点亏，于是他们先分家后结婚，姥姥带着童话住西屋，舅舅跟脸很白眼很大的姑娘住东屋，一家一口锅，谁也不啰啰谁。

但这样也不是个事，童话的舅妈渐渐看着她俩不顺眼，姥姥从灶屋里经过时像只老鼠一样贴着锅边走，也改变不了舅妈的看法，或许她天生就是个看人不顺眼的人。她做了很多让童话感到害怕的事情，骂人就不说了，主要是她动不动就把切菜刀按在水缸沿上磨，磨来磨去，磨成很薄的纸片子了，还磨。在院子里碰到童话，她会吓唬童话，说要把童话用绳子绑到自行车后座上，半夜里送出去。

舅舅的那辆大金鹿自行车是新的，在太阳底下闪着迷人的光，他把童话放到后座上驮过一次，她猜可能就是那一次让舅妈不高兴了。童话看着那个后座，心想舅妈可能会用绳子先把她两条腿分开，绑在车轮上，然后再把两只手分开，分别绑在座位两边，脖子可能也会勒上一道。只是不知道她要把自己送到哪里去。

为此童话不知道哭过多少次鼻子。那时候她三岁。这些情况童桑了解得不是很透彻，她们家那时候住在郊区，一共三间房一个小院，她一是离单位远二是不愿意看到嫂子，因此就住在厂里，每周回家一次，插起门来听她妈和甥女数落一周来的局面，然后就忍不住拉开门销，站在灶屋朝东屋开骂挑战，她嫂子抱着孩子出来应战。

谁知道那是谁的孩子，童桑说，嫂子是个不正派的女人，做姑娘的时候就大过肚子。

可能童椿也为此苦恼，过了几年他妈去世了，等她妈一去世他就开溜了，谁也不知道去了哪，有人从东北捎话回来说，看到他在那边杀猪卖肉，成了一个屠夫。

他就这样抛弃了童话，小姨童桑不得不把她暂时带到毛巾厂去，慢慢想办法。上世纪七十年代是个矛盾的年代，承上启下的年代，当时童桑极其羡慕纺纱厂的职工，因为他们有“纺纱厂子弟幼儿园”，一年收两块钱学费，妇女得到彻底解放。童桑一个月挣好几十块钱，送童话去幼儿园经济上并不吃力，可惜她们毛巾厂不开幼儿园，缺少人性化。她们的厂又那么偏僻，送到最近的街道幼儿园也要绕很多路，于是童话就得到一个类似于农村孩子的待遇，待在小姨的宿舍里。不过她比农村孩子要好多了，那些孩子脚脖子上都套着绳子，被拴在窗棂上，大人去地里干活。而童话已经六岁了，除了惧怕小姨那高高的床，不必担心被绑。

六岁那年的春天到夏天，童话就像只鸟被豢养在小姨宿舍里。

童桑没别的办法。

这时候她面前的开胃菜，汤，鱼，牛排都已被消灭，水果沙拉送了上来，也许是胃得到了差不多的慰藉，意识到饭局已近尾声，童桑终于做了个决定。她说你不就是想知道我为什么把童话送到福利院吗，当然，当时小王正要跟我谈对象，因为我带着童话，他就总是拿不定主意，但这也不是唯一的原因，我还是给你讲讲童话小时候被侮辱的事情吧。十间房里有一户住着个叫老良的，谁也不知道他是四十多还是五十多，反正没人待见，童话傻，上厕所的时候不知道怎么就让他给叫屋里去了。童话去了好几次我才知道，那事当时闹得满城风雨，我也无法让她在厂里待下去了。唉，说起来怪丢人的，但童话小，不懂事，不是她的错误。

七

六岁那年春天童话来到毛巾厂，被安置在小姨宿舍里。小姨脸上阴云密布，她理解，因为她死了姥姥，小姨死了妈妈，所以她紧闭着嘴，尽量不发出大的声音，小姨让她做什么她就做什么，让她先在床脚站着，她就乖乖先在床脚那里站着。

小姨掏出钥匙，打开一个柜门，把她的小包裹塞进去，说，盛不下了。小姨把包裹使劲往里推一推，关上门，再把她的小枕头扔到一张床上，然后踩着一架梯子往上爬。她好奇地看着屋子里那些双层床，觉得进入了迷宫。小姨跪在床上向她招手说，上来。

她不置信地看看小姨，小姨很疲惫，不再重复，只拿眼督促她。小姨忘了她只有六岁，她从来没爬过那么高的梯子。

那天的时间，小姨就用来培训她爬梯子，她并不是一个胆怯的孩子，可是那梯子跟她的年龄和身高实在很不搭配，她因此挨了小姨很猛烈的训斥。小姨后来也意识到了这一点，就给她做思想工作：“你必须学会爬梯子，要不然怎么办呢，你又不能不尿尿。”

是啊，童话总不能尿在小姨床上。

她豁出去了，怀着必死的决心。小姨拿了一只小板凳放在地上，这样她踩着小板凳，就可以比较容易地踩上第一级梯子了，第一级很高。她一级一级地蹬上去，却不敢下床了。小姨示范了一遍，然后站在地上等着她，小姨渐渐不耐烦了。她跪在床沿上，手抓着床单，用脚寻找梯子。她第一次体会看不到却在往深渊里掉的那种感觉。

后来她从梯子上滚下来，身上摔得很疼，但她告诉小姨不疼。经过这一次她不再害怕。但她还是尽量减少上下梯子的次数，她学会了憋尿。

那一整个春天，她独自一人待在小姨的床上，后来有一只麻雀从房顶一个漏洞里飞进来，在里面局促而焦急地东撞一下西撞一下，翅膀撞到空气，发出空旷的响声。

但是女工们下班回到宿舍后，把它赶跑了。后来陆续又有几只麻雀飞进来过，都没有长时间地停留，只有她，日复一日地待在小姨的床上，连空旷的声音都没有。

她在床上躺着看屋顶那个漏洞，要么就趴着看外面的胡同。只有这两种生活。好在小姨的床就在窗户后面，窗户不大，因此她感到就像在看一幅画，这幅画有时候是静止的有时候是活动的，背景是一个丢失了门的院子。如果院子里没有那个男人和那条狗，就是一个静止的背景，很多人在这个背景外面走过，来回都行色匆匆。他们只是去公共厕所解决问题，即便十间房里的居民，也不愿意长时间在胡同里待着，因为没人去搞那里的卫生。

那条狗是黄色的，暗淡的那种黄，显得脏的那种黄。那男人也显得脏，主要是本来就长得丑陋，个子矮小瘦弱，又不注意收拾，一整个春天都穿一身蓝黑色的衣裤，似乎不曾脱下来洗过。他院子里有井，但就是不肯压些水上来，给自己和黄狗收拾收拾。

直到夏天来临，他才换上一身短打，圆领汗衫，大短裤，土黄色塑料凉拖。这样一来就更加暴露出脏，因为那胳膊和腿还有脚总是好多天不洗，黑色的灰道道不规则地遍布其上，像小孩子画上的蓝靛。

她看见过一个推着自行车来卖靛的小生意人，在胡同里边走边吆喝："卖靛了，卖靛了，各种颜色的靛，写字画画蒸饽饽！"十间房里有两个女人闻声出来，这小生意人正好把自行车支在那男人老良的院门口，他进去跟老良讨了点水，把各种颜色的靛粉溶开了，给那两个女人看，女人挑挑拣拣，老良也挤进去凑热闹，不知道怎么的一个女人尖叫一声，回身啪地抽老良一个耳光，骂道你个臭流氓，二流子！

老良经常这样挨骂或是挨打，有时候因为沾女人的便宜，有时候因为偷窃。夏初的时候他偷了别人院子里几根黄瓜，让那家男的追上门来，摁到地上一顿臭揍，那家女的叉腰跟围观的群众诉苦，这个死老良，我们家送过他多少东西！被子玉米白菜什么都送过！就连腿上这条短裤还是我家男人送的！这没良心的还来偷我家东西！真是不识好歹！属鸡的！记吃不记打！

她趴在床上想，哦，老良是属鸡的啊！

老良打不还手骂不还口，好像那样很享受。后来童话知道他是个豁嘴，也就是唇裂，骂是骂不过别人的，打就更打不过了，因他长得太瘦弱，并且没还过手，更没打过人，一点经验都没有。

外面那一方风景如此暗淡，衰老，潦倒，连狗都唯唯诺诺。穿过院子看老良的屋子，根本不知什么底细，因为里面更暗淡，房门洞开的时候，就像那屋子是一个黑洞。

唯有院子里的葡萄架表现出另外一种不同。春天的时候，片片鹅黄的叶子像星星一样在藤上探头探脑，顽皮活泼，夏天它们变成墨绿色，像孩子长成大人，稳重含蓄，同时有星星点点几乎看不见的小花朵闪烁其间。现在那些花朵变成小小的葡萄，童话能看到那些小葡萄粒，像珍珠玛瑙一样让人想象和喜欢。

她盼望那些葡萄长大，能吃上几粒最好了，吃不上，站在葡萄架下看一看，也是好的。然而对那个没有门的院子她心有惧怕，因为除了怒气冲冲去找着老良揍他一顿的人，没旁人愿意去，除了一个跟小姨差不多大的小媳妇，她们说那是老良的侄女，如今也就这么一个侄女肯带着一脸厌烦，隔些日子来看看他了，给他蒸上一锅馒头，放在竹篓子里，吊在半空。

这样一来，童话很为院子里那棵葡萄难过。那密密的叶子，越来越长的藤，已经有了沉甸甸意味的葡萄粒，都那么浓烈，丰饶，他老良一个人是无论如何也吃不完的，而且，这么美妙的时候，没有人肯去欣赏它，它只能那么寂寞地长着，找它能够得着的地方攀上去，支撑它越来越重的身子。

童话想去摸一摸那些叶子，藤，还有葡萄，如果可能的话，唱支歌给它们听，给它们讲讲故事。她觉得它们能听懂。

但是不行的，那个破院子是个禁地，连小姨都告诉她，没事不要进去，仿佛里面正在流行什么瘟疫。小姨是个很善良的姑娘，连她都不待见老良，可见老良应该真的不让人待见。

不过童话还是在那个雨天走进了老良的院子。起初她刚拐过墙角的时候还没下雨，快走到老良家门口时，雨就下来了。按照小姨的教导还有常规，雨下得再大，她也是不应该进去的，所以后来，小姨就把一切都归罪于童话的小，不懂事，经不起诱惑，还有老良的那截红头绳，他早就准备好了的居心叵测。

实际上老良不单单送给童话一截红头绳，后来他还送给她几块水果糖。童话喜欢那些糖纸超过糖粒，她把它们在小板凳上用手一遍遍摩挲，直到它们所有的褶皱都平展开来，然后夹到一本小人书里。

小人书是小姨不知道从哪找来的，《打虎上山》。她搞不懂为什么上面画着的墙都是一半一半的，名叫杨子荣的人戴着棉帽子在墙的这一边，墙的另一边是另外的人，他们两人互相都看不见，可是童话能同时看见他们两人。后来童话上学了，慢慢知道了横断面的概念，就知道她小时候看的小人书，那画面呈现给她的都是横断面。

那精致的小人书，让童话思念无穷。

在女工们都回到宿舍的时候，童话就坐在床上，或者受邀到其他人床上，跟她们玩。等她们都去车间上班了，童话就把藏在褥子底下的小人书拿出来，红头绳绑到小辫子上，或者手指上。她挨个绑那些手指，永无休止地做着同一个游戏，看着手指变紫变胀，直到肿胀得让她害怕了，才取下来，活动一下手指，看看有没有掉的可能。

那些糖纸，童话把它们当墨镜，当然那时候她不知道墨镜是何物，只是她觉得蒙了糖纸的眼睛看到的世界是变了样子的，一种颜色的糖纸呈现出一种样子的世界。在糖纸的掩饰下，老良，黄狗，破败的院子都奇异地变了样子，有时候朦朦胧胧的，像童话故事里的城堡。

特别是葡萄树，那翠绿的颜色，在糖纸下面居然变成茶色，红色。她喜欢看到那些越来越圆润的葡萄粒变成红色紫色，仿佛它们已经熟了。

她就永无休止地做着这个游戏，在无人注意的时候，越来越频繁地跨进老良的院门，搜集更多的糖纸。

她对葡萄的细微变化了然于胸，每次在跨进老良的院门以及离开的时候，会微微放慢脚步，对那些叶子啊藤啊葡萄粒啊，很隐秘地微笑，在心里唱几句歌，或者说几句话。她能感到它们跟她的互动，叶子哗哗地响，葡萄也在发出声音，跟她热烈地打招呼。这时候她觉得，只有这些葡萄理解她，比小姨还理解。

但她从未让老良知道她对葡萄的关注，也从未对小姨提过那棵葡萄树。它是孤独的，它的孤独只是给她一个人的，那高贵的孤独只有她才配体会。

后来，葡萄还没熟的时候，她和老良的勾当被人发现了，老良本就让人嫌恶，居然对一个六岁的孩子行猥亵之事，就更加臭名昭著了。

而她的名声也好不到哪里去，她小姨气愤得丧失理智，当着整个宿舍女工的面，把她私藏的那些老良给的小玩意，从褥子底下翻出来，成为进一步控诉老良的有力证据。

她坐在床脚，两腿平伸，手搭在腿上，一动不动，等着小姨的惩罚。

八

童桑那时候正打算谈对象。由于她长相一般，主要是个子矮胖，脸部也不好看，这种条件就限制她的恋爱机会，然后她性格比较刚烈，不像其他女人在男人面前那么会发嗲，男人们的注意力就很少放在她身上。

其实那时候她喜欢厂里一个技术员，可惜人家不喜欢她，倒是喜欢她的女伴。当初她跟她女伴一起去的毛巾厂，那技术员想追她女伴又不好意思，就总往她们两人身边凑，宁愿让她也在场，好使气氛自然一些。她也明白自己的电灯泡身份，但没办法，谁叫她喜欢技术员。有一次她女伴娇滴滴地说走累了，心慌，技术员就把手指搭在她女伴的手腕子上，说他会数脉搏。她简直要嫉妒死了。

后来又有很多男的，甚至为了她女伴而有意先搭讪她，她很气愤，就把找对象的条件放宽。食堂的小王在男人堆里也是个不起眼的角色，主要因为性格木讷，长相也跟英俊一点都不搭边，唯一优势是个子一米七五，比童桑要高出接近二十公分。考虑到后代遗传问题，又每天受贿（小王在窗口里只要看到童桑，就给她多挖半勺菜，有肉的时候就拣块肉进去），她就考虑跟小王好了。

有一次童桑在厂门口借传达室的气筒子给自行车胎充气，小王老远看见了就跑过来献殷勤。童桑驮着童话去逛大街，边骑边问，你觉得刚才那叔叔怎么样?

不怎么样，童话说。她其实早已经养成了看小姨脸色说话的习惯，知道说什么能让她高兴，说什么能让她不高兴，但她那天心里气鼓鼓的，觉得天塌下来也要说不怎么样。

为什么？你觉得他哪里不好?

小姨又问。

小姨似乎没像童话预料的那样不高兴，倒好像是自己拿不定主意，要来征求一个小孩子的看法。

童话想了想，她没跟小王有什么来往，因此也就说不上来他哪里不好，就只好说，他脸上那么多小疙瘩，难看死了。

小姨哈哈笑了，说，傻丫头，你知道吗，那是青春美丽疙瘩豆，老了就没有了。

童话再也说不上来小王哪里不好。

不是很好，但也不坏，小姨就跟小王开始处了。下班回到宿舍后，小姨端着小王给她打的饭，跟童话两人一起吃，童话吃得很慢，小姨吃得很快。之后小姨就把童话交代给宿舍里其他的人，让童话跟她们玩，她就约会去了，很晚才回来。

童话安静地躺在床上，看窗户外面的月光，她偷偷把糖纸蒙在眼上，月光一下子就不是原来的颜色了，她很难过。小姨带着约会的快乐顺着梯子爬上来，伸出胳膊搂着她，轻轻摸她的小屁股，呼出的气在她后脖颈那里，跟往常不一样，她更难过了。但她假装睡着了。

她曾经做过不甚光彩的梦，梦见小王不要小姨了，他看上了别的姑娘，小姨哭得伤心欲绝，她却高兴得大笑。醒来以后她让自己的笑声吓坏了，也让重新跌落回现实失望坏了，忍不住掉下泪来。

有一个星期天，小王约小姨逛公园，小姨打扮好了看到眼巴巴坐在床上的童话，因为心情太好，就让童话下来，跟她一起去。小王看到童话后脸色比较难看，小姨吩咐他，小王，口渴了，买冰棍去。小王也不说话，买回两根冰棍给她和小姨一人一根，自己独自走到前边去了。

童话碰碰小姨的腰，说，小姨，你给他钱。

小姨说，五分钱一根，给什么钱，算他请客。

可是那天小王的脸不是阴转多云，就是多云转阴，童话要难过死了，同时预感到她要再一次被抛弃了。

她想起舅舅童椿，在还没跟舅妈结婚的时候，他对童话好得不得了，从生产队里干活回家，隔三差五像变戏法一样从身上掏出点东西给她，比如两颗花生什么的，她真不知道舅舅是怎么把它们偷回家的。可是舅舅结婚后就把她抛弃了，她跟姥姥一起过，舅舅再也不管她了，而且后来过得不耐烦，拔腿走人了。

她打心眼里不希望小姨谈对象，谈了对象就要结婚，结婚时要是小王要求分家怎么办？上次分家时，至少她还有姥姥可以跟，如今再分家，她跟谁去？她还小，又不能上班养活自己。

童话陷入绝望的忧心忡忡中，自己一个人在宿舍里待着的时候，常常做一个打赌的游戏，比如睡一觉醒来如果小姨下班了，她就不会跟小王结婚，如果没下班，就是要跟小王结婚；如果今天有麻雀从房顶飞进来，小姨就不会跟小王结婚，如果没有麻雀，就是要跟小王结婚了；如果胡同里今天来过十个人以上，小姨就不会跟小王结婚，如果不到十个人，就是要跟小王结婚了。

如此种种，都是跟小姨能不能和小王结婚构不成因果关系的假设，而且结论不明确，没有明显的侧重。

不过，饶是她如何担忧，小姨还是和小王正儿八经地好起来了，而且星期天约会时再也不带她了。晚上总是很晚才回宿舍，带着甜蜜的笑容。女工们都开始跟童桑要喜糖吃了。

不过世事难料，即便小姨放宽了条件终于准备跟小王结婚，小王还是忽然冷淡下来，这让小姨百般地不平衡，后来小姨回到宿舍就总是阴转多云，多云转阴了，对童话的态度也有点不好，常常面露讨厌之色，讨厌之余就骂她那不知去向的姐姐，死童蔷，自己闺女都不管，哪天看见你一定扇上十个耳刮子。

那天本来没有要下雨的迹象，童话在拐过墙角时天还好好的，她发了狠，跟自己打赌，如果走在胡同里忽然下起一场雨，我就走进老良院子里去。

仿佛老天爷听到她的赌咒，真的下雨了。她很绝望地走进去。

她不喜欢老良的抚摸。虽然她孤独，皮肤饥渴，但她渴望姥姥和小姨那样的抚摸，母性的，爱怜的，而不是老良这样的，世故的，情欲的。当然那时候她不懂情欲是什么东西。但她又是这样想的：至少老良还肯对我好，盼着我来。小姨已经把我忘了。

老良盼着她来，她一来，老良就抚摸她，也让她抚摸他。后来她终于知道那短裤里不是老鼠，老良把短裤拉下来，让她看到一样奇怪的东西。老良浑身发抖，说小姑娘，你想不想要？童话摇摇头，她觉得那不是什么好东西。老良把她放倒在床上躺下，腿分开，她觉得老良压着她很不舒服，就使足力气把老良推开，撩撩裙子跑走了。

下一次老良又压着她，她又把老良推开，还加上了两条腿，又推又踢。

再下一次她加上了嘴，把老良的脖子咬上两排小牙印。

每次从老良屋子里出来，她就浑身酸痛，躺到小姨的床上慢慢养着，痛感消失了，又觉得缺了什么巨大的东西，就又跑到老良那里去，跟他搏斗。

老良没有一次能打过她。老良的羸弱，胆怯，自卑，综合在一起对他的欲望进行折磨和打压。

后来就有一次，当他们俩正在酣斗的时候，老良的侄女进来了。那女人先是以为老良在跟一个捡破烂的女人行丑事，试想捡破烂的女人都不一定瞧得上老良。但是马上老良的侄女就发现那居然是一个小女孩，她呸呸地连吐几声，骂道你这个小妖精，才多大就知道这种事，你妈是谁？怎么教育你的？

不到五分钟胡同里人就很多了，大家都挤在老良家门口看热闹，听老良的侄女对老良八辈祖宗地臭骂。

过了两天厂里开会，童桑不知底细，居然带着童话去开会。根据以往的经验，到时候黑压压一片人，谁是谁，谁在底下干什么，是不是在打毛衣，领导们都看不清楚。

那两天童桑无助彷徨得要死，因为小王彻底不理她了，尽管当时她是降低了条件才跟他处，但三处两处却处出感情来了，现在正在经受失恋的折磨。而童话那两天也让她不放心，出了那档子丑事后，童话没事总是喜欢到处找类似于绳子的东西，比如童桑的头绳，纱巾，捆东西的破绳子，在自己身上缠绕，不是缠手就是缠脖子，她发现了好几次，童话自己把手指头勒得乌紫。

她不知道童话一个人时，常做这样的游戏，她没收了童话那根红头绳，所以童话就找别的东西代替。她以为童话小小年纪就有羞耻心，打算寻死，就走到哪里都带着童话。但这显然不是长久之计，她那两天不得不想到把童话送到福利院去。

因为要把童话送到福利院的愧疚，她就更寸步不离地带着童话。可是领导那天开会没别的议题，上来就瞪圆了眼睛开骂：你们是不是以为这不是毛巾厂，而是幼儿园？！

小姨把童话的头摁下去，她自己也是，使劲低到腿上，低到人群里。

九

童话是坐着火车离开的，车次和时间都提前看好了，提前一天买好车票，第二天早上，龙逐浪上班以后她打了个车去火车站，持票上车。

她没带行李，只背了那只王芽在网上买的香奈儿包，包里像往常一样装着纸巾化妆品身份证钥匙，重要的是钱包，里面有适当的现金和银行卡，银行卡有两张，分别是中行和工商银行的。

在此之前她从没蓄谋过离家出走，却无意识地存了不小的一笔私房钱，还分别存在两张银行卡上。

她并不知道此举目的何在和结局如何，只是觉得必须出走，迟一天都受不了。她在铺上躺着，时睡时醒，车过黄河大桥，还是那么长，跟二十年前一样。饿了她就吃八宝粥。其实她有很久不吃这种含防腐剂的食品了，但是想到从前跟唐卯一起去他家时，花八块钱买四罐八宝粥，一人两罐，在火车上吃，觉得那么奢侈，幸福得要死掉。

现在火车是往唐卯的方向开，童话就想当然地、重温性地买了两罐八宝粥，放在包里带上了车。

唐卯就是童话读中专时谈过恋爱的男生，可惜后来毕业了，多可笑，那时候国家对他们这些小中专生还负责分配，他和她各自被分回家乡所在的企业，就因为这而被分开。

其实那工作又能成为多大的障碍呢，所谓的铁饭碗，童话现在还不是说扔就扔了。所以不管童话相不相信，其实当年她就是有意识地离开了唐卯。她不喜欢他吗？显然不是，他的高贵的孤傲，对她的纯洁的爱，都是她喜欢的，乐于接受的。现在童话正坐在一辆快车上风驰电掣朝着唐卯去，都到这地步了，她不得不态度认真地检视过去，承认她抛弃了唐卯。她承认她怕，怕将来有一天自己先成为被抛弃的对象。

为什么一直以来，总是她被抛弃呢？哪怕后来她母亲童蔷不是那么情愿地将她从福利院接了出来，并整天甩甩打打地供她念到了初中毕业，还供了她两年中专，最后还是再次把她抛弃了。

童蔷的第二次抛弃，最让童话愤怒和悲伤。本来她按照自己的计划，考到远远的另一个城市去读中专，打算快快读完参加工作，自己独立生活，然后抛弃童蔷，只每个月寄给她固定的养老费。可是这计划实施了一半，童蔷于她已近败落的年华里再次恋爱，过了四十岁了，终于让一个男人喜欢，这次她吸取把童话从福利院接出来的教训，因为这将近十年时间里童话真正成了她的累赘，没男人肯无视这个累赘而在童蔷面前停留下来，毕竟童蔷也已是明日黄花。

其实童话多少能猜到她母亲的另外一些小心思，那么多年她母亲阅尽天下事，早已看出童话对自己的生疏和仇恨，这个女儿指望不上。

这次童蔷决计彻底离开童话，她最后一次尽母亲的义务，跟那男人要了一笔钱，用来支撑童话念到中专毕业。还有，留给童话一封信，告诉童话：咱们不能一起生活，因为天生有仇。我看到你就看到你父亲。

凭什么一直以来，她童话就是被抛弃的对象？其实这种念头只是念头而已，她只是害怕被抛弃，所以主动抛弃了唐卯。

她在二十年前的火车站下了火车，车站没变，街道变了。几个男人把三轮车改装了一下，搭上篷子，在车站外面拉客。自从跟龙逐浪结婚，她一直过的是体面日子，他们有中等档次的私家车，她只是不喜欢开车而已，否则龙逐浪肯定会给她买一辆属于她自己的车。平时她单独外出的话就打车，多少年没挤过公交车了。

不能说是突发奇想，她坐上了一辆五块钱就拉到任何目的地的三轮车。想当年唐卯的母亲脚蹬这样一辆三轮车，只是没有篷，她跟唐卯两人一人坐在一面车帮子上，长久含情脉脉地相视。

还好她记得唐卯家的地址，本来已经忘掉好多年了，可是没想到，当她决定来的时候，一下子就想起来了。她这才知道那记忆根本没丢，只是藏起来了，仿佛是个调皮的孩子，跟她躲了一下猫猫。

当然是有变化的，但大体感觉还存在，最让童话高兴的是唐卯家对面有一家酒店。唐卯家所在的城市算是个古都，有些旅游资源，他家不远处就有一处景点跟唐朝有关。

于是她就住进去。安顿好后，背着包，重点是带着包里的银行卡，去逛商场买东西，主要是衣物。

然后她在这个城市住下来，没有目的，不想结局。站在房间窗户里能看到唐卯家所在的小区大门口，酒店下面一楼还开有咖啡店和快餐店，她无论在房间休息还是吃饭喝咖啡，都有机会看到唐卯。但是她没有看到唐卯，或者是看到过，但没认出来。二十年过去了，她不敢说会认出那个男生，当年他只是个男生，她只是个女生，他还没完全发育成熟，个子没窜到足够的高度，骨架还不是男人的骨架，而她，还是一个婴儿肥。

不过有一天她忽然看到一个男孩子，并且一眼就认定此人跟唐卯有关，因为这男孩正是当年唐卯的样子，跟唐卯很像的五官，甚至那走路的架势。她思忖如何才能接近这个男孩，这男孩却像看透她的心思，穿过马路径直走到咖啡厅里来，不过没看她，坐在另一个桌子旁边打电话，童话听出他在跟他姥姥打电话，因为刚才他去的时候吃了个闭门羹，只好在咖啡厅里等。

男孩二十三四岁的样子，童话大胆猜想他会不会是唐卯姐姐的孩子。按照时间算，二十年过去了，当年那个四岁的孩子正应该长成这个样子。豆蔻男孩，如清风如朝露，如浅浅的雪碧或是芬达。当年的唐卯比他还要青春。

童话果断地拿起咖啡杯转移过去，这是上天对她的厚赐，如此机缘一生也不可多得，必须分秒必争，不能犹豫。谢天谢地，更要谢神秘的机缘。

她忘记了交谈是怎么开的头，只记得自己一定像个花痴，目不转睛地盯着男孩看来看去。男孩太有素养，或许是出于对上辈人的尊重，他当然把她迅速列为上辈人。好在他没有很直接地称呼她阿姨，这是出于礼貌。

她也不记得是如何切入了正题，总之是非常快，没有详加考虑，没有铺垫，她就问那男孩，觉不觉得她面熟？男孩报以一笑。切，这种老掉牙的试探。但不久男孩就明白了这女人不是那个意思，她毫无顾虑地道出自己的真实身份，记不记得你四岁时候，夏天，家里住过一个阿姨？

随即她又自嘲地笑道，四岁的事哪会记得呢，我太过分了。

男孩回忆的时间并不太久，他露出俏皮的笑，似在捉弄童话一样，说，那可不见得，科学家说，人的长时间记忆是从三岁开始的。

童话觉得她已经爱上了这个男孩，他四岁的时候就相当可爱了，但远不及如今这样让她爱怜。这男孩而且很懂得如何博得童话的欢喜，他说，你知不知道，舅舅把你的来信锁在抽屉里，那抽屉安的是挂锁，能拉出一条窄窄的小缝，我用姥姥的毛衣针，插到胶水瓶里沾一些胶水，伸进去，试图把那些信沾出来，但屡试屡败。

呵，还有这样一些有趣的插曲，混杂于那件结局潦草的往事之中！她记得后来他们分了手，是因为说好国庆节时唐卯来看她，那时候国庆节有三天假期，她在车站等了三天，后来收到唐卯的信，说不知为何母亲不许他离开，他甚至给她跪下了，母亲都没有答应。母亲定定地看了他很久，披上衣服出去了，很晚才回来。他头一回看到母亲用那样冷酷决绝伤心的目光看他，终于还是去把火车票退了。

那是他们毕业后的第一个国庆节。四年中专，三年恋爱，毕业后他们分开了两个多月，那么漫长的分开还是第一次，他对她思念得如火如荼，而她已想好分手，只等国庆节见面时提出。没想到她的心思已经提前被那个整天卖绵绸的女人看出，她不允许自己的儿子千里远行去收获一个被判决的结果。

童话觉得那早年丧夫的女人已经练就了一双火眼金睛，或许她脚蹬三轮车在车站外面看到童话的第一眼，已然穿透了童话的内心世界。童话在她家小住的那些天，她待她如家里的一分子，在不卖绵绸布的时候，那女人喜欢打麻将，会在接到麻友电话时急匆匆对童话说，我把米饭焖上，有西红柿，中午你自己做点西红柿汤，啊！

那时候童话对她感激涕零，她喜欢那么不见外的吩咐，由此喜欢那个朴实无华的女人，因为那女人给了她恰恰缺失的部分。

可是那女人在无华的亲密之中，早已判了童话的死刑。或许她看出童话的心是迷离的，不可靠的，或许干脆就不喜欢童话这样的儿媳。所以，如若不是童话早有分手之意，恐怕一蹶不振甚至患上自闭症的，就是童话了。

的确，唐卯从此一蹶不振，患上短暂的自闭症。童话在接到他的信后，立马做出回应，她说她在车站外面一个石阶上坐了三天，但是没等到他来。她已伤心得要命，现在得知他母亲这么反对，就更没有继续下去的信心。

童话就这么顺应天意地抛弃了唐卯，还落得了个无罪，甚至落得了个被伤害。国庆节后再也没有那么长的假期，那时候还没实行双休，他无法来见童话，况且童话不再给他回信。那时候还没有手机和传呼机，童话住单身宿舍，连座机都没有。唐卯就这么简单地失去了童话。

唐卯患上自闭症，整天不跟任何人说话，上班如此，下班后也如此。整夜坐在客厅沙发上，开着电视机，频道调到童话的城市。他母亲无奈地后悔了，偷偷给童话写了一封信，求童话给唐卯回信。那卖绵绸布的女人很多字不会写，用拼音代替。童话这才知道唐卯跟他母亲姓，因为他们家男人的短命，唐卯从生下来就被冠以母姓，希望能躲过此难。

童话至今记得她给唐卯母亲的回信，她说如果有来生，她希望能做她的儿媳，但是今生没此缘分了。

住在咖啡厅对面小区一栋楼房里的那个老女人，童话想象不出如今她的模样。那封回信过后她们两人再也没有任何联系。

十

童话在离家出走后的第六天，持票登上返回的火车。

这次她没买八宝粥，那太简单，而且没有营养。她买了全麦面包，牛奶，卤蛋，海苔，西红柿，乱七八糟一大堆，还买了钙片，维生素片。在火车上只能如此，一切营养都有待回家之后再补。

而且，咖啡是坚决不能再喝的了。想想这两天每天都在喝咖啡，童话内心里后悔得要命。她已经开始有孕吐的反应了，就在昨天。算算今天距上月例假已经是四十多天了，她记得原先在单位时曾听前辈说过，怀孕后过了四十多天不呕吐，就是不会呕吐的了。看来这说法不靠谱。

她是在离家出走之前用早孕试纸测出怀孕的，在那之前她一切照旧，没任何反应，只是例假推迟了一个周没来，才想起是不是怀孕了。

按理说这应该是个意外，因为龙逐浪亲近她的那天，是她的安全期。对于他们夫妻之间的事情，童话觉得很合她意，因为她不想生孩子，所以就喜欢尽量少做房事，而龙逐浪恰恰符合她的想法。或许由于他忙于事业，或许他本来就是个寡欲之人，总之他们很少行夫妻之事，行事时也巧合地都在她安全期内，没发生怀孕的意外。

倒不是说她讨厌孩子，恰恰相反，一点都不，在街上看到不相关的漂亮孩子，她都会喜欢得要命。但是轮到她自己，那就大不一样了。她自己当然明白症结何在，因为她受够了被抛弃的命运。一个小孩无权决定自己的出生，这是多么不公平的一件事情！她不要这种不公平将来在自己的孩子头脑里体现，而且她没有自信能陪伴那孩子一辈子。

结婚十多年了，还是出了意外，她肚子里有了一个将来可能会埋怨她的种子。可是，怎么办，拿掉吗？她不忍心。她就是忽然有一个强烈的愿望，去见见过去那些给过她人生经验的人。最远的是唐卯，就从唐卯开始。

没有目的，不问结局。

谢天谢地她见到了唐卯的外甥，那青春男孩仿佛让她重新经历了一回青春和初恋。她没有见到唐卯，这让她大舒一口气，并且唐卯死了，这个人一出生就被冠以母姓，还是没能免了一死。她不明白他的死是纯属巧合，还是真的是遗传基因的问题，她没问，那男孩也没说原因。

总之她确定了一件事情：最终还是唐卯抛弃了她。这就够了。

她躺在铺位上一边忍受着怀孕后的恶心，一边看一张火车票。准确说是一块小铁片，二十年前她从唐卯的城市坐火车离开，持的就是这个小铁片。当时的火车票就是这个样子。她保存了二十年，终于在车过黄河大桥时，从窗户里扔了出去。

她回到自己的家，发现一切如初，她的拖鞋好好摆在门里，她养的两条孔雀鱼也没死掉，水很清澈，鱼肚子很饱满。看来龙逐浪替她照料了那两个小家伙。她的手机还放在电脑桌上。她记录的农场收获时间那张纸也还在老地方，时间停留在她离家出走前一天。

她洗了个澡，就躺回床上休息。以后她要多休息了，网要少上，QQ农场的菜，就让它们寂寞地长着吧，谁喜欢摘就尽管摘去。

她睡着睡着龙逐浪回来了，他在床前坐了多久了她也不知道，看来怀孕后嗜睡，一点没错。龙逐浪没有大惊小怪的意思，就好像她没离家出走一样，只是打量着她说，你胖了一点。

她说，当然了，肯定要胖，而且还要胖。

接着龙逐浪就对她说，想吃什么，我带你出去吃？她说，不了，在家吃吧，卫生。龙逐浪就说，那我去做，想吃什么？她想了想，说，瘦肉，猪肝，豆腐，青菜，鸡蛋，海带，鱼汤，就先这么多吧，你看着做，要清淡一点。龙逐浪笑着说，你想一口吃成个胖子？膳食有没有营养不在花样多少，在于如何合理搭配。

他们两个将近四十岁的人，从膳食方面开始了做父母的准备。她回忆了良久，才猜想龙逐浪可能是看到了她拍的那张早孕试纸照片。那天她用相机把试纸拍了下来，存到电脑里，她想，这是一个小孩在这个世界上取得了生存权的第一个讯号，她得替这个小孩留下这个讯号，这个证据。当然此后的那些证据也都得留下，比方B超图片，各种孕检单据，甚至她在早孕中孕晚孕各个时期的大肚子照片。

她把照片存到电脑里，跟其他照片混到一起。她和龙逐浪各用各的电脑，她用台式，龙逐浪用笔记本，但也不是绝对秋毫不犯，有时她做着饭，也会让龙逐浪替她去她电脑上帮着收收菜，他们两人的照片都存在台式电脑里，她下载的一些美剧也都存在台式里，龙逐浪有时无聊了也会去看一看，他的笔记本相对干净一些，只存了一些医学资料和病例。

看来在她离家出走的这段时间里，龙逐浪查阅了一切跟她有关的线索。他是医生，生殖学专家，想必对她肚子里的孩子是哪天怀上的都已了然于胸。连她都能回忆起是哪一天有了这个孩子的，何况龙逐浪。

童话的分析完全正确，龙逐浪从照片属性里知道他妻子是哪一天测了试纸和拍了照片的，他也知道他是哪天招惹了他妻子的。结婚十多年来，他亲近童话的次数能数得过来，而且每次都有记录，那是只属于他自己的习惯性记号，童话不知道。他知道童话的生理周期，由于他是生殖学专家，深谙女人内分泌之道，如何调理和养生，童话从他那里知道了不少，因此她内分泌十分正常，每个月按时来例假。她什么时候在安全期什么时候在危险期他了然于胸，因此每次都能准确地在她的安全期内行事。但他也深谙安全期并非十分保险的道理，他们那么多年没出意外，迟早得出。终于出了。

他对孩子的看法跟童话当然不同，这一个星期以来他进行了认真的思考和推敲，认为，相比来说童话对此的恐惧是具体的，有因的，是一种微观的对自身命运的返惧，而他是宏观的，这么多年他看多了生命的奥秘，那生命的源头和通道，并不干净的千疮百孔的女体，已让他对之失去正常欲望，跟童话聊胜于无的夫妻之事，其实也都是他的勉力为之，出于做丈夫的责任。更重要的是，那炮制生命的欲望，在他看来并非那么纯洁，那些愁眉不展的女人，只是为了传宗接代，为了在单位同事面前昂起头颅，为了证明自己不是不会生蛋的母鸡，为了有一个亲骨血将来给自己养老送终，为了让自己的家庭也跟别人的家庭一样完整。他已对生命的出生没有了神圣感，奇妙感。

当然现在一切都不同了，他们出意外了。而且龙逐浪自从看到童话小时候跟她小姨站在一起的那张照片，她齐耳的短发，婴儿肥的脸，委屈的泪花，抓着半只苹果的小手，就感觉这么多年修炼的生命认知一下子土崩瓦解，他急切需要这样一个小孩，他太爱这样一个小孩了。如果妻子将来生下的恰恰是个女孩，恰恰是婴儿肥的脸——那肯定是了，遗传嘛——那会有多好啊！

龙逐浪在做饭的时候，手机响了。他把手机放在茶几上，厨房关着门，抽油烟机开到高档，听不到手机响。童话从床上爬起来，拎着手机往厨房走，走到半道发现是她妯娌王芽的电话，就返回客厅接听。

王芽一听是她，就说，嫂子，你总算回来了，去哪云游了？

她一时没想好怎么回答，奇怪，她怎么会笨到如此地步，离家出走了，又回家了，却从没想过要编一个什么理由来解释离家以后的行踪！她这才意识到自己的疏漏和笨蛋。

她支支吾吾，这时候龙逐浪关掉抽油烟机，端了一盘菜出来，问，谁来的电话？

她站在当地，不知道说什么好，龙逐浪就走过来接过电话，说，哦王芽啊，过来吃饭吧，我做了一桌子美味佳肴。

龙逐浪把手机用手扣住，对她说，你回房去，待会王芽来了咱就开饭，这边有油烟。边说边返回厨房，抽油烟机复又响起，童话听不到他在跟王芽说什么了，似乎在交代她什么都不用带，空手过来吃就行了。

吃饭的时候王芽又问，嫂子，这些天去哪了，旅游去了？也不打声招呼，香奈儿包用着怎么样？

本来童话应该顺坡下驴，承认她去旅游了，那就什么事都没有了。可她偏偏觉得撒这么个谎不好，而且事先没想过要撒谎。在电话里支吾了半天，现在却说去旅游了，算怎么回事。

所以她就什么都没说。王芽本来也想让她顺坡下驴，所以她不那么干，王芽也不知道说什么了。气氛有点尴尬。

这时候龙逐浪却解说了一个医学名词，他说，你们知不知道神游症？王芽说，不知道，跟梦游症差不多吧？龙逐浪说，完全不同。神游者在长至数天甚至数年的时间里离家出走，通常游逛到较远的地方。梦游者的表现很怪异，而神游者的表现非常正常，对周围环境有感知力，能进行一切复杂的活动，如买东西，买车票，旅行，交谈，甚至以全新的面貌开始全新的生活，很少能引起周围人的注意与猜疑。

王芽说，我明白了，你是说，童话这些天是神游去了？那你去哪神游了嫂子？

龙逐浪说，她自己也不知道。因为神游者后来会对那段时间的事情完全遗忘。

王芽说，哦，我明白了。这倒很有趣啊，我哪天也神游去。

龙逐浪说，你以为谁都有这本事吗？只有那些感觉细胞非常敏锐的人才有可能神游，几率是0.2%，一千个人里才有两个人有此奇特的经历。

童话不知道龙逐浪所言虚实，他是个医生，尽管是生殖学专家，但触类旁通，知道神游症也不是什么稀罕事。至于他是不是真的认为她这一周神游去了，她已不想知道答案。

但童话改天还是上网查了查神游症，发现网上所有称呼都是神游症患者，而龙逐浪却把患者二字去掉了。

十一

电视台和报纸都报道了福利院搬迁到魁玉路的消息，童话去看了看新福利院，觉得很失落，又回到老福利院去看，更觉得失落。

因此她就反复看新老福利院对比的照片，还看招聘启事，对龙逐浪说，我要是去应聘护工应该能行吧？

龙逐浪也看看招聘启事，说，你有两个条件达不到，一是超龄了，二是没有护理专业资格证。

哦，童话有些遗憾地叹口气。

龙逐浪说，你等小龙童生下来后，当他的专职护工就行了。

他们把孩子的名字取好了，龙童，不管男孩女孩都叫这个名。

在一个下午，童话独自去了十间房那里，她不确定她小姨童桑还在不在。她被送进福利院后，童桑有一天带着很多糖块去看她，她就知道小姨结婚了，她问小姨，是跟小王结的吗？小姨说，是的。她又问，小王脸上还有很多疙瘩吗？小姨说，现在没有了。她还是问，为什么呢？小姨说，傻孩子，跟你说你也不懂。她最后问，那你不住集体宿舍了吗？小姨说，不住了，我们在家属楼里分到了一套房。

她哦了一声，没再问别的。小姨不再住那个窗户后面了，她也就不想再回去跟小姨一块住了。她知道家属楼就在宿舍旁边，但有什么用呢，从窗户里看不到那棵葡萄树了。况且小姨也不是来接她的。

二十年了，她不知道小姨是不是还住在那里，那个家属楼是不是拆迁了。这几年到处都在拆迁。但是等她到了那里，一下就发现，所有地方都在拆迁，唯独那里没有，就像被时代遗忘的角落。

她问了一个人，知不知道童桑家住在哪里，那人告诉她几单元几楼，又说，现在她在平房那里做凉皮，又指给她，胡同尽西头，公共厕所旁边那家。

她慢慢地走到胡同里。跟过去相比这里更加寥落，穿过铁路的公路边新开了一家加油站，里面有免费厕所，路人去那里更方便一些。她走到老良家门口，朝院子里看过去，没有老良和黄狗，院子里的葡萄树却还活着，她一下子惊奇地停住了脚步，怎么会，三十年了！

她只是停留了那么一小会儿，就飞快地走开了，仿佛那院子里会立即跑出那条黄狗，对她撕咬。她避之不及地快步走到胡同尽头，好在现在她的肚子还没有显山露水，不觉得拖累。这家的院子也破败得不像样子，院门敞开，院子里堆着木块，房门也敞开，从里面源源不断地往外冒着热气，热气里她小姨不停地在锅上忙活。

一下子她就认出了她小姨，原本那女人就是个婴儿肥，现在就更是痴肥了，她看看自己的腰身，说不定几个月过去也会变成这个样子，忍不住笑了一下。奇怪，她居然在这种时候没有哭，甚至能笑出来。她发现自从肚子里有了小东西，整个感情系统就变了。很多东西轻了。

她就那么偷窥了一会儿她小姨，终于没有进去，慢慢地又走回胡同里了。她想起小时候常常跟自己做的打赌游戏，抬头看看天，万里无云，秋天就要到了。她想，如果我走到老良家门口时下雨了，我就进去一下。

没有下雨，她却进去了。遥忆当年那场雨，她觉得真是匪夷所思，不可破解。

本来她以为这是个空房，老良也应该早就死了。照时间推断，那男人现在应该七十多岁或者八十多岁了，又是个唇裂，无儿无女，隔三差五挨揍，能活到现在几乎是不可能。所以在胡同外面她打听她小姨的时候，就没有打听老良。但是她错了，老良就躺在里屋的床上，不知道睡着还是醒着，耳朵边摆着一个收音机，呜呜呀呀地响着。

她在床边站了十几秒钟，看了看周围的摆设。更加破败了，所有物件更加静止，包括睁开眼后的老良，就像一具睁着眼的尸体。

老良已经不认识童话了。三十年了，他要是还能认出她来，那简直是神话。即便是童话，也只能通过他那跟旁人不同的生理缺陷，唇裂，来确定他就是老良。

老良坐起来了，他居然还能动，只是枯瘦得像骷髅，脖子只被几根骨头支撑着，其余地方全都陷得没有了。他奇怪地看着童话，嘴唇掀动，发出更语焉不详的声音，童话一个字都听不懂，猜了一会儿，索性就打算骗一骗他。童话说，我是你侄女！

她看到老良把浑浊的眼睁了睁，似乎在辨认，她就又提高嗓门，模仿她想象里老良侄女的口气，她觉得那口气应该是凶悍的，不耐烦的，讨厌的，巴不得他早早死掉的，因为童话六岁时见识过那女人的可怕。童话说，连你侄女都不认得了吗，真是一个老不死的！

老良抬起枯瘦如树枝一样的胳膊，指指外屋半空里吊着的竹篮。肯定已不是原先那只竹篮了，不知道换过多少个了。她走到外屋，伸手够下那只竹篮，看到里面有几个馒头，以为是老良饿了，就把馒头拾出一个，放到锅里，打着火。她再看看四周，找到一个委顿在地上的编织袋，打开一看，有半袋子土豆，想是他侄女拎来的，就拣出两个，找把刀削了皮，切一切，炒了个土豆丝。油是有的，盐也有，酱油也有。

老良闻到香味，竟然自己下了床，像个孩子一样坐到八仙桌旁边等着。她把馒头和土豆丝端到桌上，看着他吃，学着她想象里他侄女的口气，吆喝他，快点吃，吃完给你擦擦身子，脏死了，像猪一样！

她不知道他侄女给不给他擦身子，看他现在还能动，估计是得他自己来。不过她不再考虑这件事，把灰尘斑斑的水壶拿到院子里的水井旁边，压水上来刷了刷，灌满水，架到灶上烧开，在脸盆里兑好了，毛巾也在水井边洗干净，当然是洗不干净的，象征性地洗洗而已，然后扔到脸盆里，命令他把衣服脱了。

他乖乖地脱掉衣服，剩下下面一条大短裤。九月份了，天气马上就要转凉，他还是夏天的短打。松紧带依旧系得没有章法，两个头像蜗牛角一样在他腰间竖立着，她扑哧一笑，恶作剧地把那松紧带一拽。松紧带看来年月已久，只差这一点点刻意的力气，马上就断掉了。老良补救不急，只好目瞪口呆地坐着。

不过他只是呆怔了一小会儿，本件里的东西就复苏了。童话给他擦着，看着那小时候被迫握过的物件，如今也像他一样风烛残年，禁不住为生命的倏忽而悲凉起来。

老良眼巴巴地看着她走出那黑洞洞的屋子。她在院子里停留一下，看着那棵奇老无比的葡萄，很纳闷它生命力为何如此旺盛。它的主干和大多数藤都已是虬皮横生，但仍有新鲜绿色的藤发出来，叶子浓绿，葡萄现出熟透后天然的墨紫色，一串串孤独地垂挂着，只等一场秋雨过后，爆裂，零落，被秋虫啃啮，鸟儿啄食。

没有人愿意光顾这个院子，即便它怀里搂了一棵繁华不死的葡萄树，结出让人馋涎欲滴的果实。

童话小的时候，是多么想在它们熟的时候，吃上几颗。现在她眼里慢慢蠕出一些泪来，她在泪光里收回目光，慢慢走出了院子。在家属楼那里她碰到她小姨，已经卖掉了凉皮，骑在一辆三轮车上，苦着脸，眉心纠在一起，纠成一个大疙瘩。

她知道她小姨那疙瘩是伸展不开了的，女人怕老，要尽量减少肌肉活动，否则一些惯性动作会很容易产生纹路，比方经常眯眼会加深眼部皱纹，经常大笑会加深嘴部皱纹，而经常皱眉，眉心就会堆起一个疙瘩。她从三十岁时起就很注意这些。

回家之后童话的疑惑得到了解答，她上网搜葡萄树的寿命，太惊讶了，原来它的平均寿命为六十年。

童话走后老良依然如坠梦里，那个不是他侄女的女人，给他擦身子，还握了握他的下体。这让他的记忆跟肉体一样得以复苏，回到多年前的那个夏天，胡同对面毛巾厂宿舍里的小姑娘，被他用红头绳和糖块吸引进来，陪他做那个值得回忆一生的游戏。

老良把目光看向胡同对面，那里的宿舍早已不再是宿舍，门窗俱损，只有鸟雀进进出出。他怀念当年毛巾厂那些姑娘们住在里面的日子，每个窗户里面都是花红柳绿的无限风光，那个小姑娘就那么趴在枕头上，寂寞地看着他的院子。

为了那小姑娘，他干净了很长日子，隔三差五地压上井水来冲冲澡，因为那小姑娘老是嘲笑他手指和脚趾缝里有黑泥，他还去买了一只指甲刀。他没钱，只有他侄女定期来给他一点点钱，他省下来去买糖块，讨好那小姑娘。

因此后来他挨了揍，也没恨那小姑娘。那顿臭揍，是他此生挨过的所有揍的总和，那小姑娘胖胖的姨，纠结了毛巾厂十几个小伙子，浩浩荡荡来讨伐他，那些小伙子血气方刚，每人脸上都长着密密的粉刺，他们的力气无处可使，又早就得知他的赖名声，更重要的是在他面前他们显得那么强大，个个都像天神宙斯，虽然那胖胖的姑娘并不怎么招人喜欢，小伙子们还是珍惜这逞强的机会。他们穿着鞋踹他的胳膊腿腰头脸，豁嘴也不放过。

一个人说，别踹裂了，另一个人说，天生就是裂的，第一个人说，对啊，我怎么忘了。

老良重又回到八仙桌旁边，吃那块刚才没吃完的馒头。他侄女昨天刚刚来过，给他新蒸了馒头。他指指那只篮子，是想提醒刚才那女人，你别骗我了，我侄女昨天刚刚来过。

黑眼睛

一

我不知道怎么才能留给安喜一份好一点的生活。这正是我当前的奋斗方向，更是我全部的忧虑所在。

早上我走出楼门，双脚刚刚踏上水泥地，就一跤跌进了阳光里。我想我歪倒在地的姿势应该跟一条懒洋洋躺着的狗雷同，如果我有着狗一样的气定神闲和无忧无虑……可惜不是这样。我想我更像一个倒地而死的人。一个人走出楼门，无端端地倒地而死，排除他杀，排除天灾（比方上头落下一颗钉子正巧砸入天灵盖），那还能有什么原因？无非就是病入膏肓……

这正是我全部的忧虑所在：我脑子里长了一个东西。这是通俗意义上的称谓,按行业叫法，它叫一颗肿瘤，再专业一点，它叫恶性胶质脑肿瘤。关于这种叫什么胶质的肿瘤，我所知甚少，也根本没打算将之作为一门我人生中的新学问来研究，虽然我从小就把活到老学到老奉为真理。事实证明活到老只是一种理想、一个虚妄的存在，我人生之路的尽头已隐约可见——刚才我倒在地上的时候，眼前出现一座桥，虹桥，彩虹之桥。我想，那一弯美好的玫瑰色彩虹，它预示着一切虚幻的结束……

当然，爬起来以后的我马上理智地甄别出，刚才所谓的虹桥只是幻觉而已。但这幻觉无关臆想，它是我脑里那个东西作怪时产生的物理效应。据说，晕倒啦，幻觉幻听啦，这些情况通常都在早上发生。这是据医生所说。所以，并不是阳光袭击了我。这才刚刚早春，阳光温暖、和煦、慈霭，一点都不沸腾和爆裂，没有任何杀伤力，哪怕是对我这样一个病入膏肓之人。

我忧虑地走在春天里。我的忧虑所在，除了那叫人害怕的死亡，还有正在幸福河市场卖凉皮的安喜。安喜是我的……怎么说呢，我不愿意使用诸如女人这样的字眼。在我看来，只有那些成功人士才有资格指着某个女人说，这是我的女人。这样理直气壮的说法，需要一定程度的条件作为支撑——比方经济资本，它不是唯一，但至少是让底气粗壮起来的道理之一。

而我一无所有。自从失去前妻白冬，我就自认为是一个一无所有之人，虽然我跟我现在的女朋友（姑且称之）安喜住在一起。我跟安喜住在一起，安喜跟我住在一起，我们跟贫穷住在一起。这就是我的现状。每天安喜在天不亮的时候起床制作凉皮，天亮以后踏着三轮车把那些东西运到幸福河市场，一张一张地卖掉。我在其中发挥的作用并不明显和重要，归纳下来总共这么几样：劈柴。劈柴。劈柴。

说到劈柴，不免就要说到生活的艰辛，这就是我的忧虑所在。我时日无多，我死以后，难道还要让安喜在对我的思念里继续卖凉皮吗？我会闭不上眼的……走在春天里，我理智地意识到此时的我不宜思考太多问题，因为我脑里长了东西，它不允许我过度思考。我当前全力以赴干着的事，已足够我把自己每分每秒都置于思前想后当中了。那是什么事呢，说出来，或许是我这辈子干过的最辉煌的一件事了——我绑架了我的前妻白冬。此刻我正走在去给她送饭的路上。

确切地说，我在八小时前绑架了白冬——假如我现在被抓，警方是会用这样一些确切的数字来说明问题的。为了到时不那么麻烦，我从昨晚就开始记录一些关键事情的发生时间。我想好了，到时把这些记录痛痛快快地上交，签字，然后等死——这说明我在犯罪之始就具备了强烈的忧患意识。为什么会这样，除了因为我是一个谨慎之人，可能更具说服力的原因是，我归根结底是一个善良之人，走在犯罪这条路上我并不那么心安理得，虽然白冬有一万个理由被我绑架……

现在是3月2日7点15分。我在昨晚23点15分，把白冬在一家洗浴城门口绑架。过程并不曲折：20点50分，我潜入她的车子；23点15分，我用一把刀架在她后脖颈上，给她蒙上眼罩，封上嘴巴，绑紧四肢；23点58分，我用她的车把她带进一个黑暗的阁楼。这是三个具有标志意义的时刻，我已在一个黑色硬皮本上做了详细记录。

后来的那些日子，每当我在黑色硬皮本上兢兢业业地埋头工作，白冬就会嘲笑我，她把它称为“犯罪实录”。她说：李有能，又在写犯罪实录了？好好写啊，免得进去以后交代不清楚挨揍。警察很会揍你们这样的家伙，能把你揍出屎来。揍出屎来还得让你舔回肚子里。然后再把你揍出屎来，还得让你舔回去。接着再把你揍出屎来。

白冬在想象里用屎这种肮脏的东西把我折腾个死，而事实上，屎如今对我来说算什么东西！当你面临更大的凶险和不堪，有些貌似可怕的东西就无足轻重了，比方，脑肿瘤和屎，死亡和被抓。这些关系只需稍微对比一下，就能立分轻重。

这些关于脑肿瘤和屎、死亡和被抓的思考，都是我在阁楼里进行的。通常我站在阁楼唯一的一扇小窗旁，思考如上这些宏大或者微渺的问题。在我的视野里，除了蓝天白云，及跟蓝天白云有关的事物，剩下所有事物就是对面那栋楼了。其实确切说，只是一些颓败的墙和窗户而已。我对它们不感兴趣。让我感兴趣的是对面六楼上面的阁楼窗户——它跟我鬼鬼祟祟倚靠于旁的窗户应该一模一样。但由于隔了一些距离，竟带给我另外一些感觉，主要是神秘……对，神秘。它小而黑，即便朝阳和夕照扫过时，也如同一张面无表情的容颜……

二

我给白冬带的早饭是一份凉皮。早上，我趴在厨房窗台上向安喜要了两份凉皮。她站在楼房后面的一间小平房门口，仰着头问我为什么要两份？我说，我吃一份不够。安喜吃吃地笑起来，笑得有点蠢，有点羞涩。我拿不准她为什么忽然这么笑，直到她上楼来给我送凉皮时说了那么一句话，才让我不得不承认，我正在干着的这件大事，其实关乎安喜，更关乎安喜的肚子。安喜那句话是："你也怀孕了？这么能吃？"

这就是问题的关键，是我全部的忧虑所在：安喜怀孕了。而她肚子里那小家伙的爹即将死去。纵然他一千一万个不中用，可他即将死去的事实，总归不是一件好事。至少他连劈柴的活都干不了了。

我拎着两份凉皮走在春天里。在公交站点我乘上一辆26路开往北岛的车。一个小时后我在硬皮本上记下：3月2日，7点22分，在幸福河站乘26路车；8点零2分，在北岛站下车；8点17分，进入租屋；8点25分，开始早餐；8点30分，早餐结束。

利用这顿早餐，白冬不失时机地对我进行了打击和挖苦，所用语词跟两年前基本雷同，有一些话，她说出上半句我就能接出下半句。但我不接。我沉默地吃凉皮。如今我已不知不觉学会了沉默，有时候我觉得，对付世界，这是一种不错的方式。因为很多时候，话语越多，在让一个人越发自由地发挥自我的同时，也越发暴露他的虚弱和浅薄。在过去那些跟白冬共同的岁月里，我就是犯了这样的错误。

白冬那些话花样百出但万变不离其宗，中心意思只有一个：对我的不中用进行深入说明。但哪个男人不想成为一个成功人士？我承认我不成功，甚至一直处在落拓之中，但我不承认我没有那个潜质，更不相信世界永远不给我机会。但是机会……我就要死了，机会也将随同那些我尚未领略的时间一道弃我而去……

在我给白冬的嘴巴重新贴上胶带之前，她被获准还有十分钟的说话自由。白冬很珍惜这短暂的十分钟，她问我："李有能，你写什么？遗言？"

我说："交代材料。但我希望这玩意用不着。用得着用不着，关键看你的态度。"

白冬说："我看完全用得着。给我看看你都写了些什么。"

我想了想，给她看看也无妨。如果这玩意用得着，她肯定迟早能看到。因为我被抓后，可能需要她在上面签字确认什么的；如果这玩意用不着，她或许会看在我如此辛苦折腾的分上，早点把钱给我。

白冬在看了那些记录之后，用舌头和牙齿完成了一个讥笑，她说："哧！早餐！一份凉皮，也能叫早餐！"

听了她这句话，我当即决定，在被囚禁的日子里，她每日的早餐都将是一份凉皮。

她快速看了一遍我的记录，包括昨晚的，总结道："我看十脆就叫犯罪实录，再恰当不过了。”

我看了看表，提醒她：“你还有六分钟。”

白冬是聪明之人，立即把剩下的六分钟用来干些正事。她向我提问到：“你是怎么打开我车门的？”

这个细节在犯罪实录里没有记载，我想了想，告诉她也无妨，理由还是那样：假如这本犯罪实录最终成为一份交代材料，那她迟早能知道我是怎么打开她车门的；反之，让她知道一下我的孤注一掷，说不定她能早点妥协，给我一笔不多不少的钱。

我告诉她，这很简单，第一步，从网上搜索“万能钥匙”四个字；第二步，从几十万条搜索结果中随便找一个类似“开锁名匠”、“开锁王”、“锁不住”这样的网站；第三步，拨通联系电话；第四步，交易。

“就这么简单？”

“就这么简单。我还有一个‘开锁大全’光盘，赠送的。这世界上到处都是聪明人，你得承认这一点。”

“钥匙呢？给我看看。”

我很乐意让白冬了解她被绑架过程中的每个环节，无论出于何种目的。因此我拿出那把说不上是不是钥匙的玩意——老实说它只是一个用钢丝、铁钩和齿模制成的怪模怪样的勉强可以称之为工具的玩意，如果白冬看它的目光没有狐疑，那才是让人万分不解的事情。连我自己都不敢相信，昨晚我就是拿着这个粗糙的组合工具，用五秒钟时间弄开了白冬的宝马。

但现在我们只能相信事情正是这样发生的，因为我们别无选择，而且那也不是事件的核心所在。在这一点上，白冬跟我保持了心有灵犀的默契。她不再纠结于那玩意的可信度，而是重新摆出一种鄙夷的姿态，企图从气势上压倒我。她说：“这个世界正因为有你这样的人存在，才会有那么多乱配钥匙的坏人。”

我说："这个世界既然存在，各种各样的供需关系就必然存在。好比你和一个穷男人、你和一个富男人，这就是两对供需关系。你和一个穷男人的供需关系是需大于供，而你和一个富男人的供需关系是供大于等于需。"

白冬说："你别给我来这套，我知道你小时候说绕口令拿手，你们语文老师都说不过你。我时间很宝贵，还剩不多了吧？咱们说正事。"

我一阵头晕，不得不闭上眼睛休息片刻。这时候，我给白冬的十分钟时间已经结束。我盯着表呢，一分都不会差。说到做到，雷厉风行，这是我给自己定的规矩——看起来我似乎深谙绑架之道，但实际上我胆小如鼠，是那种被人骑在脖子上拉屎都不敢动动脑袋的弱者。正因为了解我的过去，白冬才在被绑架后还能如此嚣张。

我忍着头晕，用胶带把白冬想说的正事堵回她肚子里。其实我在这一个月里跟她说过无数次正事了，从知道自己脑里长了东西，我就试图采取和平的方式，从她那里得到一笔不足以影响她生活质量的钱。可是白冬，我的前妻，她挑战我的底线，最终让我把她关到了这么一间阴森寂静的阁楼里。

三

我躺在地板上打量这间阁楼。这实在是一个理想的囚禁之所：先说它的外部环境。从地理位置上来说，它位于城市最北端。"最"实在是一个很有水平的汉字——自从脑里长了东西，我思考了许多以前根本未曾涉足过的问题，比方，每天我几乎都能发现那么一两个貌似平淡无奇的汉字或者词语所具有的无穷意味。或者可以这样说，我赋予它们新解，当然是在我有限的理解力范畴里。如艳遇、剥夺、日光、钉子、马路、天涯、蹂躏、快乐、极其、很、最……等等。我对它们的重新打量糅杂了光影、色彩、动作、力量等元素，一下子，它们就变得神秘复杂，魅力无穷……有一天我忽然意识到，莫不是我正在对整个世界重新打量，这是不是跟即将到来的死亡有关？说明我对这个过去我不以为然的世界开始眷恋……

说真的，目前，我不敢想这些奢侈的问题。回到刚才的话题上来——我喜欢“最”这个汉字，你只要闭上眼睛想一想，想一想它的间架结构、读音、涵义、它都跟什么字组合在一起、使用在什么场合，你就会觉得，这是一个棒极了的字。在这城市的最北端，我用我的最后时光，绑架了一个在这世上我最恨的女人……这个名叫北岛的城市最北端，在我闭着眼睛的时候，都能听到海浪的喧嚣……这些喧嚣自然而然就会让人产生天涯感……而天涯，那会让人想到死亡……

如今，我就是这样一个常常思考的人，我思考的东西有时连贯有时是一个个互相不挨着的断章。但这些都没有关系，不妨碍我在人生最后关头卯足精神干一件缜密之事。是的，此生我从未如此缜密过，就拿我找到的这处拆迁房来说，我不知道在这个城市的什么地方还能有这样一个地方适合囚禁一个人。此刻，在这个破破烂烂的小区里，已没有一户安居乐业的居民，他们陆续搬到跟政府达成交易的地方，不久这里就将变成一个国际化大码头。那些忙忙碌碌的人都只是些鱼贩子而已。他们花很少的租金，享受着这些楼房的最后时光。到处充满鱼虾的味道——鱼贩子们天不亮就把鱼虾从海上捕捞出来，摆在码头上叫卖，那腥腥的、咸咸的气味，夹杂着令人嫉妒的躁动和喧哗……也许一个人只有在被弃时分，才能体味这往常甚至让人讨厌的世相。

比如白冬，她活得好好的，不知道还要这样好好地活到世界的哪个时分，所以她对这些我无比眷恋的事物根本不屑一顾。她抽着鼻子，说："李有能，这到底是什么地方？一股子臭鱼烂虾的味道，熏死人了。"

我不语。她问得多了，我只好回答她："你在海上。"

她讥诮地说："难道这个只有一扇巴掌大窗户的黑匣子，是你的船舱？"

我倒是忽然增长了一个大胆的渴望：拥有这样一艘船，到海上去！谁也不知道我死在那茫茫无际的大海上……

我躺在地上盯着那扇白冬所说的巴掌大的窗户。那是一扇菱形小窗，的确是很小，比巴掌大不了多少。但此刻对于白冬来说，它是她所有的世界。其实，岂止是白冬，就连我，这扇窗也是我所有的世界。当我站在它旁边，通过窗帘一角鬼鬼祟祟观察外面的时候，尤其能感到生命和自由的珍贵……我长久地凝视着对面那扇小窗，那些时候，我会有一种游离感，仿佛那扇窗后也有一个我，在跟我对视……

说到窗，就要说到内部环境了：在租房的时候我有过细致的考察，这片房子的建筑式样说不上老也谈不上新，阁楼作为单独的空间属于物业所有。但有那么一批六楼上的住户在自家天棚上凿开口子，把阁楼据为己有了。现在，我囚禁白冬的阁楼，还被租房给我的那家人简单地装修了一下，这使得白冬可以像现在这样躺在一张很不错的大床上睡觉，或者坐在一张桌子旁边看看报纸。但是她的活动范围仅限于床和桌子。有些抱歉地承认，我在这间阁楼里为主人多做了些技术上的装修——在床边墙上楔了一只铁锚，有一副镣铐把白冬美丽的脚踝和那只铁锚链接在一起。对白冬的脚踝我也要说抱歉，如果有可能，我希望镣铐能像脚链一样轻盈美丽。但那显然不好实现。

所以，无论从外部环境还是内部结构来说，这间阁楼实在是一处理想的囚禁之所。在白天，小区寂静得就像坟墓，约略有那么几户尚未搬走的，也都忙在各自的工作岗位上；只有到了晚上，鱼贩子们才陆续到来，把没卖掉的鱼虾搬到各自的租房里。他们顾不上别的，数一数泛着腥味的钱就睡觉了。这时候，如果站在菱形小窗边朝外看，这个城市最北端黑暗一片，没一处灯火，也没有车辆，会让你想到荒野、草原、大海、戈壁……

荒野、草原、戈壁，这个世界还有多少我未领略的美妙之处啊！白冬，我的前妻，如今，她根本无法洞见我的这些思想。就算她知道我脑里长了东西，那东西没长在她脑子里，她就无法亲临其境感同身受。何况她并不知道我大脑的结构已经跟她有所不同了。

现在是囚禁白冬的第三天，这个时长还不足以摧毁一个人的意志。何况对于白冬来说，我这个她曾经的前夫，是一个被别人骑在脖子上拉屎都不敢动一动脑袋的人，因此，某种意义上，白冬在心理上赋予了这场囚禁一些游戏意味。这我充分了解，因为她是我前妻。比如，她在嘴巴获得自由的时候，会用一些讥诮啦、咒骂啦这样的话来攻击我，渐渐地，还夹杂些不辨真假的调情。她会说："李有能，你跟过去不一样了哎，深沉了哎！""李有能，你深沉起来有些性感呢。""李有能，你过来一下。"……诸如此类。

在我封她嘴巴的时候，她甚至会朝我做一个鬼脸什么的。还会先假装很乖，忽然把脸扭向一旁，让我把胶带贴到枕头上。

对这些，我保持了足够的宽容，因为我知道她很快就会想念外面的花花世界，关于绑架的新鲜感会从她那颗跳腾不已的心上一点点消失。像菱形小窗傍晚射进来的夕照，一丝丝、一缕缕、一片片消失无踪……我只需付出足够的耐心即可，如果正常的话，我至少还有两三个月可活……

四

我的记事本有了新内容，是关于对面的那扇窗户。在这天的记录里我写了如下一些句子、词语和汉字：

对面那扇小窗。楼间距约摸二十米。窗后有双眼睛。危险！真？假？

思考现在占据了我绝大多数的时间。但这不是我压缩记录内容的主要原因，主要原因是，我决定把行事方式弄得尽可能的言简意赅。真正的力量应该体现在简洁、沉默、淡定里。但如果将来我的记录本成为一份罪证，那些警察们，谁也无法否认，我简洁的记录涵盖了较为丰富的内容，比方说我对对面那扇小窗的描述。

老实说，在我确认自己选了一处适合囚禁的绝佳场所以来，已经五天了，没有任何危险——哪怕一丝危险的影子——证明我的选择是失误的，直到对面那扇小窗忽然有了内容！当那双眼睛猛然出现，我有一种遭到目击的感觉，马上我意识到，这间阁楼也许已经被怀疑。虽然直到现在，我都不敢确定窗后面究竟是不是有一双眼睛出现过，所以我才在记录里提出了“真？假？”这样的惶惑和疑问。

导致我惶惑和疑问的原因有两个：一，当我发现那双眼睛的时候，它倏忽一闪就消失了，我还没来得及确定那到底是不是一个人的一双眼睛、是一个什么样的人，多大年龄、男性女性；二，据医生所说，我脑里的那个什么胶质肿瘤，会逐渐压迫我的视神经，导致复视等视力问题，另外，脑神经功能障碍还会让我出现幻觉。

综合这两个原因，我的记事本难免呈现出一种拿捏不定的惶惑和疑问。伴随着惶惑和疑问而来的，是一种危险感，从那扇小窗开始，沿着空气蛇形而来，扰乱了我的淡定和耐心。

白冬正在淋浴。截至目前，她日常生活中的基本权利一项都没被剥夺，包括吃饭、如厕、洗澡、更衣、化妆、说话、做梦、健身，等等。她健身的时候还会寻求我的帮助，比如做仰卧起坐，我被要求坐在她两只脚面上。这些我都熟悉，她是我前妻，所以她的被囚生活我都给她安排得面面俱到，用不着她额外提什么要求。除非美容逛街这些，因场所限制，我无法给她提供。

她哗啦啦地淋浴，用一种我熟悉的节奏。然后她让我进去帮她搓背，我帮她搓了。但余下一些事情，我没有心思，虽然她百般逗引我。她的身材没多少变化，只是在臀尖处多了一个文身，她翘起那地方，让我看看是个什么图案。我看了半天，觉得像一只蝗虫，又像一颗星星。她很不满意，说：“你们家蝗虫和星星长一个模样吗？”我只好承认，我的心思没放在那个文身上。

还有，我恍惚觉得视力有点问题了。如果不是出现复视症状，怎么解释我把蝗虫看成星星，或者把星星看成蝗虫，或者是把另外的什么东西看成蝗虫和星星？

这一现象，加上对面那双或许存在的眼睛，促使我决定对白冬采取一些激励措施。我已时日无多。

白冬淋浴结束后，我给她的嘴巴足够的自由。我说：“我们谈正事。”

淋浴让白冬有些性起，时隔两年，竟然在这一点上她也没什么变化。她穿着我给她准备的睡衣斜躺在床上，胸前两粒扣子张开，一条腿压在另一条腿上不安分地动来动去。可我不为所动。白冬大惑不解：“李有能，你病了？”

我说：“是的，我病了。”

她骚骚地笑：“我是医生。你过来，我给你看看。”

我说：“他妈的我的病灶不在下面，在上面。”

她说：“上面是哪儿？”

我指指头，说："这儿。"

白冬说："李有能，我看你他妈的还真是脑子有病。你一直脑子有病。"

我有些恍然大悟。过去那些我们共有的岁月里，白冬整天说我脑子有病，看来是一语成谶了。我是不是该为此多跟她要点钱……

我说："前妻，咱们说正事。还是那件事，我想跟你要点钱。"

白冬说："凭什么？"

我说："不凭什么。我考虑到，你给我十万块一点都不影响你的生活质量；另外，就算你给我的精神赔偿。"

白冬说："精神赔偿？有没有搞错，一个大老爷们管一个女人要精神赔偿？"

我说："说真的，白冬，我的前妻，我是让你受了苦。我干过那么多生意，虽然都不值一提，并且总是让我们过得捉襟见肘，但那并不意味着我永远不会时来运转。老天，我多么不愿陷入那些痛苦的回忆……但我要告诉你，前妻，自从你跟那个混账跑掉后，从此我一无所有，包括丧失了火热奋斗的勇气。前妻，你有弃暗投明的权力，我不反对。但老实说，在你刚离开我的那些日子里，我真想提把斧头去把那混账干掉。你得感谢我没这么做，依然让你过着锦衣玉食的生活……这会儿我跟你要点钱，只不过是想在幸福河市场买个小门头房，再让安喜雇一个服务员，以后不用跟那辆混账的三轮车一起站在冷风里。安喜在她家楼下后面的垃圾堆旁边用砖头盖了一间小房，整天在那黑糊糊的房子里生产凉皮，冬冷夏热，日复一日；我们没钱买煤，烧的是我从附近铁道边上捡来的废枕木。其实说真的，那不是捡，而是偷。那些枕木摞在货场旁边的草棵子里，你不知道我偷它们的时候，很多次差点让巡线工的手电给照着。盗窃国家物资那可是犯罪的事……安喜的手整日在热锅里进进出出，满是燎泡结痂后的疤痕。而我只能给她劈柴，用那把我原来想用它干掉那混账的斧头，劈那些黑糊糊的枕木……我的要求不高，只管你要十万块。至于我们在这船舱里的生活费用、还有开锁费用——忘了告诉你，买那种怪模怪样的钥匙，是按技术等级计价的，你那辆宝马是最高等级，花了三千块钱——这些费用都包括在十万块里面。我已经很宽容了。但你不能因为我的宽容，就无限期地赖在这里，增加我的费用支出。我说这些当然有个前提，也是问题的关键，那就是，这十万块一点都不影响你的生活质量。”

白冬说：“那混账出国去了，怎么也得三两个月才能回来。所以，没人来赎我，恐怕你的费用支出是个问题。”

我说：“那混账出国不出国，跟你给我十万块没关系。你现在就可以用手机通过电话银行把你银行卡上的十万块转到我的银行卡上，吹口气的工夫。马上你就可以离开这间船舱，回到你的花花世界里去。”

白冬打断我：“李有能，你连咱们的房子都卖掉了，还好意思觍着脸皮在这发表受伤宣言？你又找了一个女人，但只能给她劈劈柴，还穷凶极恶地找前妻讹钱，我看你不如把自己劈死。”

我的头开始发晕。作为一个男人，谁愿意遭到前妻如此的奚落？假如他不是的的确确已经走投无路……当我冲进卫生间拿来白冬换下的内裤塞到她嘴里以后，我意识到，我出现了医生警告过我的易激动和情绪焦躁症状。

五

是的，我的诸多跟那混账胶质肿瘤有关的症状正在一一兑现。就像我他妈的前生跟这肿瘤签下了来世相约的协议。

除了开始激动和焦躁，我怀疑我还有了精神不安和胡思乱想的症状。这主要是因为，我总感到对面小窗后面有双眼睛正在窥视我的秘密。而事实上，这两座楼间距二十米，就算我有一双健康的眼睛，也不太容易能看清二十米以外的另一双眼睛，何况还是在玻璃窗的后面，何况我的视力情况只能是越来越坏，不可能越来越好。

但谁能打消我的疑虑？从那天以后，我的记事本上又有了多次关于对面小窗及眼睛的记录。在这间阁楼里，除了对白冬软硬兼施，余下的时间，我多半就站在菱形小窗后面，掀起窗帘的一角，用我那双视力日渐减退的眼，朝对面窥视。每次当我看到那双眼睛（很可能是幻觉）后退回来，对白冬的态度就会更加恶劣几分。

那次我把内裤塞到白冬嘴巴里，她把我祖宗八代都咒骂了一顿。她对我的咒骂就像燥热夏季里的一场大雨，熄灭了我的狂躁情绪。我对自己的粗俗行为懊丧不已，恨不得给白冬跪下来祈求她的原谅。但是鬼使神差，不久我就故伎重演，再次把她的内裤塞到她嘴巴里。第三次，我把她的袜子扯下来，代替内裤塞到她嘴巴里。并且我威胁她道：“敢再骂我，信不信我割掉你的舌头！”

白冬把那条红红的舌头伸出来，像条狗一样，说：“来呀，来呀，你来割！你要是不敢割，你就是姑奶奶我养的！”

我们之间出现了可怕的对垒局面。鉴于过去对我知根知底的了解，这个女人根本就不怵我。虽然对我间歇性的狂躁举动她也有些狐疑，但那似乎更激起了她的反抗精神。局面陷入僵持状态，而我本人，也陷入自己跟自己的斗争之中。一方面我热切希望自己有点什么豪气冲天的暴烈举动，另一方面我又时刻在遏制那些疯狂的念头，警醒自己不要把事情搞糟。

值得焦虑的是，还有另外一些需要我应付的人和事，比方说，我还要趁着夜色去铁路货场附近的草棵子里偷枕木，并且不能在一个地方偷。这样，我行进的路线越来越远，对我的体力和时间来说，都是个越来越大的问题；我要兢兢业业干我唯一能干的一样活，劈柴；我要奔波于城市和北岛之间，尽量在时间分配上显得合理一些，不至于露出马脚。

肯定的是，我目前不能把脑里长了东西的事情透露给安喜。对她来说那不仅仅是一个噩耗，八成会令她当场精神失常。她是这个世界上最最简单的女人，任何稍稍复杂和越轨一点的事情都会超出她的承受能力。

安喜过着按部就班的日子，天不亮起床做凉皮，天一亮踏着三轮车去幸福河市场，半下午踏着三轮车回来。由于这种按部就班，我的奔波才显得从容一些。通常我在她去了幸福河市场以后出发，拎着两份凉皮去跟白冬吃早餐，然后在那里跟她软磨硬泡。中午我们大多以泡面作午餐。晚上我给她桌子上放些点心啦乱七八糟的。反正她晚上很少吃饭，她减肥。这我知道。

但仍然有另外的问题困扰我，这个问题，也是那混账胶质肿瘤陆续发作的症状之一：我的性能力正在减退。安喜怀孕了，在怀孕初期她处处小心，像躲瘟神一样躲着我，生怕我把她肚里的孩子怎么着了；现在，情况反过来了，我像躲瘟神一样躲着安喜。她怀孕已过十六周，据说可以过性生活了；还据说，怀孕会让一个女人性欲增强。

我想不出任何一个理由不跟安喜做爱。这个用一张张凉皮养了我两年的女人，我不知道她到底爱我什么。爱无理由，这是安喜的逻辑。我无法反驳，因为它看起来很像真理。

在很多个夜晚，我悲哀地于黑暗中想一个问题：我来世上走这么一遭，难道就是为了辛辛苦苦地一样样得到、一样样学会，然后一样样被收回吗？我的视力、情绪、性能力、力气、记忆、自由的肢体，都要一样样失去，最后，以一个不能称其为人的古怪样子而死去……

我这样说，完全不是过于悲观，据医生所说，我到最后很有可能双目失明、记忆力丧失、身体偏瘫或全瘫。除了这些，我还可能间歇性地犯一犯癫痫什么的。总之，有一双大手会持续不停地拨弄着我，让我丑态百出，实在再无可压榨和剥夺之处，这才心满意足地宣判我的死亡。

在这种境况的压迫之下，我开始失眠。没有正常的性能力，又没有睡眠能力，这让安喜感到忧虑。在下次产前检查的时候她对我说："有能，你陪我去医院吧。"

我一听到医院这两个字就头皮发紧，但考虑了一分钟，还是觉得作为孩子他爹，有些义务应该尽一尽。在路上安喜问我："有能，咱们把日子提前吧？"

我一时没反应过来，问她："什么日子？"

她说："登记结婚的日子啊！"

我这才想起，我们原本是说好在五月份的一天领证结婚的，那是她家一个名叫二奶奶的人算的日子，据说此人像神仙一样能掐会算。但现在我对此持完全的怀疑态度，因为她在给我们掐算好日子的时候，压根没发现我有脑子长瘤的迹象。或者可以说，她只会掐算好事，不会掐算坏事。

但这些全都不重要了。重要的事情很多，一样一样需要我去解决，眼下摆在我面前的一件就是反对安喜的提议。

我说："亲爱的，我们能不能不要把日子提前？那可是老辈人算出来的好日子啊。”

安喜说：“那有什么呀？你还那么迷信？再说了，现在刚刚三月份，到五月还有两个多月呢！现在我肚子还不太显，再过两个月，衣服也穿得薄了，肚子也老大了，难道你希望挽着一个大肚子让人众目睽睽地看啊？我会不好意思的。”

我说：“亲爱的，咱们不是说好了去你老家结婚吗？农村劳动人民善良朴实，不会笑话咱们的。再说了，随意改日子，老辈人会不高兴的，显得咱们做小辈的不孝顺。二奶奶都快一百岁了，她活到这么老不容易，咱们不要惹她老人家不高兴。你说呢？”

安喜忧愁地低头看了看还没显出来的肚子，并用手托了托，仿佛现在已经是五月份了一样。我理解她的忧虑，让哪个女人挺着个大肚子结婚，也会不好意思的。但安喜就是这么一个好女孩，挺着大肚子结婚和不听我的话，她还是选择了前者。

但这并不能使我如释重负，老实说，我不知道老天爷还会让我活多久。假如在二奶奶掐算好的日子来临时，我还没死去，那仍是一件棘手的事情。不过，目前对于任何事情，我只能走一步看一步，那只冥冥中的大手它只想尽可能地拨弄我，不会给我一个确切的日期，让我处理事情起来从从容容、有条有理、按部就班。我只能亦步亦趋地跟在这混账的大手后面，让它做我的引领者。

不让我那么从容的事情总是接二连三。我善良的安喜在做完例行产前检查后，居然把我带到了泌尿科。我在门口止步不前，问她什么意思。她往里推我，我说，我小便没问题！她说，是看你性功能障碍的。我说，你胡扯什么，泌尿科看性功能障碍？她说，我都打听好了，人家就是在这个科看。

结果是，我朝安喜发火了。我说：“安喜，你觉得我不行，可以弃暗投明，找个行的去。”

在回家的路上安喜小心翼翼地察言观色着，我则阴郁而行。

我想起我刚才用到的弃暗投明这个词，这个词我曾经用在我前妻的身上。我是不是总要跟一些这样晦气的词连在一起，那些光明的东西，如清晨明亮的曦光、草茎上晶莹的露珠、女孩闪烁的眼睛一般的东西，都跟我无关吗？

提起女孩闪烁的眼睛，我忽然想起北岛阁楼对面那扇小窗。那小窗后面到底有没有一双眼睛？我记得最近的一次，我努力调整我那日渐恍惚的眼睛的焦距，似乎看到一张干净的小女孩的脸，在那窗子后面定定地停着……

六

我买了一架望远镜，背在包里带到北岛。我用比往日快得多的速度吃完凉皮，就去研究望远镜。

白冬吃凉皮的速度这两天也明显见快，好像要把时间省下来干什么大事一样。她把装凉皮的塑料袋扔到地上，说："你不用指望用凉皮这种玩意能打垮我。告诉你吧，我再吃一百天这玩意都无所谓。"

当然，我已经发现了，她现在基本不用牙齿。凉皮本来就爽滑，安喜又把他们切得那么窄。她把那些窄条条挑到舌头上，往喉咙里一送，哧溜就进入食道，毫不费力。我猜她根本也不动用嗅觉和味蕾，肯定是屏住呼吸把它们咽下去的。

对女人这个物种，我承认我虽然有前妻和准后妻的经验积累，对她们的了解却仍是不能达到一种理想境地。比方说，我觉得我对白冬已经足够了解，她的虚荣、自私、无情、现世、性欲、爱好、口味……但实话实说，她的韧劲叫我惊讶。今天是第八天了，像她那样一个女人，能在这间只有一扇巴掌大窗户的阁楼里跟我耗上八天，这不得不让我对她刮目相看。我怀疑，这件超出她以往生活经验的事件让她感到新鲜，她要洞见到一段隧道的尽头、一个悬崖的底部、一场戏剧的结尾。

时间耗到第八天，在她，继续耗下去，似乎已经远离十万块钱的本身意义，因为她有很多很多十万块；对我，这十万块的意义却越来越重大，我得小心翼翼体察着自己的病状，倘若因压力而在病状发作之前抢先崩溃，那将是无比糟糕的一个结果。

我研究望远镜，力求淡定。这是一架军用望远镜，上面有两个红色五角星。这闪闪的红星勾起了我对童年的回忆……一个将死之人居然会如此敏感，一些微小至极的事物，越来越轻易促动我进入回望……

白冬是不能容许我独自研究一架望远镜及独自沉思的，她说："你能拿着那玩意靠近我一点，让我也有点事干干吗？"

考虑到她刚刚吃了早餐，实在闲极无聊，我听从了她的建议，拿着望远镜挪到桌子旁边坐下。她坐在床沿上，歪着头跟我一起看望远镜。我这时想到，在过去我们经常这么一起看什么东西，比如照相机，手机，什么的。

"九九式。甲HA8199。什么意思？特别是九九式，什么意思？"白冬问我。

我说我不知道。

白冬嘎嘎乱笑起来，说："应该是六九式吧。"

我说："你这时可真像一个女流氓。"

白冬说："李有能，难道你对我一点都不感兴趣了？"

我说："我不得不说实话，不感兴趣了。"

白冬说："我不如那个凉皮西施？"

我说："不许把自己跟她相提并论。"

白冬忽然说："李有能，你离开那个凉皮西施，跟我好，我就给你十万块。"

我感到很滑稽。世界上什么事情都处在瞬息万变之中。我说："跟你好？怎么个好法？我们复婚？"

白冬说："美的你。你做我的情人。"

我嘴里没饭，差点把口水喷出来。我说："坐好。你嘴巴的放风时间到了。"我要让她知道，跟我叫板的代价是什么。我需要十万块，但不能容忍这种方式。可是可是，我难道不是急吼吼地要十万块吗？不是不惜一切代价，连绑架都用上了吗？为什么不能把自己变成白冬的情人，顺顺利利得到十万块？我觉得，可能是因为脑里那个混账胶质肿瘤在作怪。据医生说，此病会引起反应迟钝、自知力和判断力下降或丧失等精神症状。我想，我现在就有点变傻了。说实话，我从未这样服气过这些医生们，我觉得他们收受再多的红包也是理所应当……

然后白冬嘴上封着胶带，眼巴巴看我独自研究九九式甲H8199望远镜。我很仔细地看了看另外一行数字：20×55；56m/1000m。这行数字，买望远镜时人家跟我做了说明，大意是：放大倍数20倍，口径55毫米；可以完整看到一千米远的五十六米大的物体。

就是说，用这架望远镜观察二十米远的一扇窗户，完全是牛刀用在杀鸡上。同时也说明，我对确定对面到底有没有一双眼睛势在必得。

我研究了很久这架望远镜。其实它没那么复杂，只不过是我产生了巨大的胆怯而已。我不敢拿着它站到菱形小窗后面去。想一想吧，不论哪一种结果出现，都不是让我轻松的事。我跟自己做着激烈的思想斗争，大约这个过程持续了两个多小时。后来，我拿着它，赴汤蹈火地站到小窗后面，掀起一角窗帘，朝对面望过去。

对面空空如也。我强迫自己保持淡定的心态……直到二十多分钟以后，情况发生了变化，我立即拿起望远镜。老天。不管是不是幻觉，我得说，我真真切切看见一个人，站在对面的小窗子后面。

这个陡然出现的人把我惊吓得无法形容。那些储备了两个小时的关于淡定的想法就像煮熟的鸭子一样全都飞走了。我一屁股坐到了地上，望远镜把瓷砖砸出一个裂痕。白冬噌地从床上坐起来，睁大眼睛看着我这副样子。她本来想睡觉来着。她一有时间就睡，以便保持充足体力跟我玩下去。被囚的这些日子里她没见憔悴，反倒日渐红润起来，起初我大惑不解，后来猜想，大约是这阁楼里没有她过去那些夜生活的缘故。

我的头又开始晕。其实说不上来是晕眩，还是疼痛，总之不舒服。白冬在我眼里也变了样子，模糊不清不说，整个人好像多了一圈轮廓。像包了一层玻璃似的。她从床上下来，那层玻璃也跟着她移动。我发现她想走到我身边来，这让我很担心。一旦她走过来，用望远镜看到对面有人，那么她就会大喊大叫，或者干脆用望远镜把窗玻璃砸碎。她完全干得出来。

我一着急，忘了她脚上戴着镣铐了。这说明我的记忆力已经出现了问题。我感到她已经一步步走到我身边来了……在急火攻心之下，我昏了过去。

七

从那天开始，间歇性昏迷这一症状正式在我身上发作。那天我大概昏迷了有十多分钟，等我醒来，再站到窗边去看，对面已经没人了。

奇怪的是，从昏迷当中一醒来，我就迫不及待拿起了望远镜。我曾以为此生我都不敢再朝对面看了，但实际上，昏迷和醒来克服了我对那双眼睛的恐惧。我想，我可能是把这次昏迷当成死亡预习了。死亡原来也不过如此，猝倒，意识丧失，没什么可怕的。

白冬暗无天日的被囚生活终于出现一点新鲜内容，她也像我一样，迫不及待想拿着望远镜站到窗边去。她说：“李有能，外面有什么东西？”

我说：“还能有什么东西？云彩、小鸟、风、飞机。”

白冬问：“还有什么？”

我说：“别的没了。”

白冬说：“不可能！一个男人能活活被云彩小鸟风飞机这些玩意吓昏？”

我说：“为什么不能？我是个绑架犯，草木皆兵还不行？”

白冬说：“难道是警察把云梯架到窗外了？”

我说：“这个我倒是要给你泼瓢冷水，没有。”

白冬说：“那到底是什么？求求你，告诉我，我快闷死了。”

我说：“你真想知道？”

白冬说：“废话！”

我说：“我刚才看见，一只猪飞上了天。”

白冬问：“是吗？公猪母猪？”

我说：“母猪吧。臀部纹了一只大蝗虫。”

白冬说：“李有能！你要死啊？”

我干笑两声，说：“死有什么可怕的？猝倒，意识丧失，不过如此。”

白冬说：“李有能，你变了。”

我想，废话，我他妈的肯定变了。

第九天，当我再次用望远镜看到对面窗户里那个人时，我没有昏迷。我在窗帘的遮掩下，鬼鬼祟祟端量那个人，发现她是一个大约六七岁的小姑娘。虽然我依然不敢确定那是不是幻觉，但怎么说呢，她的的确确是一个小姑娘。她站在对面那栋楼六楼上的阁楼里，透过窗户看着我这边。我这边和她那边的窗玻璃都很脏，这影响我的判断。我想确定她是不是发现了我这边的秘密，发现我正躲在窗帘一角，用望远镜偷偷观察她，并怀疑这间鬼鬼祟祟的阁楼里藏着不光明的事情。可是窗玻璃太脏了，我只知道她很安静地站在窗后面，脸庞正对着我这边。我恍惚觉得我看到了她的眼睛。那是一双怎样的黑眼睛啊……我想，它们一定如晨曦一般明亮，露珠一般晶莹，皎月一般纯洁……

但是，我又清楚地知道，抒情是要有限度的。那是一双美丽的眼睛，同时又是一双危险的眼睛。我不确定她是否发现了我这边的秘密，但我必须当做她已经发现了。如今我开始出现昏迷症状，事情得加快进度了。

我回到白冬身边，说："前妻，我佩服你的韧劲。我没理由跟你要钱。所谓的精神赔偿那一套，都是扯淡，这世界谁离开谁都他妈的不犯法。但我必须跟你要钱。我就是人们嘴里经常骂的那种无赖、混蛋、下三滥。跟你说，不给钱，这一关无论如何你过不去。你也别觉得这件事新鲜好玩，更别觉得我他妈的还是过去那瘪三样。你要是还这么以为，那你就得付出血的代价。"

白冬脖子一梗，说："呶，脖子给你。"

我有刀，那把刀一直别在我腰上。我把它抽出来，放在白冬脖子上。白冬眼一瞪，说："李有能！玩真的啊？"

我说："我他妈的可不是玩真的吗！你要是以为这是道具，你就错了。"

不知道是白冬把脖子往上送了送，还是我把刀往下压了压，反正白冬脖子上忽然出现了一条血线。我本来挺穷凶极恶的，不知为何，看到血，整个人都软了下来。其实我并不晕血。我靠，我骂了自己一句。还用说吗，又是那混账的胶质肿瘤在作怪，我的头开始晕眩，要命的还有，耳鸣也出现了……

昏过去之前，我只记得，白冬抬起戴了镣铐的双脚，朝我心窝子来了一下，她骂道：“你这个窝囊废，手软什么！”

后来，我到诊所买了些创可贴什么的。我得承认，我的确是个窝囊废。关键时刻，我没下得了手。那点血，也就是皮肤让刀子碰了一下，象征性地流了点而已。白冬没有看错我，我即便关她一辈子，都不值得她怕。这真是一件让人绝望的事情……

我给白冬脖子上贴好创可贴后，她说：“你个王八蛋，不是昏死过去了吗，怎么又活过来了。”

我的前妻不知道是否看出了我的绝望。说真的，这个时候，我很想自杀。我都等不及那近在咫尺的因病而亡了。但说实在的，我不能在此刻死去，我死以后，安喜和她肚子里的小东西怎么生活？

想到这里，我不得不强打精神，继续跟我的前妻周旋。我说：“我知道你盼着我死。你别痴心妄想了。你给我十万块，我就死给你看。你不给我十万块，休想看到我死。”

白冬说：“真的？我给你十万块，你就死给我看？”

我说：“当然是真的！”

白冬说：“你敢不敢和我签协议？”

我立马来了精神。我说：“前妻，我已经和你签过一次离婚协议了，难道不敢再和你签一次死亡协议？”

白冬说：“好！你找纸笔来，咱们现在就签！”

我从黑色硬皮本上撕下两页纸，问白冬：“咱俩谁负责起草？”

白冬说：“你来！我补充！”

这个世界就是如此荒唐！绑架进行到第九天，滑稽的一幕出现了，我和我的前妻，绑架者和被绑架者，签了一份死亡协议，全文如下：

甲方：李有能

乙方：白冬

甲乙双方因解决绑架勒索导致的争端，自愿达成如下协议：

一、乙方自愿给付甲方人民币十万（￥100，000）元整，交付日期为甲方死亡之日，时间为甲方死亡之后二小时以内。

二、甲方死亡依据以地市级以上医院等权威机构出示的死亡证明为准。

三、甲方死亡以后，由甲方委托人接收款额。

四、如乙方拒付标的额，甲方委托人可诉诸法律部门。

五、本协议生效以后，甲方须还乙方自由，乙方不追究甲方刑事责任。

本协议一式二份，双方各执一份，办理公证手续后生效。

我和我的前妻分别在协议上签了字。但是，在准备实施的时候我发现了一些问题，比如，我们两人要一起去找相关部门办理公证手续，那么，我们就要离开这间阁楼；离开这间阁楼以后，白冬就自由了；白冬自由了，她还凭什么跟我一起去公证这么一份滑稽透顶的协议？她最大的可能是，喊几个路人帮她一起把我扭送到公安机关去……

如此说来，白冬比我聪明。或者说，那混账的胶质肿瘤彻底把我变笨了。琢磨透这些道理以后，我吓出一身冷汗来。我说："白冬，我警告你，你要是再玩这些花花肠子，小心我真割断你的脖子。"

白冬把贴了创可贴的脖子梗了梗……

我觉得我快要崩溃了。

八

两天以来，我时时感觉有什么东西如影随形地跟在身后。当我拎着凉皮往26路车站走去的时候；当我下了26路车往阁楼所在的小区走去的时候；当我在超市给白冬买卫生巾和零食的时候；当我疲惫不堪地走在回家的楼梯上的时候……

这些混账的感觉是那么真实，许多次我都确定只要一回头，就会看到什么人或者怪东西——像恐怖电影里那些情节——正跟在身后。有那么几次我试着这么做了，我保持正常的步调和姿势，然后冷不防地转过身去。结果是，我发现身后所有人都形迹可疑。我曾经吓着了离我很近的几个人，他们受到惊吓后那种拍着心口窝惊呼或者意欲骂我一顿以解恨的表现，在我看来，都是些欲盖弥彰的举止。

可怕吗？如果不是真的有人跟着我，那么，致使我这么疑神疑鬼的，当然又是那混账的胶质肿瘤。我想，我的精神也许已经开始进入深一个层次的混乱不安当中。当我意识到这一点以后，我感觉到自己的精神状态越发糟糕了。这就跟一个患了绝症的人在不知道真相的时候还活得好好的而一旦知道真相马上就死掉了是一个道理。我能撑到如今这个地步，还在世界一个角落里囚押着一个人，并做得滴水不漏……我已经很伟大了。

然而，提到滴水不漏，我猛然想到那个小姑娘。她为什么总是站在窗户后面定定地看着这边？她看到了什么，猜到了什么，在酝酿什么样的行为？

这一天我做了一个很大胆的决定：深入对面那个小窗后面的家，搞明白那小姑娘对我有没有危险、危险系数有多少。

以什么样的身份、面目和方式深入那个神秘之地，我颇动了一番脑筋。一个基本原则是，我得乔装一下，把自己变成一个有合理身份的人。我依次想到了送水工、收电费水费的物业工作人员、邮局投递员、快递公司业务员、推销员、送奶工……

我没怎么费力就想到了以上这些林林总总的行当，这时我充满对安喜的愧疚和对自己的厌恶——两年来，安喜靠卖凉皮来支撑着我们两个人的生活，就算这样，我还整日怨天尤人，觉得老天不给我机会。在我的价值判断里，所谓的机会，就是过去我干过的那些大事，比如开手套加工厂、捣腾煤炭、代理医药器械、倒买倒卖钢材，诸如此类。简直就是一次次的社会实践。我的所有原始积累、包括祖上的房产，都随着最后一次社会实践而烟消云散，钱变成废铜烂铁，埋在一口据说会打出海水一样多的石油的地下，好几十公里的地下……

难道我只会干那些社会实践的事吗？我为什么就不能去干干当一名送水工、送奶工、快递员之类的事……

如果有充足的时间，我一定要把以上这些行当都干上一遍，以弥补我价值观的缺失。但这个世界就是如此，有些缺失它永远不给你弥补的机会。我只能在这弥留之际，怀着叵测之心，冒充其中一个行当里的工作者。

我选择了冒充一名快递公司业务员，因为这基本不需什么本钱。要是冒充送水工，那我得花钱去买一桶水；冒充邮局的，我得想办法去弄上一套绿衣服；冒充送奶工，我得花钱去买牛奶；冒充推销员呢，我还得费些心思去想我应该推销什么东西。

所以，我到邮局只花了几块钱，买了一个快递用的大信封，在上面随便写了一个名字，把它装进一个很像快递公司业务员用的那种背包里，站在对面家门口摁门铃。

为我打开那扇门的人，恰恰就是让我疑窦重重的小姑娘。我确信是她，因为她就是我在望远镜里看到的样子……但那双眼睛，我曾猜想如晨曦一般明亮、露珠一般晶莹、皎月一般纯洁的黑眼睛，此刻却如两潭没有波澜的水……说实在的，那混账的胶质肿瘤搞得我反应迟钝，因此，约莫过了整整有两分钟，我才反应过来：这是一双失明的眼睛。

是的，多么戏剧性，又多么悲凉。这个小姑娘双目失明。她的眼睛那么美丽那么大，如果不是定定地看着你时，让你发现白眼球和黑眼球都有那么点不正常，你完全不会否认，那是世界上最漂亮最明亮的眼睛……或许戏剧总是跟悲凉扯在一起，就像我活得好好的忽然得了个混账的脑部胶质肿瘤，就像我害怕这双眼睛掌握了我全部的秘密，到头来却发现它们干净空白到了失明的地步……世界在那个上午彻底打垮了我。

很难说清我站在门口摁门铃、门打开、我走进去、跟那个小姑娘攀谈……这一过程中我的心跋涉了有多远。我相信假如老天爷在我出生的时候安排我成为一名作家，我都不敢确定自己能清楚地表述这一过程。我只知道，我口干舌燥，因此，我对小姑娘说我急需要喝一口水——这并不是我试图进入她家而编造的谎言。

怎么说呢，太匪夷所思、太戏剧性、太荒诞、太让人哑口无言……我口干舌燥地喝了一杯水……那个上午，那些我预想到的危险一丝影子都没出现过，包括中途忽然有人敲门、小姑娘的家人忽然回来、我因为跟小姑娘发生摩擦而对她采取某些攻击行为……

我们就像亲人一样地聊天，谈笑。我还吃了她拿给我的一些零食。她妈妈在上班之前总要给她留一些食物，因为她长年累月一个人待在家里，从早上待到下午妈妈下班回家。这个姑娘，她没去过幼儿园，如今已经七岁，也没有任何一家学校愿意接收她，除非盲人学校。而她的妈妈暂时还没打定主意把她送到那么一所让她想想就要流泪的学校……

这个双目失明的姑娘，每天都会站在阁楼的窗户后面，

“看”着外面的世界。她说：“叔叔，我能看到。我能看到鸟和飞机还有云彩，有时候还能看到别的小朋友放飞的气球。”

我的天。我一个将死之人，一个绑架犯，一个无耻之徒，看到的竟然也是鸟和飞机还有云彩！我不知道是不是因为这个，还是因为别的什么，或者干脆因为那些零食，零食里糖的味道……反正我他妈的流泪了。

后来我和小姑娘一起站在窗子后面朝外看。我不知道为何这个小姑娘会如此信任我，我只是一个快递公司的业务员，而且，是一个蹩脚的、送错了信的业务员。只能推测，原因来自那年深日久的寂寞、一个人独自面对一扇看不见的窗的岁月……我只能如此，做一些通俗意义上的、我有限的情商基础上的简单推测。而且，这些推测有意义吗？好像没有。有意义的是，我站在这个陌生的窗户后面，在看我租下的那间阁楼里的窗户。那么，我是谁？

那扇菱形的、挂着一面深蓝色窗帘的小窗，像一只黑眼睛，紧紧地盯视着我。没有内容，又含义万千。有那么一刻，我感到右下角的窗帘似乎被撩了起来，露出一只望远镜两个黑洞洞的镜口，阳光掠过时，它们惊鸿一瞥地闪过两道亮光，一下子钻到我脑壳子里去了。我感到脑壳里面像被探照灯、或者闪电亮晃晃地照着、穿透着，很疼。

事实上，这只是我的幻觉，因为有那么一刻，我还看到了我自己。难道这不滑稽吗？我看到我自己举着那架望远镜，鬼鬼祟祟地掩身于窗帘后面，掀开一角，惊恐不安又可怜兮兮地看着二十米开外的我。

九

我觉得我已经彻底病了。先前的病还有具体的症状可循，那些症状每一个都能跟混账的胶质肿瘤划上等号。然而现在，我失去了对病的判断依据。我越来越喜欢待在小姑娘的家里。在她妈妈上班去了以后，我就潜入她家，怀着一些莫名的情绪——激动、兴奋、忐忑……就像初恋中的那些约会一样。

小姑娘呢，她保持了跟我高度的默契。她的妈妈根本不知道有我这样一个人，潜入了她女儿的生活。从这个现象上来看，我和小姑娘之间还真有点约会的意味，如果她不是七岁，而是十七岁，或者二十七岁，或者跟我一样，三十七岁，都可以。

每天我都对潜入小姑娘家里、跟她一起站在阁楼的窗户后面、观察那扇挂着深蓝色窗帘的菱形小窗充满期待。渐渐的，这成为我的一种精神依赖，并带给我越来越重的焦灼。我站在那里的时候总是担心，有那么一天，因为某些我力所难及的原因，我不能站在这里了，我怎么办?

这难道不是更厉害的病入膏肓吗……

现在，就连绑架白冬最后的目的，似乎都变得无足轻重了。我的记忆力越来越出现问题，时常我会想不起来，我绑架白冬是为了勒索她十万块钱。我每天给她备好食物，就离开她，到小姑娘这里来。白冬当然对此很有意见，她甚至有一天对我说："李有能，没劲，我玩够了。你放我走吧，我给你十万块。不就是十万块吗?就当我花十万块买了一张游戏碟玩了玩。"

我恍恍惚惚地看着她，说："放了你?没门。"

白冬奇怪地说："李有能，我给你十万块呀！"

我说："没门。"

白冬说："李有能，我觉得你有点不对劲。你的眼神怎么那么怪异？还有，我觉得你面部肌肉有点抽搐，左边，左边那半拉脸！真的！你怎么了，李有能？”

我怎么了，还能怎么了，不就是那混账的胶质肿瘤吗？我已经开始要偏瘫了……

奇怪的是，这些难言的焦灼，这些恍恍惚惚的症状，在小姑娘那里就会有所减轻。跟她在一起，我能比较清晰地看到云彩鸟和飞机，还有气球，甚至风筝。那些物理意义和精神意义上的病症，有时我甚至感觉不到了。

既然这样，我如此迷恋站在一扇陌生的窗户后面、跟一个我喜欢的双目失明的小姑娘聊着天、看着对面那扇小窗，这些都有什么关系呢？即便迷恋是一种病入膏肓，又有什么关系呢？这样一想，我就心安理得起来。我想，让白冬就在那里待着吧，直到我死。我快要死了，她待不了多久了。等我死的时候，我会告诉她，我很感谢你，我的前妻。

但，怎么说呢，这个世界上有一双大手一直在拨弄着我，我说过。当我打算就这样等死的时候，有一天，对面小窗的窗帘被人拉开了。

我当时吓了一跳，差点头晕发作，昏倒过去。我闭了几秒钟眼睛。在这几秒钟里，我觉得，拉开窗帘的那个人肯定在窗子后面朝外打量过了。等我睁开眼，窗子后面没有人，但千真万确，窗帘被拉开了。当然，我仍不敢确定那是不是我的幻觉。不过，就算是幻觉，这个非同寻常的幻觉也足够让我蓦然一惊。

是的，我蓦然一惊，意识到我应该马上动身，从这个虚幻之地离开，回到我那间阴森冷寂的阁楼里。去看看那里有没有意外发生，窗帘究竟是好好地挂着，还是让人拉开了。

我总是会遇到很戏剧性、很让人哑口无言的事，比方说，当我上气不接下气地回到租屋，上到阁楼，我看到那里多了一个人，她是安喜。为了确定她是不是我的幻觉，我特地走过去摸了摸她的脸，还有肚子。我摸到她的肚子时，那鼓鼓的球状物忽然动了一下。这下，我确定安喜真的来了，那拉开的窗帘，也不是幻觉。

我们三人待在阁楼里，气氛诡异。尤其是那两个女人之间。

我说诡异一点都不过分，你只要想想，一个前妻和一个怀了你孩子的女友碰了面，只要想想，就不可能不诡异。而且，这中间又显然有一个重大事件……还有，两个女人谁都不愿成为被动和弱势的一方。比方说，白冬甚至在戴着镣铐的情况下，还能调集起十足的高傲感和挑衅力，让你不得不对女人这个物种惊叹万分。

安喜呢……我现在怀疑，我常常产生的那种背后有人的惊悚感，并不是幻觉，而是真的。这些天来，我老实巴交的安喜每天都在跟踪我，她摆出一副去幸福河市场卖凉皮的假象……

现在，局面终于来了。我一直担心在我还没死的时候，那些我不喜欢的局面之一提前来到。但是，老天，我阻止不了。此刻我只能做出一副赖皮相，满不在乎地、无所谓地、听之任之地，等着两个女人掐架。她们谁会把谁的脸抓破？没关系，阁楼里还有创可贴。

经历了这个环节，我对世界已经彻底失去了新鲜感。还有什么其他事情，比我遇到的事情更让我觉得新鲜吗？比如说，那两个女人之间自始至终没说过一句话、一个字；安喜让我给白冬打开镣铐，什么都没问；白冬嘴角挂着得意的笑，拒不向安喜透露我为什么要把她脚上戴着镣铐囚禁在这里。仿佛那不是囚禁，反而是偷偷摸摸的外遇；安喜挎着我的胳膊把我带回了家，回家以后也没问我一个字；白冬开着她的宝马离开北岛，好多日子过去了，我没等到她去告发我或是找黑社会扁我这些结果；我依然给安喜劈柴；安喜依然去幸福河市场卖凉皮。

过去的那件事，仿佛是我和她、和白冬的一场集体幻觉。

十

这样的局面倒是让我变得淡定了。我从未敢想过，我会在这样一种淡定的状态下迎来最后的死亡。在淡定的状态下，我甚至思考和处理了一些让我自己都感到惊讶的事情。比如说，我跟医院签了一份眼角膜捐献协议。

后来，安喜每次产前检查，我都陪她去医院。我尽不了几回这样的义务了。我的后代，已经会在他娘的肚子里拳打脚踢了。我都要有后代了，就更不怕死了。安喜进去检查的时候，我就坐在外面的候诊区耐心等待，看着墙上那些宝宝挂历和照片，嘴角浮出几缕傻乎乎的笑。

有时候，我和安喜还会到儿童保健中心去，看那些被妈妈抱着来做保健的婴儿。保健中心墙上也挂满了类似的照片，有一张宣传画册是关于眼睛的，我记得有这样一行字：

眼睛是心灵的窗户。

我就是在那天，忽然决定把我的眼角膜捐给北岛那个女孩的。在淡定的状态下，我们一起完成了这个过程中的诸多环节，包括一些必要的检查。结果很让我满意，那女孩适合接受角膜移植；我的角膜，只要在死的时候，没被肿瘤细胞侵蚀，就完全没有问题。

我记得我死的时候，白冬也来到了我跟前。她跟安喜两人把手握在一起。白冬说："李有能，你这个窝囊废。咱俩签那个死亡协议我已经公证了，有效。"

我不知道说什么才好，只好反反复复地说："眼睛是心灵的窗户……"

青蛙

我并不奢望在我的生活中出现如此戏剧化的邂逅。

——王秀梅《寻找马龙》

一

女孩丁觉爱上那个吹着口哨骑车的少年时，只有十二岁。她觉得这跟槐花洲那个金色黄昏里的一切事物有关——夕阳，小路，田野，打麦场，甚至一直笼罩着她的诸多坏情绪。

那个黄昏，女孩丁觉的坏情绪关乎孤独、迷茫、失望、仇恨等种种滋味类似的不快乐，她看到少年王歌骑着自行车，像一名提前长大的纨绔青年，撒开车把，背身挺直，沿着田野里的乡间小路，一直向夕阳飞奔而去。女孩丁觉站在打麦场上，扶着一辆跟她差不多高的“金鹿”自行车，感到被这一幕严重痛击，有些慌乱又有些自卑，禁不住委屈地流下泪来。

她不会骑自行车，却推着舅舅那辆跟她差不多高的“金鹿”自行车，勇敢地、磕磕绊绊地走向打麦场，虽然尽量保持着跟自行车之间的平衡，却仍免不了被脚蹬子蹭破了小腿。其实那时候她对自己的举动也不甚明了，直至看到王歌在夕阳里一路飞奔，才意识到已不知不觉滋长了同样的憧憬：像这个少年一样飞奔而去。

少年王歌骑着自行车，从村里飞奔而来，沿着麦场旁边一条乡间小路，直向远处的夕阳飞奔而去，那灿烂的一幕让女孩丁觉的泪水汹涌而下。当王歌从夕阳下飞奔而回时，女孩丁觉正跟车子一起摔倒在地上，她悲伤不已，忍不住痛哭失声。少年王歌扶住车把，把自行车拐上打麦场。他要搞明白这个跪伏在地上痛哭的女孩遇到了什么事情。

后来的日子里，十五岁的少年王歌每天都在打麦场上教女孩骑自行车。女孩丁觉的障碍主要来自于自行车伟岸的高度。它太高了，她的右腿总是跨不过横梁，即便跨过去了，又坐不到车座上。少年王歌很富创意地建议卸下车座，在横梁上缠一条麻袋，却遭到女孩丁觉的反对。少年王歌想，这是一个倔强的女孩。在槐花洲这个村子里，还没有这么倔强的女孩。

女孩丁觉每天都要把自己摔伤。那个金色的黄昏，当母亲从村里走出来时，她正在练习助跑。母亲在麦场边上停下来，看到女儿两手紧握车把，左脚踏着脚蹬子，右脚在地上船桨一样奋力划动，后背和臀部激烈起伏，像一头茫然奔逃的小兽。她看了一会儿，就离开打麦场，沿着苍黄色的村路走开了。她要趁太阳还在天上挂着，赶紧走到公路边去坐车，以免耽误行程。

这是少年王歌出现之前的事情。其实女孩看见母亲停在打麦场边上。她推着自行车离开外公家时，母亲正在态度激昂地向全家人陈述一个理由：“我得静下心来，定定神，处理我的事情。”

女孩丁觉的行李装在一个旅行包里，自从拎进门，就搁在堂屋八仙桌上备受冷遇。她站在堂屋，抚弄着灰色的拉链，觉得自己和它命运雷同，未来一片灰暗。外公脸色青得有些难看，外婆低头看着脚下，舅舅手里玩着一根木工用的角尺，舅妈拿围裙驱赶着苍蝇。

这段沉默，源于刚刚过去的一段争吵，一切都围绕女孩丁觉的去留而发生。接着女孩丁觉就听见母亲激昂地说：

“我得静下心来，定定神，处理我的事情。”

母亲果断地抬起手臂，做了一个挥刀下劈的动作。女孩丁觉在那一刻滋生了对母亲的深刻仇恨，她转身离开堂屋走到院子里，推起舅舅的自行车就走。

母亲在打麦场边上站着的时候，女孩丁觉复又想起她挥刀下劈的动作，她觉得那动作本身就如一把刀，把她和母亲之间的什么东西劈开了。

二

在一个没有预兆的下午，我开车经过白冬街，遇到推着一辆自行车的丁觉。

当时，丁觉站在白冬街丁字路口，混迹于一个规模庞大的自行车队列中，推着一辆很伟岸的自行车——那辆车实在是伟岸，显然跟周遭其他那些轻便小巧的自行车格格不入，因此使得她在队列里尤为突出，甚至有些扎眼。

我想不通为什么丁觉会跟一辆自行车站在一起。肯定地说，自从王歌淹死在水塘里，多年过去了，她再也没碰过自行车。因此那天，我陷入一种况味复杂的情绪当中。特别是，当路灯亮起的时候，丁觉用一种我熟悉的姿势冲出路口——左脚踏着脚蹬子，右脚在地上船桨一样划动着助跑——这一幕让我心痛不已。

说真的，丁觉当时的样子，在外人看来实在有些滑稽。人们都是事先骑在车上，左脚点地，绿灯一亮就蹬车而去——这就很残酷地把丁觉从队列里剔除出来，把她变成一个落伍者。而且，人们的轻松愈发反衬出她的吃力，我在后视镜里看到，她把自己变成一支奋力划动的船桨，期间，她两次把那条船桨一样划动的腿抬起来，试着跨过横梁，都没有成功。一直划过了丁字路口，她才把那条腿奋力一举，骑到了自行车上。车子激烈地左右摇摆一阵子才稳下来，搞得旁边几辆自行车慌忙躲闪。

丁觉和那辆伟岸的自行车——这组构图，在以后的半个月里被我目睹六次，有一次还让我新交的女朋友徐小鹿看见了。徐小鹿不明白那辆车何以那么高大，我告诉她说：

“那是一辆二八自行车。”

徐小鹿当然不明白二八的意思。她是土生土长的城里人，刚刚二十五岁。我告诉她，她永远没机会见识上世纪七十年代满世界二八自行车的壮观景象了。

徐小鹿说：

“丁觉为什么要骑那么一辆大车子，多吃力呀！她应该去买一辆轻便小巧的捷安特。”

当时我和徐小鹿刚从一家饭店吃饭出来，我们目睹丁觉像船桨一样在十字路口划那辆车。徐小鹿不无担忧地说：

“她这样多影响交通啊！”

似乎为了验证徐小鹿的担忧——丁觉在试着跨越横梁的时候失败了，连人带车摔倒在熙熙攘攘的十字路口。她影响了交通，相继有后面赶上来的大约五六辆自行车来不及刹车，跟她撞到一起。有人在谩骂她，场面颇为混乱，直到一个交警出现，十字路口才恢复了秩序。

惆怅在那一瞬间劈头盖脸席卷了我，我站在饭店门口，手里捏着遥控车钥匙，面对那条车来车往的马路，透过车流和人流的空隙，眺望着丁觉。我感到自己回到了多年的夏天，并看到自己跌跌撞撞、满身是伤地走在六岁的打麦场上。

后来我打开车门坐进去，开着车仓皇离开了。徐小鹿不明白我为什么这么无动于衷，她觉得我不帮丁觉对付那些谩骂者倒也罢了，至少应该过去把她扶起来，看看她有没有摔伤。

我没对徐小鹿说，我怕看到丁觉爬起来后，继续把自己变成一支船桨，划那辆奇笨无比的自行车。无论如何，她已不再是那个十二岁的少女。时光在那个夏天以后又流逝了两个十二年，我不敢正视这个现实：我三十岁了，我的表姐已经三十六岁。她助跑的姿势不可避免有了这个年龄女人的迟缓和笨拙，那个轻盈、迅疾、饱胀的少女，已经被时光改造了。

对，丁觉是我的表姐。我们之间的情感来路，要是追溯的话，应该始于多年前那个金色的黄昏。后来丁觉多次跟我描述在那个金色的黄昏，我和奶奶找到打麦场之前，少年王歌骑着自行车奔向夕阳的场景。

可能是因为丁觉的多次描述，使得那个黄昏，乃至后来的诸多黄昏，在我的童年时代都有了统一的色调：金黄。那色调灿烂、明媚、肆意、饱满，又充满淡淡的哀伤。

三

实际上，多年前那个黄昏于我的成长来说，是一个极其重要的开端：结束童年、走向少年。我知道，把六岁划入少年的范畴有些可笑，但我清晰地知道，我的少年时代的确始于六岁，即那个金色的夏天的黄昏。

在那个金色的夏天的黄昏，我姑姑陈述了她必须留下丁觉的理由之后，就怒气冲冲地离开了。她离开之前，我表姐丁觉站在八仙桌旁边，抚弄着旅行包灰色的拉链，两眼低垂，脸色苍白。在我看来，她的坏情绪正在紧张的调度之中，可是全家人都觉得这个女孩的母亲才是最危险、最值得重视的人。所以当丁觉咣里咣啷推着我父亲的自行车离开时，大家还是把注意力都集中在她母亲身上，只有我父亲朝窗外问了一句："觉，你去哪儿？"

我姑姑怒气冲冲地离开时，没有一个人追出来送她，大家都看着八仙桌上那只旅行包发愣。只有我尾随其后——我其实是惦记着丁觉，她在推车离开时，我父亲问她去哪儿，她说去麦场。所以我打算去一趟麦场。

因此，只有我一个人发现了姑姑跟王歌他爸的秘密——我没想到这竟然会成为此后一些重要事件发生的关键结点——我敢断定王歌他爸早就在外面等着了，当我姑姑怒气冲冲地摔上院门，王歌他爸就从门口的麦秸垛边转出来，手里推着一辆自行车，说：

"哎，我送你去公路。"

我姑姑左右张望一下，说：

"算了，还是我自己走吧。"

我姑姑说完了，却站在那里没动，并且忽然捂住脸抽抽搭搭地哭开了。王歌他爸拽了一下我姑姑的胳膊，我姑姑就倒在王歌他爸怀里了。王歌他爸拍着我姑姑耸动的肩头，把嘴巴凑到她耳朵旁边，不知道说了句什么。我想他可能是在安慰她。接着他的嘴巴就挪到我姑姑的嘴巴上了。

我一动不动地站在门里，听着铜环呱嗒呱嗒拍打木门的声音，透过门缝观察他们的举动，大气都不敢出一口。

无疑，他们的举动意味着一个秘密，我意识到他们之间有什么故事，不免浮想联翩起来。奶奶在家里愁眉不展地盯了一会儿旅行包，忽然想起丁觉，很不放心，打算到麦场看看。她走到院门口，把还在浮想联翩的我吓得惊跳起来。但我们打开门走到街上的时候，我姑姑和王歌他爸已经离开了现场，草垛旁只有散落下来的麦秸，黄灿灿地躺在地上。

奶奶用脚把散落下来的麦秸归拢到草垛边，说：

“可怜的觉。”

她走了两步，叹口气，又加重了语气：

“可怜的觉，没人要了。”

这就是我在打麦场边上看到丁觉时，心里升起的第一个念头：她没人要了。当时王歌正在教丁觉学车，丁觉左脚踏着脚蹬子，右脚在地上船桨一样划动，王歌则陡峭地撅着屁股，扶着自行车后座，推着她往前跑。但丁觉始终没能骑到上面去，车横梁一次次成为障碍，把她摔到干硬的打麦场上。

第三天，丁觉终于把右腿跨过横梁。她柔软的腿居然可以抬到那么高，动作潇洒而利落，简直令我仰慕。终于骑坐到自行车上的丁觉，陡然在我眼里变得高大，即便她的腿还不够长，但她腰部左右扭摆，奋力地够着脚蹬子，后背洇出淡淡的汗迹。

我讨厌王歌撅着屁股的样子，更讨厌他偷偷在后面看丁觉的腰。那个夏天的打麦场让我开始惆怅。

而那个金色的夏天，让丁觉更明显地长大了。我记得到第五天的时候，丁觉终于脱离王歌的辅佐，独自完成助跑、上车、骑车、下车整套流程。如果不计频繁的摔跤，她大抵算是学会了骑自行车。她汗流浃背地骑着我父亲伟岸的“金鹿”，在打麦场上一圈一圈地骑并摔跤。我知道自己痴迷的样子一定很愚蠢，却仍然兢兢业业地站在麦场边上，跟王歌站在一起。王歌比我高两个头，他叉着腰，两腿分得很开，不停发出一些在我看来很多余的指令，身上散发出少年才有的汗味，让我羡慕、嫉妒和怅惘。

终于，表姐向我发出邀约，问我敢不敢坐到后座上去。我觉得自己的角色忽然变得重要，这使我在答应她的时候，简直生出了赴死之心，觉得不死不足以表达某种情感，那情感……说不清楚，仿佛类似坚贞、报答。很含混。所以，她一次次把我摔到麦场上，在我也成为极为珍贵的幸福体验。

金色的夕阳逐渐暗淡，我骑坐在后座上，抱着丁觉左右扭摆的腰，觉得世界变成了万花筒，正把我和她越来越深地裹到里面去。我正为此而沉溺着，丁觉忽然说：

"我流血了。"

血，这是那个夏天丁觉成长的标志物。她载着我回家，从车上跳下来时，我看到血迹已经洇出来，像一朵轮廓不甚分明的花，在她裤子上无声无息却迅疾盛开。母亲正在灶屋做饭，我大声说：

"她流血了！"

母亲两手捂着一团黄灿灿的玉米面，往白气缭绕的锅上贴，头也没抬地问：

"哪里受伤了？"

我指着丁觉的裤子，说：

"屁股！"

母亲抬起头，手停在白气中，问丁觉：

"真的吗？转过来我看看！"

母亲采取半蹲的姿势，研究了一下丁觉裤子上的血迹，很夸张地嚷起来：

"天哪，这可怎么得了，小小年纪居然成人了！"

在我看来，母亲的惊讶并不过分，因为丁觉裤子上的血越来越多。然而奶奶觉得母亲过于大惊小怪，她从炕上下来，手里捏着几张钱，对母亲说：

"你又不是不来那个！年纪小怎么了？她妈妈就是十二岁来的！"

奶奶把钱递给我说：

“曲腾，到供销社去买一条卫生带。”

我攥着钱狂奔，一路上被各种各样的情绪包围着：一方面我陷入恐惧和担忧，生怕丁觉血尽而亡，因此痛恨大人们不送她去卫生所；另一方面，母亲和奶奶两人截然不同的态度，及她们打量丁觉时那奇怪的眼神，又让我觉得此事似乎跟去卫生所无关，而是一件必然的事情。可这是什么事情？对于丁觉来说，意味着什么？

我一路呼哧呼哧地跑着，体验着世界给我带来的陌生和怪异感，渐渐生出惆怅和悲悯之心。

那些情绪在我六岁那年的夏天集中到来，似乎，随着丁觉成为一个每月流血的少女，我也提前步入了少年的队列。

四

这个夏天，我频繁地做一个内容相似的梦：王歌变成了一只青蛙。

在那些主旨统一、形式雷同的梦里，王歌脸上身上披挂着绿油油的水草，以一只巨大的青蛙形象出现。他要么忽然从一个水塘里跃出来，朝我露出难辨表情的笑——我觉得那笑是诡异的；要么骑着一辆硕大的自行车，忽然从我看不到的地方冲过来。有时候他把我撞倒在梦里，或者直接把我从梦里撞醒。有时候他骑着自行车像玩杂技那样，扑通一声跳进水塘里。

我能清晰地听到他落入水塘里的声音，就像青蛙跳进去时发出的声音一样。

每次从这样的梦里醒来，我都痛心疾首地想到这个事实：王歌死了。他死在槐花洲的一个水塘里，就在那年夏天。当时，人们把他从水塘里捞上来时，他脸上身上沾满了绿油油的水草，就像一只巨大的青蛙。人们又抬来一口大锅，锅底朝天，把他架到上面，希望能控出他肚子里的水。那情景，就像锅上趴了一只巨大的青蛙。

对少年王歌，我童年时代的情感是含混的、复杂的。我仰慕他的十五岁、身高、青春痘、汗粒、刚硬的头发、岔开的两腿、变粗的嗓音、柔软的胡子；我仰慕他胳膊垂在胯旁、吹着口哨、脱把骑车的潇洒；我还仰慕他用少年的目光，火辣辣地注视丁觉……是多么五味杂陈！他让我仰慕又让我嫉妒和厌恶。

因此他死那天，我没给他一个六岁孩子、一个他的跟屁虫应该有的号啕大哭，而是蹲到他的尸体旁边，默默无语地摘下了他脸上的一棵水草。

其实，这个夏天让我频繁梦见王歌的原因，来自于一个莫名其妙出现在我们生活里的少年。这个十五岁的孩子长着一张酷似王歌的脸。当我在肯德基店里看到他的时候，感觉到那张脸上生出无数利箭，一下子就穿透了我的记忆。

那个中午，名叫李黄的少年坐在我的对面，吃了两个汉堡包、一份鸡翅、一份鸡腿，喝了两杯橙汁。我惊讶地发现，他连吃饭的样子都像王歌。丁觉坐在我旁边，我感到她也一直在饶有兴味地研究李黄，但我们不知道对于面前这个少年，我们如何展开话题，或者，展开什么样的话题。

我甚至都无法启齿问丁觉一些关于李黄的问题。李黄是丁觉介绍给我认识的，那天她打电话约我到肯德基吃饭时，事先并未说明我会遇到那样一个场面。吃完饭，丁觉让我陪她去给李黄买衣服。她完全称得上大手笔，把那孩子从头打扮到脚。起初李黄面对那些标价牌还手足无措，渐渐就挥洒自如起来。那些衣服让他变成一个英俊少年，这让我又发现一个事实：他连做派都像少年王歌。

最后，我开车把李黄送到城乡接合部，他和他父母住在租来的两间民房里。至此我才知道，李黄的父母是进城打工的。

但是关于李黄的其他话题，我和丁觉不约而同保持了缄默，我不问，她也不说。可这不能说明我没有好奇心，相反，我为此事备受煎熬。我意识到这个夏天一些莫名其妙的事情，应该都跟这个李黄有关，包括丁觉忽然骑上了自行车。

后来，有些事情渐渐浮出水面，还是得益于我的女朋友徐小鹿。她是一名高中语文老师，在漫长的暑期她无事可做，丁觉也无事可做，她们俩人就频繁约在一起，吃饭逛街美容聊天。她们吃饭的时候，丁觉时常带上李黄，所以徐小鹿断断续续给我带来一些李黄的信息，这些信息验证了我的推断：丁觉先是认识了李黄，然后才忽然骑上了自行车。

很好笑的是，丁觉是在菜市场认识李黄的。当时是半下午，李黄的母亲在别人的摊子后面打麻将，李黄替他母亲守摊子。他母亲的三轮车停在摊子后面，他骑坐在车上看旁边一家炸鸡店——就是这个情景引起了丁觉的注意。

当然，李黄引起丁觉注意的真正原因，她没对徐小鹿讲，而只是讲了发现李黄的细节。她说命运对那孩子太不公平了，城里的孩子到了暑期可以参加夏令营，或者跟着大人外出旅游，农村来的孩子只能替大人守菜摊，闻着旁边炸鸡店里的香味咽口水。于是丁觉就到炸鸡店里买了两个炸鸡腿，回来送给李黄。

以后她每天都到李黄母亲的摊子上买菜，还频繁把炸鸡店、烤鸭店里的肉食买出来送给李黄。这个慷慨的女人让李黄的母亲感激万分，尽管她不明所以。后来，丁觉除了给李黄买衣服，甚至给他买了一辆自行车，跟她那辆一样高大，二八的。

这辆一点都不时髦的自行车，并不是李黄倾心的样式。他偷偷告诉徐小鹿，他喜欢山地车。但对于贫困的家境来说，这样一辆车已经是他们家的奢侈品了。而且李黄这个孩子有非同一般的机灵劲儿，这跟他长年累月的底层生活有关，它让他学会了对世界察言观色。所以，尽管不喜欢那辆高大的二八自行车，他还是表现出对它爱不释手的样子，并骑着它，跟着丁觉四处乱跑。

据徐小鹿说，丁觉和李黄老是骑车跑出城市，到郊区去玩，甚至去附近的乡下。

“你表姐要找一个有水塘的地方玩。”徐小鹿说。

五

多年前那个金色的黄昏，我的表姐丁觉站在打麦场上，看到少年王歌骑着自行车，飞奔在一条乡间小路上，朝金色的夕阳飞奔而去。后来，当丁觉学会了骑自行车，他们就结伴朝金色的夕阳飞奔而去。他们第一次结伴骑走的时候，我一个人留在光秃秃的打麦场上，也有着丁觉第一次看到王歌飞奔而去时的那种委屈、嫉妒和向往。

我承认，后来我怀着复杂的心情，坐到丁觉的后座上，不惜让她一次次把我摔下来，除了觉得自己的角色变得重要，其实还因为不愿意再孤零零地被留在打麦场上。为此，我是多么甘愿一次次从车上摔下来，摔得鼻青脸肿。

丁觉月经初潮那天，母亲一度沉浸在她十二岁就成人了这个惊人的事实里，因此忽视了我的鼻青脸肿。等我从供销社跑回来，她先是发现我一瘸一拐的样子很可疑，继而发现了其他的伤情，这让她心痛不已，顺手拿起笤帚就给了丁觉两下子。

丁觉退到八仙桌旁边，垂手立着，叫道：

“舅妈！”

母亲又追过去给了丁觉两笤帚。奶奶从炕上下来，劈手夺过笤帚，说：

“她本来就没人要了！”

丁觉站在八仙桌旁边，脸色苍白，紧紧地闭着腿。我注意到她紧贴在一起的裤腿已经让血染红了，就扬起手里的卫生带大声叫道：

“她流血了！”

我并不确切知道那卫生带跟她的血有什么关联，却本能地把它高高举在空中，仿佛它是一面具有号令性质的旗帜。

奶奶从我手里拿过卫生带，把脸色苍白的丁觉拉到里屋。母亲捡起笤帚，奔到院子里去朝着自行车撒气。她用笤帚捶打了几下自行车，又提起脚来踹了几下。

然而，这场战争没能有效地阻止我成为丁觉的跟屁虫。这仿佛激起了母亲对丁觉更为明显的敌意，让她寻找一切机会对丁觉恶语相向。她使用的词汇很贫乏，无非就是反反复复这么两句：

“真是有点骚样了，跟她妈一样。”

“越来越像个小骚货了。”

母亲这两句咒骂显然有着递进的意味，仿佛随着月经初潮的到来，丁觉一天天变得像个“骚货”了。母亲有着女人天生的观察力，且很准确，因为自从那天开始，我也觉得丁觉变了。她一天天变得饱胀起来，神情也越来越有了大人的样子，母亲指桑骂槐的时候，她不再胆怯地退到八仙桌旁边，而是冷冷地盯她一眼，掉头而去。

总之那个夏天，一切都富有颠覆和决裂的意味，丁觉进入青春期，跟过去正在决裂。她母亲后来又回过槐花洲一次，丁觉对她的态度就像对我母亲一样冷漠。我的姑姑第一次回家，是为了把丁觉暂时寄养到我们家，她好定定神，回家处理跟我姑父离婚的事情。时隔半个月她第二次回家，不负众望地带回了已经离婚的消息。爷爷奶奶、父亲母亲再一次坐在家里，跟姑姑沟通丁觉的去留问题。母亲已经把丁觉的旅行包收拾好，搁在八仙桌上，跟上次姑姑把它拎来摆放的位置和姿势都一样。

然而那次姑姑依然在最后的时候态度激昂地宣称：

“我还需要一段时间。我得处理余下的事情。”

母亲忍无可忍，站在屋子中间揭露姑姑：

“你要处理什么事情？不就是想一想跟哪个野男人好吗？”

姑姑也站起来，跟母亲开始对骂。

丁觉站在八仙桌旁边，把旅行包灰色的拉链哧啦哧啦一遍遍拉来拉去。后来，她拉起我的手说：

“曲腾，我们走。”

那天，丁觉第一次载我去了水塘。夕阳光辉万丈地照着那条我无限向往的小路，她白色的确良小褂上洇着淡淡的汗迹。我当时还不知道路的尽头有什么，她和王歌一次次消失在夕阳下面，又一次次重现在我的引颈翘望中，每次我都会问：“那边有什么好玩的？”丁觉就会很神秘地说：“你早晚会知道的。”

所以我是怀着巨大的企盼，被丁觉带到水塘边的。以前王歌每次从小路的尽头消失，我都觉得他是飞奔到夕阳里去了，然而当丁觉载着我爬上坡顶，我才发现原来太阳离我还有那么远。到了坡顶以后，我们的自行车像脱缰的野马一样俯冲而下，我只听到呼呼的风声从耳边掠过，心像要从胸膛里蹦出来一样。

但是那个黄昏让我很是失望，因为我发现，丁觉和王歌一次次抵达的那个神秘的所在，无非就是一个水塘而已。那水塘跟很多地方的水塘大同小异，都是一塘生满绿苔的死水，有青蛙从岸边的草丛扑通扑通跳到水里。

六

丁觉和李黄在距离城市十五公里的地方找到一个水塘。据徐小鹿说，他们两人已经去玩过两次了，而且第三次打算邀请我们一起。

徐小鹿说：

“我总觉得你表姐有点不对劲。”

我感到有种莫名的心虚，仿佛徐小鹿说的不是丁觉，而是我一样。我问徐小鹿：

“哪里不对劲？”

徐小鹿说：

“她看李黄的眼神不对。她不会是想跟李黄发展姐弟恋吧？”

但徐小鹿随即又推翻了这个猜测，理由是：三十六岁的丁觉不可能跟一个十五岁的男孩子发展什么姐弟恋，他们年龄相差太悬殊。推翻这个猜测后，徐小鹿又无从为自己那种奇怪的感觉找到缘由，她为此愁肠百结，觉得遇到了一个大难题。出于好奇，她百般游说我答应丁觉的邀请，去那个十五公里外的水塘边玩玩。

其实，不用徐小鹿百般游说，我也对她带给我的信息感到好奇。虽然我情绪复杂，矛盾重重。

那天我们出发的路上，丁觉和李黄分别载着我和徐小鹿。因为丁觉坚持要骑车去，而我和徐小鹿都没有自行车，也不打算为了这次水塘之行特意去买上两辆。而且说真的，我压根就没学过骑自行车。

我和徐小鹿在这次跋涉中简直苦不堪言：每到一个十字路口，我们都要提前从车后座上跳下来，假装成一个步行者，过了路口再鬼鬼祟祟地跳上去，以避开交警的眼睛。离开城市后终于不用再假扮步行者，我却受尽了另一种折磨：一路上都保持着一种僵硬的姿势，把两条腿尽可能地分开，像翅膀一样朝外张着，否则就要拖拉在地上。

因此，我一路之上都觉得自己很滑稽，并进行了深刻的自我反省——不应该沉溺在童年记忆里。我三十岁了，身高一米七五，早已不是那个六岁的小孩，居然像一个六岁小孩一样坐在一辆自行车的后座上！

我的心情越来越糟糕，还有一些说不清的悲伤和迷惘，尤其是，总是要看到那个酷似王歌的李黄。他挺直腰背骑车的样子、吹口哨的样子、偶尔恶作剧地撒开车把那得意洋洋的做派，都完全是翻版的王歌。这让我想起上帝是一只大手的说法，我想，一定是上帝伸出他那只翻云覆雨的大手，在尘世间随意一拨弄，把酷似王歌的李黄，从乡下拨弄到丁觉和我的生活里，让我们饱尝那回忆之苦。

这个酷似王歌的男孩，在水塘边支起那辆高大的自行车，然后坐到后座上，两腿分开呈剪刀状支着地，一晃一晃，哼起一支歌。徐小鹿和丁觉蹲在地上摆弄一块貌似床单的桌布，她们要在上面摆吃的喝的。桌布铺在一棵大树底下，不知道是什么树，却跟槐花洲那个水塘边的大槐树有几分神似。

然后丁觉就坐在大树底下，眼神复杂地看着哼歌的李黄。徐小鹿偷偷碰碰我，意思是让我观察丁觉的眼神。我早看出来了，此情此景丁觉已全然陷入，她把李黄当成王歌了。李黄这种架势，也的确很像当年的王歌，说真的，那时候，十五岁的王歌那纨绔的、潇洒的做派，是多么让我着迷，又多么让我厌恶。他就是用那样一副小流氓的做派，俘虏了刚刚进入青春期的丁觉。

七

十五岁的少年王歌成功俘虏了进入青春期的丁觉。虽然所谓的成功俘虏，只是一个尚无经验的吻，但还是让我大大地受了伤。

我记得那天，我和丁觉站在麦秸垛旁边等王歌，丁觉一下一下扯着一根麦秸，说：

“曲腾，告诉你件事。”

丁觉用那样一种语气，仿佛把我当成她最信赖的人，一瞬间又让我产生赴死的冲动。然而我没想到，她要告诉我的事情，却是王歌在麦秸垛旁边亲她了。

“那是我的初吻，也是他的初吻。初吻你懂吗？”丁觉的样子非常迷人，我却一下子蒙了。说真的，我没想到她那么郑重要告诉我的，是这样一件让我不甚开心的事情。而我又无法具体说清，我不开心的原因在哪里。我只知道我赌气，委屈，像是他们接吻没经过我同意那种感觉，很莫名其妙。

“昨晚，就在这里。”丁觉用手摸着麦秸垛，仿佛还能找到昨晚她被吻的位置。她丝毫没看出我的委屈，也没想到我已经长出了跟六岁年龄不符的一肚子心思，更不知道我正在调度所有的情绪，准备对他们瞒着我接吻这件事进行丧失理智的打击报复。

现在想想，我还觉得自己特别不地道，因为我打击丁觉的方式一点都不光明，甚至有点下作——我气急败坏地向她说出了她母亲的秘密。我说：

“王歌他爸跟你妈也亲嘴了！所以你就跟王歌亲嘴！都在这个地方！你们都是流氓！”

我的邻居，王歌的父亲，是个跟王歌一样做派的家伙，我甚至觉得他有些跋扈，这可能跟他是槐花洲村长有关。我姑姑第一次离开槐花洲的那个黄昏，我和奶奶走到打麦场边上的时候，王歌的父亲推着自行车迎面而来，身后跟着三四个垂头丧气的少年。他自行车后座上层层叠叠胡乱捆着几个篮子，也像那几个少年一样垂头丧气。他本人虽然骂骂咧咧，因为逮住了几个到别人家果园里偷桃的少年，但他最根本的情绪也是垂头丧气的。

他们垂头丧气地走到打麦场边上停下来，王歌的父亲眺望着撅起屁股辅佐丁觉练习骑车的王歌，有些吃惊，有些不解，还有些宽慰和感慨，这些复杂的情绪让他禁不住叹了一口长气。我能猜到他为什么从公路边回来，因为他追赶丁觉的母亲去了。但我不知道他到底追上我姑姑没有。或者追上了，或者赶到公路边的时候，正好看到一辆公共汽车吱的一声停在姑姑的眼前，把她装走了。

当时我说出那个秘密以后，马上就后悔了。我无言地站着，无可奈何地看着一个情窦初开的少女，脸色是如何一层层地发生变化，由最初的晕红变得浅红，然后暗黄，暗灰，灰白，白，到最后的苍白。我绝望了，又满怀希望地幻想她跟我争辩，那样我就顺水推舟地告诉她，我可能是眼睛花了，看错了。但是我没得到任何可以减轻罪责的机会。

我们本来是在等王歌，但王歌来了以后，丁觉却拉着我的手无言地回家了。从那以后的好多天，丁觉都躲着王歌，但我知道她特别想跟他待在一起。

我沦为一个告密者、一个破坏者。而这个坏结果都是因为我缺乏克制力。尤其是当后来我知道丁觉母亲和王歌父亲年轻时就是一对恋人，这件事情整个槐花洲都知道时，就更为自己的莽撞而痛悔不迭，羞愧不已。

那个金色的夏天，随着月经的来临，丁觉身上那些女孩子的单纯都随着鲜血迅疾流走了，忧郁和苍白成为她作为一个真正少女的特征。后来她还是和王歌在一起玩，不过，很少见到她笑了。

莫名其妙的是，我对她那面无表情的容颜简直是着迷不已。

而我的母亲把那称为“一张死脸”，有一天当她再一次这样表达的时候，我抑制不住心里的厌恶和愤怒，憋足一口气朝她撞过去，把她仰面朝天撞倒在地。

八

从水塘回来之后，我奇怪地大病一场。

我的症状无法跟某一种确定的病例划上等号，比如说，我发烧，但经过血象等等系列检查，证实不是感冒，也不是其他什么病。除了发烧，我还有如下症状：四肢无力、食欲减退、失眠健忘、神经衰弱、耳鸣盗汗、噩梦连连……仿佛整个人从里到外都在被什么东西抽空，包括生物意义和精神意义两个层面。

我越来越多地做关于青蛙的梦。除了前面做过的那些，在形式上这个梦又有了一些新花样，比如，王歌这只巨大的青蛙骑在一辆自行车上，自行车轮子忽然变成金光闪闪的风火轮，一下子就冲到夕阳里面去了；比如，王歌这只青蛙趴在半圆形的大锅上，逐渐枯萎衰竭，变成一张绿色的有着青蛙轮廓的纸；比如，王歌这只巨大的青蛙不知道从什么地方跳出来，一跃而起压在我身上，得意洋洋地看着我艰难喘息，直到看着我最后一口气像烟雾一样消散；比如，王歌这只巨大的青蛙，用它那怪模怪样的手冲我一指，一刹那把我也变成了一只青蛙……

那些日子，我几乎每天都要讲一个类似的梦给徐小鹿听——基于虚弱的身体给我造成的心理的脆弱，我已经把六岁那个金色夏天里所发生的事情，原原本本都讲述给了徐小鹿。我还讲了莫名其妙出现在我们生活里的李黄跟王歌的相像。

提到我的怪病，就要说说那个去水塘玩的黄昏——我想，可能是丁觉某些举止格外怪异，才导致了我的大病，但我不敢确定。那天中午我们在大树底下野餐，之后用带来的扑克牌玩升级，一直玩到黄昏时分。后来丁觉和李黄用扑克牌玩起一种我和徐小鹿不会的游戏，结果李黄输了。他们事先讲好输了的一方要受罚，丁觉就说：

“你爬到树上，然后跳进水塘里。”

李黄就爬到树上，然后跳进了水塘。我想，李黄真是一个皮实孩子。当然，这么看李黄显然存在偏颇，我和徐小鹿都能看出，物质上的好处已经让这孩子更加善于观人眼色，他那在菜市场贩菜的母亲更是如此。我们不知道丁觉在他眼里是一个什么样的角色，卖菜的母亲让儿子喊丁觉姨，丁觉也真把自己当成了一个姨。事实上她连自己的孩子都没有——她结过婚，但因为抗拒生孩子，又离了——这真让人担忧。

总之，李黄跳到水塘里，然后湿淋淋地像一只青蛙似的爬了上来。倘若草地上有一口大锅，我想，李黄如果趴在大锅上，那他就是我们记忆里的王歌。

我告诉徐小鹿，我的病是因为青蛙而起，因李黄这只巨大的青蛙而起。徐小鹿一针见血地指出：

“曲腾，你很早熟。你六岁就爱上你表姐了。”

我立刻激烈地反驳。这太不靠谱了。

徐小鹿说：

“其实你自己也知道，只是不愿承认而已。”

说真的，我有些反感徐小鹿，她太冷酷了。

冷酷的徐小鹿又一针见血地指出，丁觉有心理问题。

接下来的日子里，她开始探究一个问题：那个金色的夏天的黄昏，少年王歌到底是怎么死的？

我说：

“不是告诉你了吗？溺水而死。”

徐小鹿有很多的疑问，包括：王歌是怎么落入水塘的？他落入水塘之前发生了什么事情？

说真的，我想给徐小鹿很肯定的回答，可是，我那天黄昏并不在现场。

徐小鹿问我：

“你不是丁觉和王歌的跟屁虫吗？为什么会不在现场？”

是啊，那个黄昏我去了哪里……我只知道，在那之前，我是丁觉和王歌的跟屁虫，在那之后，奶奶更是让我寸步不离地跟着丁觉。可是那个黄昏，我却不在现场。

每次想到这里，我的脑壳就嗡嗡作响。我知道，我让一只巨大的青蛙搞病了。我一边给徐小鹿反复讲述王歌被打捞上来的场景，一边在想怎么才能让李黄这小子从我们的生活里消失。据说，在我生病期间，丁觉和李黄又多次去过水塘，每次从那回来，李黄都会得到特别的优待，丁觉甚至给了李黄一张银行卡……

九

少年王歌的溺死是个意外。他不会游泳，而且通往水塘的路是一段很长的下坡，他又总是把车骑得那么快。我站在打麦场上，每次都觉得王歌骑着车子在飞奔。他骑到坡顶然后俯冲而下，从我视线里消失了的时候，我就觉得他是一下子飞到夕阳里去了。他那辆“金鹿”自行车的车轮，犹如两个金光闪闪的风火轮……

后来，当我加入他们的队列，终于得以目睹王歌一路俯冲的样子。他撒开车把，吹着口哨，得意洋洋，像踩着风火轮俯冲而下，快到水塘边时才一踩车闸，把车吱的一声停下来。他太有本事了，每次都让前轮恰好停在水塘边，误差不超过一厘米……

所以，我愿意这样认为：王歌死于自己的做派。他真是踩着风火轮一路飞奔到夕阳里了，直到现在我也这样认为。不光我这样认为，王歌的父母、槐花洲所有的人都这样认为，他们觉得他把车子骑得那么快，早晚会出事。结果他真的出事了，把自己骑到了水塘里。那辆跟他一起落入水塘的自行车被打捞上来时，也沾满绿色的水草和青苔，我还记得，当时有一只青蛙夹在车轮里……

他们还认为这个水塘不吉利，理由有两个，一是曾经有一个寡妇自尽在里面；二是水塘边那棵老槐树上生活着一对乌鸦……

王歌死后，丁觉曾经患上一段时间的失语症。那时候，奶奶每天都重复这样的话：

“哎，第……天了。”

奶奶说到“第七天”的时候，丁觉终于开口说话了，当时我父亲正在院子里刨一张木板（他是一名木匠），我和丁觉两人坐在厢房门槛上，有一搭没一搭地看父亲干活。丁觉忽然说：

“舅舅，给我做一个鸟笼。”

丁觉开口说话，结束了奶奶对日子的数算，我们全家人都觉得耳朵得到了解放，同时，也不必担心无法跟我的姑姑交代了。少年王歌溺死的那天，其实我姑姑刚刚第三次离开槐花洲。她在第二次回槐花洲时，带来了已经离婚的消息，同时宣告要把丁觉继续留在我们家寄养一段时间；第三次她回槐花洲带来的消息是，她要离开县城，到外面混一混，所以还要把丁觉留在我们家一段时间，干脆就让她暑假过后到乡中学去上学。

奶奶用捶胸顿足的懊悔表达她的无奈，说：

“早知如此，还不如当年让她嫁给王歌他爸。”

我奶奶意识到，她必须为自己当年的势利付出代价。事实证明：一，她给我姑姑安排的那个发动机厂团委书记（也就是我姑父）是一个靠不住的人；二，县城把我姑姑的心养野了。这两个事实形成的结局就是：丁觉成了一个可怜的、没人要的人。

为了妥善安置好丁觉，这次我姑姑在槐花洲住的时间比较长，共计两天一夜。她到乡中学去给校长送了两条烟，摆平了丁觉的上学问题。我爷爷仍然脸色铁青，不过他也只能如此表达自己的不满，对已经离婚、并因为离婚而变得孤注一掷的女儿，他也实在是无能为力了。况且，我姑姑自从离婚，就总是挺起胸脯在槐花洲街上走路，很有一派风萧萧兮易水寒的感觉，他这个做父亲的，也难免生出恻隐之心。

由于掌握了姑姑和王歌他爸的秘密，这次我格外留心他们的举动。我姑姑离开槐花洲的前一天晚上，在麦秸垛旁边跟王歌他爸待了很长时间。也许是离别的怅惘、对往昔岁月的缅怀、对未来的担忧，这种种情绪让他们难受得很，我姑姑在王歌他爸的怀里哭得极其伤心。最后我姑姑和王歌他爸约好，第二天她离开槐花洲的时候，由他骑着自行车把她送到公路边上去……

所以，那天发生的这两件事情——我姑姑离开丁觉到外面混世界去，紧接着王歌也溺死在水塘——彻底把丁觉沦为一个可怜的人。基于此，当丁觉失语七天终于开口说话以后，我父亲立即放下手里正干着的活，全力以赴给她做鸟笼。

有了鸟笼，我父亲又问丁觉喜欢什么样的鸟，他一定想尽办法去山里给她捉回来。我在心里帮丁觉想了布谷、八哥、夜莺、野鸡等好几种鸟，却都没有符合她的审美。最后我们在里面养了一只受伤的小乌鸦，它来自水塘旁边那棵老槐树。这是丁觉的意思。虽然那无辜的小家伙头上戴着一顶“凶鸟”的帽子，但家里人都认为，处在当时境况里的丁觉想养一只这样的小家伙并不为过。只是这触犯了我的母亲，她从此变本加厉地以小乌鸦为对象指桑骂槐。

那时候丁觉对付我母亲的方式就是漠视，我认为这是最恰当、得体、有力、有涵养的方式。但是这种有涵养的方式更激怒了我母亲，她坚决亮出自己的立场：跟我爷爷奶奶分家。她有分家的念头已经很久了，只是苦于分不到理想的宅基地。她明确跟我父亲提出，不能再帮爷爷奶奶养不是自己的孩子，哪怕还没有一块理想的宅基地。父亲的抵制换来一次甚过一次的争吵，后来把他也吵得很无力，只能妥协。父亲的妥协就意味着爷爷奶奶的妥协，他们很郑重地分了家。

从此每到做饭的时间，两家人就蹲在一个灶屋里挤来挤去。灶屋里本来只有一口锅，因为分了家，只得又砌了一口锅，两口锅近在咫尺，像面对面准备吵架的我母亲和我姑姑。这样一来，烧火的两个人必须错开坐，否则就会出现背靠背的拥挤局面。而且经常拿错了柴火。

十

因为徐小鹿的执著（天知道我怎么会被安排跟这样一个执著的女孩处对象），我不得不拿出最老实的姿态，尽量把回忆进行得没有遗漏。说真的，要么是因为我忽然想好好谈场恋爱然后结婚，要么就是徐小鹿的热情让我羞惭（仿佛折射出我对丁觉的漠然），因此我才乐于把那些枯枝败叶重新捡拾一番，哪怕它们已无法梳理。

事实上也正是如此，谁都能看出，我的回忆缺乏必要的条理、顺序和逻辑，总是兴之所至，想到哪里就陈述到哪里。得感谢徐小鹿是一名高中语文老师，这让她有足够的甄别梳理能力和足够的耐心，来消化我喋喋不休却语无伦次的陈述。而且她深谙循循善诱之道，拿她的话说是，她正在尽可能地挖掘我的记忆富矿。

说到没有遗漏，那肯定也不尽然。这些年我不敢说自己是一个诚实之人（任何一个生意人都不敢这样自以为是），但是，在徐小鹿的循循善诱之下，我想，我必会慢慢成为一个这样的人。是的，她每天都对我循循善诱，她当然擅长这一套。她本来就擅长这一套，加之丁觉果真如她所说，越来越表现出有心理问题的样子，这不免让我心急如焚，让我不得不正视一个问题：我的陈述是有重大遗漏的。

关于丁觉的心理问题，徐小鹿能举出例子作为佐证：在我生病期间，徐小鹿自己往水塘里跳过一次，但是她没能像李黄那样，如一只青蛙似的自己爬上来，而是让李黄救了上来。她不会游泳。

这太可怕了，李黄水性再好，毕竟还是个孩子。我意识到，必须终止丁觉的这场危险游戏——这已经不仅仅是游戏了。徐小鹿的观点是：丁觉患了典型的继发性心理疾病。

徐小鹿的观点是通过咨询得来的，她一个大学同学开了一间心理诊所。她们总结出这个观点是能够自圆其说的，比方说，丁觉以前会骑自行车，但她长达二十四年没碰过自行车；现在，她买了一辆跟她身高不符的二八大车；她不会游泳，而且从未有过学习游泳的念头。这都说明，丁觉对很多事物（比方自行车、水塘）的记忆，多年来处于一种强迫性麻木状态（接近失忆），当她遇到酷似王歌的李黄时，那些记忆神经一股脑都复活了。

并且她们觉得有个问题值得担忧：丁觉往水塘里跳是出于强迫性失忆的复活，目前还处于无意识状态，但难免一来二去不会发展到有意识的自杀。

我新交的女朋友徐小鹿就是如此令我逐渐陷入绝境。这个夏天里，我在面对她的时候时常是这样的：脑门子上忽然就没有前奏地、密密麻麻地生出汗珠，干裂的嘴唇不自觉地一张一合，心事重重欲言又止。我欲言又止的内容，当然跟我陈述中的重大遗漏有关。

在坦白那个重大遗漏之前，我做过一些企图改变现状的努力，主要是让李黄从我们生活里消失。我想，假如李黄消失了，那么他那张酷似王歌的脸就会从我们生活里消失，随之而来的那些记忆也会慢慢远去。那么，那个遗漏也就不成为遗漏了。

我挣扎着从床上爬起来，到菜市场找到李黄，请他去吃肯德基。

其实我并不知道应该跟这个小子说点什么。说往事吗，显然不合适，他跟我们一点关系都没有。我只好开门见山地要求他离丁觉远一点。但这没有理由的要求并不能让一个十五岁的少年屈服，他吃着鸡翅问我：

“为什么？”

我只好说：

“我给你钱。你要多少？一次性的。”

他说：

“一百万。你有吗？”

我意识到这个孩子有着超出年龄的经验。对付这个让他备受歧视的世界，他有自己的一套逻辑和方式，这方式让我局促和无措。

我想，我应该教训一下这个企图摆布世界的小子。那天傍晚我在菜市场跟踪了他。他帮他母亲收拾完菜摊时，已经是夜色四合，他母亲骑着三轮车先走，他去了一家网吧。我想到他是用丁觉给的钱在上网，教训一下的念头就越发强烈了些。他上了一个小时的网，然后溜溜达达往家走，走到一条胡同口他拐了进去。我也跟了进去。

但我跟进去之后发现他不见了，而且再往前走两步，发现这是一条死胡同。接着我后脑勺就钝痛了一下子，同时有几根类似棍子的家伙乱纷纷地招呼在我身上。

我想去揍人，结果被揍了，而且不知道被谁揍了。根据现场的脚步声和那些招呼在我身上的家伙来判断，袭击我的人至少有五个，而且有一定的组织纪律，最后我听到其中一人打了一声唿哨，他们就集体撤了。

我在黑暗的胡同里躺了半天，才掏出手机打给了徐小鹿。

接下来，我又在床上养了几天的伤。在那几天里，我越想越觉得打唿哨的人是李黄，他把我诱进那条没有路灯的死胡同，然后教训了我一下。

这是一件十分耻辱的事情，我不知道如何开口跟徐小鹿说，因此一直坚持遇到了抢劫的。我说我在附近的一家自动提款机上刚提了一笔钱，恐怕是让人给盯上了。

等我脸上的伤养好了，重新走到阳光明媚的世界里，我觉得我对那世界已经没有格外的办法。

所以我做了一个决定：我要讲出那个遗漏，我要告诉徐小鹿，当年是我杀死了王歌。

当我做出这个决定的时候，我觉得我终于靠近了一个诚实之人的标准。

十一

那年夏天，我姑姑第三次离开槐花洲的时候，曾经给丁觉保证说：

“最多半年，春节的时候我就来接你。”

我姑姑当时的境况，说出这句话，其可信度实在是令人堪忧。所以我爷爷奶奶都没有做声。丁觉起初也没有做声，后来忽然说：

“你要是不来接我，我就找到你，把你杀了。”

我姑姑当时很惊愕，她盯着自己的女儿，不相信这孩子小小年纪就有如此的杀心和仇恨感。但是她马上考虑到遗传基因的问题，她女儿不恰恰是她的翻版吗？那叛逆、不满、仇恨，都是另外一个她自己（这些都是徐小鹿的分析）。所以我姑姑叹了一口气，没跟丁觉针锋相对，只是很无力地给自己辩解了一下：

“我要先把自己安顿好，这是接你的前提。”

所以，春节的时候我姑姑没有如约而来，我就认为，她还没把自己安顿好；第二年夏天到了，我姑姑还没回来，我还是认为，她仍然没把自己安顿好。花开花谢，年复一年，她始终没把自己安顿好。

王歌死后，我成了丁觉一个人的跟屁虫。但丁觉从此以后不再骑自行车了，我父亲的“金鹿”多数时间就很寂寞地支在院子里。暑假里剩下的时间，我们的主要生活内容就是照料那只小乌鸦。丁觉在笼子里铺了草，我们把它照顾得特别好，直到丁觉离开槐花洲去上学，我们才把它送回水塘边的窝里。

暑假结束，丁觉成了一名初中生。按照她母亲的安排，她去了距槐花洲五公里的乡中学读书。每到周末，所有的同学都骑自行车回家，只有丁觉一个人走在新修的柏油路上。很多同学经过她身边，都好心地希望能载她一程，但他们的热情都没有得到回应。

丁觉成为中学里一名独特的学生，她的班主任曾经送给她“没有喜怒哀乐”这样的评价。我觉得这个评价很文艺，我母亲“一张死脸”的评价根本不可与之相提并论。但丁觉的用功又让这位班主任很是欣赏。三年过去了，丁觉用考上一所外地中专学校的举动，宣告了她跟槐花洲的决裂。

我也上了槐花洲小学。那些跟我一样年龄的孩子，陆陆续续推着家里的自行车，去打麦场学骑车了。那些个子矮的男孩，能想到很多办法解决够不到车子的难题。他们像王歌当年建议丁觉那样，把车座卸下来，缠上一条麻袋；或者把腿从横梁下面的空档里插进去，在空档里踏脚蹬子。

我父亲的“金鹿”仍然寂寞地支在院子里，除了他不做木工活的时候偶尔外出骑一骑，它基本上是一个无人问津的家伙。

丁觉和我的关系逐渐变得生疏。平时她住在学校宿舍里，起初周末还像其他同学一样回家，到初二的时候，就经常找各种借口留在学校里了。有一个星期天父亲带我去赶集，我们给丁觉带了奶奶包的包子。父亲当时在集市上碰到一个熟人，我就自告奋勇去给丁觉送包子。集市离学校只有一百米，我进去的时候，看到学校里只有丁觉一个人，她坐在操场边上，胳膊抱着膝盖，头埋在两腿中间。

我不知道丁觉是不是睡着了，我走到她身后，站了好一会儿，她还是保持那种姿势。最后我把装包子的塑料袋放在她身后，转身跑走了。

后来，我小学毕业也升入那所中学，课间的时候，也经常像丁觉那样，坐在操场边上。有时候也能睡着。

我升入初中的时候，丁觉作为一名中专生都快毕业了。不记得从什么时候开始的，我们保持着书信往来的联系方式。但在我们所有的信件中，谁都没有提过槐花洲。

其实多少次在给她写信的时候，我都想勇敢地告诉她，是我害死了王歌。但每次那些话都变成了闪烁其词的另外一些话。只有一封信我提到了槐花洲，是初中毕业前写的，那时候丁觉已经工作了。因为要彻底离开槐花洲，到县城去读高中——我当时就打算像丁觉那样，放假也在学校里待着——所以，我写了那封信，告诉丁觉，当年是我害死了王歌。但是，出于一些无法说清的胆怯和顾虑，我最终还是烧掉了它。

十二

自从丁觉离婚后，这些年来，我目睹很多优秀男人因为无法接受她不生孩子的条件，而相继从她身边离开。

我之所以提到这个话题，是因为在这个夏天里，我女友徐小鹿开始张罗着让丁觉认识各行各业的一些男人。

徐小鹿说：

“必须让她生个孩子，她一旦做上母亲，就会跟这个世界和解。最好再找到你姑姑，让她给丁觉带孩子。”

这个同样金色的夏天，我听到高中语文老师徐小鹿说出这样的话，忽然对她生出无限爱意，禁不住热泪盈眶地眺望那个充满希望的场景。我甚至眺望到：我姑姑抱着丁觉的孩子，他们三人其乐融融地回槐花洲省亲……须知，槐花洲于丁觉和我来说，已经接近于一个乌有之地——实际上，它现在距离我和丁觉的城市只有一百多公里，这个距离，不足一顿酒饭的时间。但老实说，我每年只有春节时才回去一趟，而且来去匆匆，总是一副时不我待的架势。我开着一辆跟这种做派很匹配的小汽车，让我父母深感脸上有光，因此他们既自豪又无可奈何。

那天夜里我鬼使神差地做了一个怪梦：我姑姑抱着丁觉的孩子，坐在一辆自行车后座上，骑车的是丁觉，他们三人果真其乐融融地回槐花洲省亲了……醒来以后徐小鹿告诉我，丁觉正在网上广泛发帖，求购有二十年历史的“金鹿”牌和“永久”牌自行车。

徐小鹿告诉我这件事的时候，我们正在外面吃饭，我当即没了胃口。我感到那些密密麻麻的汗珠又爬满了脑门，干涸的嘴唇傻乎乎地张着，欲言又止。徐小鹿还没发现我的异常，她低着头自顾继续说下去：

“丁觉凌晨时分发的帖子，也就一上午的工夫，大概有三十多人在后面跟帖，其中有一人把他家存了二十多年的‘永久’牌自行车照片发上去了，并且极富煽动力地放言‘这是一辆结实的、气派的、自信的、彪悍的、饱满的、线条明确的、肌肉发达的、粗犷奔放的经典怀旧版自行车，如同耸立的风火轮，又如怒目圆睁的天神。’丁觉已经决定跟这个富有煽动力的家伙取得联系，估计交易很快就将进行。那家伙要价三百。”

我有气无力地问道：

“丁觉不是有辆二八自行车吗？”

徐小鹿说：

“她说那不是‘金鹿’和‘永久’。也不是她想要的样子。”

徐小鹿又说：

“曲腾，我觉得丁觉这一举动含义深刻，我得看看她到底想干什么。”

是啊，丁觉到底想干什么？我的汗珠源源不断地渗出来，终于开始向下流淌，滴到咖啡杯里。徐小鹿感到奇怪，正是为了避开外面的滚滚热浪，我们才躲到冷气充足的西餐厅里，结果我反倒淌着比在热浪里还汹涌的汗。

“没什么，”我说，“我只是讨厌那个家伙，他干嘛要把一辆老掉牙的自行车夸得那么过分。”说真的，我觉得他使用的那些词汇——怀旧、风火轮、天神，都让我坐立不安，并且无端地跟少年王歌联系到了一起。仿佛少年王歌幻化成一个怒目圆睁的天神，威风凛凛地骑在自行车上，粗犷奔放，肌肉发达，彪悍自信，像骑在风火轮上，风驰电掣朝我而来。并且他那么高，足够藐视着我……

在这个夏天的午后，我终于承认，一整个夏天里，我磕磕绊绊、欲言又止的回忆和陈述——尤其是对自己那些倾吐里显而易见的遗漏（实际是隐瞒），我不敢说自己是一个诚实之人，我必会慢慢成为一个这样的人——这一切，随着这辆即将交易成功的自行车的横空出世，终于到了有个交代的时候了。我决定要向世界承认，是我害死了王歌。

于是我在冷气充足的西餐厅里，对徐小鹿表达我故意遗漏一些细节的歉意，并怀着巨大的恳切，还原那个夏天的某些真相。以下是我的陈述：

“我要讲的正是一辆‘永久’牌自行车的故事。它是王歌的父亲老王的自行车。王歌的自行车是一辆‘金鹿’。我父亲的自行车也是“金鹿”。那时候我们主要骑‘金鹿’，你可能不懂——可以理解，因为你是城里人——那种笨重的自行车适合在农村驮重物，几百斤不在话下。你也知道，驮那么多东西，车闸不好用是不行的，所以，我们普遍骑的都是‘金鹿’，它的制动器是脚闸，尤其在又长又陡的下坡路上，非常安全可靠，没有失灵的危险。但是王歌的父亲老王偏偏有一辆‘永久’，我想可能这跟他是村长有关，他不用整天劳作，所以就不需要驮重物，所以他只要有一辆可以驮他去乡里开会的自行车就可以了。他是村长，显然不能骑跟我们一样的自行车，所以他就托人从上海买了一辆‘永久’。槐花洲很多人都产生了一致的看法：凭什么村长就要骑跟我们不一样的自行车？持这种看法的人里面也包括我的父亲，他是一名木匠，而且很聪明，善于融会贯通地钻研问题，有一天他一边摆弄一小瓶机油一边对我说：‘告诉你啊，只要在‘永久’的车闸上滴这么几滴机油——什么都看不出来——它就马上失灵，让自行车变成一匹脱缰的野马。’父亲脸上洋溢着嫉妒和幻想的光芒，仿佛那辆‘永久’正变成脱缰的野马，把王歌的父亲载到不可想象的叵测里面去。父亲对王歌的父亲如此仇视，主要跟要不来一块理想的宅基地有关。至于为什么往‘永久’的制动器滴上机油，就能让它脱缰，原因是……说了你也不懂。‘永久’的制动方式是抱闸……关于此我不便多说，因为如果说的话，就要变成一场技术性的讲解，你也看出来，我满脑门子都是汗粒，不适合进行那样一场讲解。而且你看我，磕磕绊绊……总之我的意思是说，那辆‘永久’在那天黄昏被王歌骑走了，车闸被滴了机油。那天，后来，他骑着它冲到水塘里溺死了。”

瞧吧，实际上，我把“怀旧”、“风火轮”、“天神”这些词汇跟少年王歌联系到一起，并不是“无端端”的。那个夏天的黄昏，跟少年王歌一起被打捞上来的，当然还有那辆“永久”牌自行车。

我的女朋友徐小鹿认真听完我这段磕磕绊绊的讲述之后，很冷静地总结道：

“这么说，你父亲是害死工歌的凶手。”

我反驳道：

“何以见得？”

徐小鹿立即很机灵地反应道：

“难道是你干的？往车闸上滴机油？”

我没有勇于承认的力气，只是虚弱无比地、眼巴巴地看着徐小鹿，一副听候发落的样子。

徐小鹿苦苦地分析着我的动机，她说：

“你本来是想害王歌的父亲，对不对？因为那辆‘永久’是他的，可是那天不知道为什么，他没骑它。”

我说：

“是啊，他骑了‘金鹿’。我不明白为什么他忽然骑了那辆‘金鹿’去送我姑姑。”

“我知道了，”徐小鹿说，“那天他约好骑自行车把你姑姑送到公路边，可是他骑了王歌的‘金鹿’，没骑自己的‘永久’。这是为什么？”

徐小鹿纠结于这个问题，我却纠结于：我是害死王歌的凶手。我实际上想让王歌的父亲骑那辆刹车失灵的‘永久’，把他和我姑姑两人摔到沟里去；我还纠结于：这么多年，我其实也患了徐小鹿所说的那种强迫性麻木症，近似于选择性失忆。正当我打算永远这么麻木下去的时候，没想到丁觉的某根记忆神经却忽然复活了。这真是要命的事。

我源源不断地流着汗水，最后还源源不断地流着泪水。我觉得这样下去我会枯竭而死。王歌溺死了，我将把身体里所有的水都流出来，回报给他。

徐小鹿看出我快崩溃了，她采取这样的方式安慰我：

“曲腾，你别这么自责，其实应该是王歌的父亲把王歌害死的。谁让他好端端地不骑自己的自行车，非要去骑王歌的自行车？而且你那时候只有六岁，法律不会追究一个六岁孩子的刑事责任。”

我忘了那天徐小鹿是怎么把我弄回家的，而且她给我水里兑了安眠药，剂量不大也不小，足够让我昏睡两天两夜，不醒来，也不至于死亡。由于处在昏睡状态，我就不会干出不理智的事，比方投案自首，甚至自杀什么的。

徐小鹿给我喂安眠药时，就是这么想的。她利用两天时间居然跑到槐花洲去了，当我醒来时，她刚风尘仆仆地赶回来，向我发布一个惊人成果：

“我说的没错，凶手就是王歌的父亲。你猜为什么那天他没骑‘永久’？因为车闸坏了！那车闸坏掉好几天了，他一直忘了修，因为他不用它驮庄稼，那几天也没有会议需要去开。所以，你等于在已经坏掉的车闸上滴了机油，无效，知道吗！等他推着车子想把你姑姑送到公路上的时候，才忽然想起这回事。他觉得你姑姑这一走，不知道哪年哪月才能再见，他不能骑着一辆车闸坏掉的自行车去送你姑姑。他要万无一失地把她送到公路边，看着她登上公共汽车。所以他就改骑了王歌的‘金鹿’。”

我脑子一片迷乱，世界仿如万花筒在眼前转来转去，变幻莫测。我拼命回忆那天黄昏，当那辆‘永久’打捞上来时，王歌父亲老王是一副什么表情。似乎是这样的：他呆呆地盯着‘永久’，懊悔不迭地扇自己的耳光；或者是，他扑上去，在‘永久’上踹来踹去，直至踹掉了车闸。

事实上，这些只是我的想象，真实的情况是，我呆呆地盯着‘永久’，非常想懊悔不迭地扇自己的耳光，或者扑上去，在‘永久’上踹来踹去，直至踹掉车闸。我真的忘记那天老王是什么样子了。

因为想不起来老王当时的样子，我就无法依靠记忆来确证徐小鹿的这一成果。我提出质疑：

“老王，那个老家伙，为什么当时不承认车闸是坏掉的？”

徐小鹿嗔怪我说：

“这还不明白啊？一种潜意识的自我保护心理呗，就像你不敢承认自己对车闸动过手脚一样。”

尽管如此，我依然无法确证。无法确证，我就不能马上卸下包袱轻装而起。我依然沉重地躺在床上，像一个病入膏肓的人。

因此，接下来的一段日子，我是在床上度过的。我反复地纠结于两个问题：一，我不是真正的凶手。车闸不是我弄坏的，是自己坏掉的；二，我是凶手。车闸不是我弄坏的，但我弄过。所以我称得上是杀人未遂。

在纠结于这两个问题的时候，我还反复想，无论我是不是凶手，在真相浮现的过程中，我都受到了极大的损害。世界愚弄了我。

徐小鹿隔三差五带来丁觉的消息：丁觉只买到了理想的“永久”，还没买到理想的“金鹿”；丁觉终于从网上找到了理想中的“金鹿”，跟她当年骑过的那辆简直一模一样，估计交易快要进行了……

她到底想干什么？我无从知道。我想给丁觉写一封信，就像当年那样，向她坦白我对那辆“永久”动过的手脚，或许那样我就能彻底心安了。我用了好几天时间尽量还原了那封信，可惜的是，这封信将会盖上2011年的邮戳。

在我还原了那封信以后，徐小鹿也破解了丁觉的意图，她认为，丁觉是想还原多年前的那个黄昏。她为什么要这么干？

徐小鹿只是名语文老师，但她有可以求助的人——从心理咨询师那里，我们了解到丁觉有可能患上了“幻想性场景复原欲望”的心理疾病。这真是让人讶然的结果。而且，不仅仅是讶然，我们需要担心的事情是，丁觉此生余下的日子，可能都要陷入到这种心理疾病的影响当中，她会沉溺其中无法自拔。但是，李黄是会长大的，一个少年的十五岁的夏天，说过去，一眨眼就会过去的……

后来我们被建议，干脆主动协助丁觉完成这场复原，她得知事情真正的真相，很有可能会一下子解脱出来。我和徐小鹿经过投票表决，一致同意将这个建议付诸实施。

就是说，李黄那小子即将扮演王歌，骑着那辆丁觉从网上买到的“永久”，一路飞奔到水塘里。在那之前，我必须干一件事：往自行车车闸上滴机油。而那辆自行车，必须事先把车闸搞坏。在这之前，我们还要还原王歌的父亲老王跟丁觉的母亲相约由他送她去公路边这个场景，这样，老王先推出了“永久”，后来又回去换了“金鹿”的环节才会有个合理的交代……

天哪。

但这件很头疼的事我们还是干了。

不必过多赘述那场复原之前大量的前期准备工作，现在我们全体人——丁觉、李黄、徐小鹿、我，都回到了槐花洲。我们是怎么说服丁觉回槐花洲的，这也不必赘述，或者也可以简单交代一下：我们谎称要回去订婚，当然是指我和徐小鹿。

我们回去以后就按照既定计划进行，先由老王和一个扮演丁觉母亲的人站在麦秸垛旁边话别。那女人是我们找的，为了弥补外貌上的欠缺，我们给她穿上丁觉母亲年轻时候的衣服。好在我们从家里的一个衣柜里找到两件，堪称古董了。他们站在麦秸垛旁边话别，老王跟她约定，明天由他送她去公路边坐车。

他们话别的时候，我们都在门里边窥视，包括丁觉。这当然不符合当时情境，当时只有我一人在门里窥视。但此时毕竟不是彼时，这是我们能想到的最切近的方式了。

这是第一天黄昏我们按照既定计划完成的环节，余下的环节要留到第二天进行，只有这样才能最大程度达到还原的效果。幸好我父母还住在老宅子里，爷爷奶奶去世之前，他们就分到了宅基地，也盖了新房，却没搬过去住，说是给我留着。由此可见，当年我母亲坚决要分家，只是因为不愿多养活丁觉这一张嘴。

我觉得，丁觉还是猜出了我们的意图，虽然我们什么都不告诉她。因为第二天，在还原进行到尾声的时候，出现了意料不到的场景，把我和徐小鹿、我父母、老王全体都弄懵了。

整个过程如果要分解成场景，是这样的——

场景一：老王从院子里推出那辆“永久”。他推着走了两步又停下了，把车支起来试了试车闸，发现车闸失灵了。老王摇摇头，自言自语说——车闸坏了，我怎么忘了呢？他把“永久”送回院子里，推出了王歌的“金鹿”。他骑着王歌的“金鹿”往村头去了。

（这是事件的关键所在，涉及到时间差的问题。当年老王是先到村口等我姑姑的，所以我才有机会去给“永久”动手脚）；

场景二：我鬼鬼祟祟地走出家门，来到王歌家的院子里（大门虚掩着），看到那辆停在院子里的“永久”，鬼鬼祟祟把机油滴在车闸上，然后，鬼鬼祟祟地回了自己家；

场景三：我姑姑（假的）从爷爷奶奶家出来，往村头走去了；

场景四：我从家里再次鬼鬼祟祟地出来，也往村头去了（这就是我不在溺死现场的原因）；

场景五：王歌（实际上是李黄）从院子里推出“永久”，在我们家门口喊——丁觉，丁觉！

场景六：丁觉从院子里推着我父亲那辆“金鹿”，应声而出；

场景七：他们两人在门口会合，一起往麦场的方向骑去。

我们先前很担心进行到场景六的时候会卡壳，假若丁觉拒绝参与，那我们就得对她进行说服工作。因为我们的举动都是那么莫名其妙，像是在演一场不知所云的话剧，丁觉完全有拒绝参与的可能。但是没想到，当李黄在门口一喊她，她就应声而出，跟他一起骑车走了。这说明我后来的猜测是正确的：丁觉已经猜出我们想干什么了。

接下来的场景就不在我们预料之中了，我敢说，我经历了此生最匪夷所思的意外——

场景八：丁觉和李黄骑上麦场旁边那条乡间小路，一直骑到坡顶。

（副场景：我开车拉着其余人超越了丁觉和李黄，先到了水塘边。）

场景九：李黄撒开车把，吹着口哨，从坡顶快速俯冲而下；

场景十：快到水塘了，李黄开始刹车；

场景十一：李黄皱了一下眉，脸上露出“车闸怎么坏了”的表情。与此同时，他像一只鸟一样从车上一跃而下，潇洒利落得让人惊叹；

场景十二：“永久”像脱缰的野马，冲进水塘；

我们都愣住了，因为场景十一和场景十二都不在我们的设计之内。我回头问徐小鹿：

“怎么回事？”

徐小鹿也处在惊愕之中，她说：

“不知道啊！我明明跟李黄都交代好了，让他跟自行车一起冲进水塘里的呀！”

我说：

“李黄显然变节了！那小子根本就不可靠，我早就有这种感觉了！我猜那晚就是他伙同几个小流氓把我给揍了！”

徐小鹿说：

“我也没料到呀！我还给他买了一辆山地车呢！一千多块，打水漂了！”

就在我跟徐小鹿互相埋怨的时候，丁觉却跟李黄一起完成了余下的场景——

场景十三：丁觉说——王歌，你看，小乌鸦掉下来了！

（丁觉蹲在老槐树下，低头摆弄一个什么东西，远远看着好像是一块石头。）

场景十四：李黄走到树下，也蹲下来，低头摆弄那块石头，然后抬头看了看老槐树，说——嗯，小乌鸦掉下来了。

场景十五：丁觉忽然哭了，说——老乌鸦急坏了。

（我清楚地看到了丁觉的眼泪，她真的哭了。）

场景十六：李黄说——没事，你别哭，我把小乌鸦送回窝里去。

场景十七：李黄捧起那块表示小乌鸦的石头，噌噌几下子爬到老槐树上。他抱着一根树枝，把石头放到一个树杈里。

（我注意到李黄此时趴在树上，跟树下的丁觉对了一个眼神，丁觉向他微微点了一下头。事后我猜她是在示意他，那位置很准确，就是乌鸦巢的位置。）

场景十八：李黄啊地叫了一声，从树上掉下来，落入水塘。

场景十九：李黄好长时间没冒出头来，老王跳下去，把李黄拽了上来。

场景二十：我们把一口锅倒扣在草地上，把李黄架上去。李黄身上披着绿色的水草，趴在半球形的锅底上，状如青蛙。

十三

此后的很长一段日子里，我一直在城市里到处寻找李黄。

自从那次槐花洲之行以后，李黄就消失了。他母亲的菜摊也消失了，他们在城乡接合部的租屋当然也住了另外的人。

在城市的马路上，我也再没见过丁觉骑自行车。她船桨一样划动的特殊骑式。我想，以后我再也看不到了。我们都不知道她用什么方式处理了那几辆笨重的二八自行车。

总之丁觉恢复了以前的状态，“幻想性场景复原欲望”的心理疾病不治而愈。当然，我时常怀疑世上根本就不存在这样一种心理疾病，多数所谓的心理疾病可能都是心理学家们杜撰出来的。

我写给丁觉的那封信，还没来得及寄，因此关于要盖上2011年的邮戳这个遗憾，也彻底不存在了。

关于真相——还原现场的真相和当年王歌溺死的真相，徐小鹿坚持是这样的：

还原现场的真相：丁觉发现我们集体要搞那样一场还原，鉴于槐花洲众人皆知王歌是骑车冲入水塘，于是她安排李黄第二天配合她还原真正的真相；李黄在第二天瞒着我们配合了丁觉。从场景五到场景十，李黄是按照我们的安排演的，从场景十一到场景十八，他都是和丁觉一伙的，直到最后的场景十九和场景二十，他才又遵照我们的安排，模拟了王歌不会游泳、死在水塘、让人救上来的环节。他趴在锅上状如青蛙，倒是演得特别像，跟当年的王歌一模一样。

当年的真相：杀死王歌的凶手不是我，不是王歌的父亲老王，也不是那本来就已坏掉的车闸，而是那只从树上掉下来的小乌鸦。王歌为了把小乌鸦送回窝里，失足从树上掉下来，他不会游泳，所以溺死于水塘。就是说，从场景十一开始，后面的那些场景，才是事实的真相。

徐小鹿当然是有理由的，最有力的理由是丁觉的后半场还原——她认为那无可辩驳，肯定是真的。另外，王歌车子骑得那么好，怎么会冲到水塘里去呢？他的身手完全可以做到像李黄那样，轻轻松松地跳下来。还有，丁觉曾经让我父亲把那只小乌鸦捉回家来养了一段时间，她何以对一只小乌鸦那么钟情？

我不敢确定徐小鹿所说的是不是真正的真相，我觉得最好还是找到李黄。

徐小鹿却觉得没必要找李黄了，她认为李黄肯定也被丁觉处理掉了，像那几辆自行车一样。她怎么处理的呢？或许又给了他们家一张银行卡，让他们离开她的生活，到别处谋生去？我想起约李黄那臭小子吃肯德基时他说“一百万”那德行。丁觉可没有一百万。

总之，后来，我没事干了就一家一家菜市场乱转，希望找到李黄。徐小鹿却打算找另外一个人——她丧失理智地想找到丁觉的母亲；然后，从那些她网罗到的男人里给丁觉撮合一个；最后，游说丁觉生个小孩，让他们祖孙三人一起回槐花洲省亲。

女友人

一

那天是半上午，老唐起床以后正在卫生间洗澡，一首《铁血丹心》从门缝挤进来，那是他昨天刚设的手机铃声。老唐停止左搓右摸，颤着肚子上的肉裸奔而出，一把抄起手机。

“郑宝！”老唐用跟他年龄不符的喜悦腔调，叫着昨天刚刚认识的一个女作家。

“我还没说话呢，你会辨喘气声啊？”

“我专门给你设了个手机铃声。”

“干吗搞专利呀？容易让我有负担的。”

“不是。我只是想让你跟那些乌七八糟的家伙区别开来。你是不是特别容易有负担啊？这么点事也有负担？不是负担吧，我看是你警惕性高。”

“算是吧。男人就这样，总是第一时间让女人产生警惕感。”

“这是表扬，还是讽刺？”

“随便理解。”

四十分钟以后，老唐和郑宝见了个“薄面”，吃了个便饭。按郑宝的意思，她没吃饭的打算，约个合适的地方取回笔记本电脑就是见面的唯一内容。老唐很诚恳地希望她能给个薄面。郑宝权衡了一会儿，老唐看着墙上的石英钟，一，二，三，四，五，五秒，郑宝说，得了，那就见个薄面，吃个便饭吧。

老唐快马加鞭冲回卫生间洗澡，不搓也不摸了，从头到脚淋了一下，就穿衣出门，开车去见郑宝。

以后老唐很多次地回忆起这个早晨，带着疑惑。他到底是怎么让郑宝吸引了？莫非当时他认为郑宝身上有一种非凡的魅力？在郑宝以前，有哪个女人敢这么放肆地跟他对话？但是老天，老唐当时偏偏就是喜欢郑宝的这种居高临下！

而且郑宝一直把这种居高临下的姿态保持到了半年以上。半年，这基本是老唐跟其他女人交往时间的上限。原因到底是什么呢，起初老唐认为是因为性关系迟迟没发生的缘故。在老唐认识的女人里，除了前妻，任何一个都没有耐心让她们长时间地守身如玉，每次老唐都是不费吹灰之力就弄下她们的衣服，当然很多时候老唐只是形式上的主动方。

老唐初识郑宝的场合，在郑宝说来很“俗”。他们的那场交谈在卫生间里进行，老唐尿急，跌跌撞撞去卫生间，遇见郑宝一个人在洗手池边照镜子。那时候老唐并不知道郑宝是干什么的，一大桌子人，老唐只认识一半。卫生间男女各两个格子间，恰好都满员，老唐看郑宝面熟，就问：“你是白冬厅的吧？”

郑宝很茫然：“白冬？不知道，没注意。”

老唐笑了：“那你知道待会儿回哪个房间吗？”

郑宝很老实地说：“不知道。”

老唐觉得很好笑，就哈哈笑了两声，郑宝马上质问：“我可笑吗？这种烂俗场合，不知道哪个厅就好笑吗？我看你们才好笑。”

老唐说：“我听你这意思，是不是别人绑你来吃饭的？”

郑宝翻白眼，抛出一个比喻来反驳老唐的逻辑：“看你这岁数，肯定已经不喜欢家里那黄脸女人了吧？她是不是每天绑你回家呀？”

老唐一脸坏笑地说：“我真不忍心打击你，但又必须打击你，我家没有黄脸婆。我是不能容忍家里有黄脸婆的。”

郑宝“切”一声：“一点都不稀奇。瞧你上下这身名牌，暴发户吧？”

“暴发户跟家里有没有黄脸婆有什么必然联系吗？听你这意思，我是暴发户，我就必须得是抛弃妻子的混蛋？”

“至少不能排除这个可能！”

说话间男卫生间空出一个位子，老唐说：“对不起了，我先去解决生理问题。”

老唐很兴奋地撒了一泡长尿，出来以后，郑宝不在，就洗了手边吹风边等。吹干手，又点上烟，吸了六口，郑宝才款款而出，看到老唐很是惊讶：“怎么还没走？想泡我？这一滥招你都多大年纪了，还用？”

老唐笑眯眯地看着郑宝走出卫生间，他尾随其后，果然郑宝在走廊里很茫然地走了一趟，又很茫然地折回身来，老唐说：“走吧，我带你回去，白冬厅。你是不是地理盲啊？”

郑宝又气又恼，一转身朝前台那里走，老唐说：“喂，不吃了？”郑宝不理，老唐就追了出去，“我猜你找不着在哪屋吃饭了，好心等你给你带路，你连句谢谢都没有，没礼貌吧？”

“谢谢！”郑宝转回身，硬邦邦丢下俩字。老唐追到郑宝身边，问：“你是谁带来的，我回去跟他打个招呼，就说你有事提前走了？”“没必要。”“算了我也想走了，你怎么来的，我带你一段？”

郑宝勉为其难地上了老唐的车。这顿饭是老唐一个哥们李航做东，老唐给李航打电话，让他散席时给他把包带上，郑宝忽然说：“糟了，我笔记本电脑忘房间了！”老唐说：“喂，别挂，还有个笔记本电脑你也帮我收好了。”

郑宝不愿意了：“凭什么帮你收好了，咱俩什么关系啊？”

老唐说：“友情关系啊！当然，你不认可我也不勉强。要不我载你回去取？”

郑宝说：“算了，那乌七八糟的场合。”

老唐说：“好像你对这场合特别不满？毛主席说了，吃饭是革命的本钱，你怎么这么抵触吃饭？”

郑宝说：“毛主席也说了，革命不是请客吃饭。”

“可这是和平年代呀，办事就是要请客吃饭。”

“那叫办事呀？一个个废话连篇，不说黄段子就要死，放个屁都面露微笑，一顿饭吃上几个小时，还有一些没教养的，把筷子当铁锹使，在盘子里翻来覆去地挖宝。我就不明白了，你们为什么这么喜欢请客吃饭？好好地吃顿饭不好吗？”

老唐说：“我也搞不明白一件事，为什么你会出现在这种场合。”

郑宝悠悠地说：“搞不明白就对了，搞明白反倒错了。你懂什么呀。”

老唐那时候就觉得，郑宝忽然就能莫测高深得像哲人一样。以后当然她更时不时这样。当天晚上老唐就驱车去李航家取包和电脑，李航觉得那电脑蹊跷，不像是老唐的，因为个儿小，像女人的，老唐却非说是他的。反正大家的包和外套什么的都一起堆在沙发上，老唐一定坚持是他的，李航也没有充足的证据推翻他，但是李航说，他记得当时桌上还有位挺清高的女士，到后来不见了。你见了吗，李航问。老唐说，我哪见了，我喝高了。

二

那天晚上老唐很不道德地打开了郑宝的电脑，不开的话，郑宝在老唐眼里还只是一个比较小众化的女人，开了以后，郑宝的形象立马变了，老唐惊喜不已，终于给自己为什么那么执著地追随郑宝离席找到答案了，原来郑宝是个女作家，并且不是一般的女作家。

老唐惊喜并不是因为喜欢女作家，而是因为他书柜里恰巧就有一本郑宝写的书，还恰巧那本书他偏偏全文读完了。他书柜里的书多数都是附庸风雅的摆设，翻都没翻一下的占80%，总体来说，老唐的书柜就是一个冷宫。

说实话，老唐的女友人囊括了各种行当，唯独缺一个女作家，他在十五六岁的时候也曾经是个文学青年，在学校黑板报上也涂过鸦什么的。

老唐浏览了郑宝的所有文件夹，当然小说只能粗略浏览，那是个工夫活，得有时间，老唐重点浏览的是郑宝的相册，他为之惊叹不已——郑宝把她的几千张照片按照时间分成若干个文件夹，从过百岁时拍的光屁股照一直到老唐跟她认识的前两天。郑宝在两天前刚从韶关回来，她在丹霞山用阳元石做背景拍了两张照片。

老唐完全应该感到自责，他见识了一个衣冠楚楚的女作家小时候的光腚照，还见识了她对那根撅上天的阳元石是摆了什么pose拍的照片——第一张，她把右手食指和中指叉开成剪刀状，夹住那根牛逼哄哄直指苍穹的男性阳物，眼睛居高临下看着镜头，老唐觉得她简直是在看着他，禁不住后背上凉飕飕地吹过一阵阴风。第二张，情势完全变了，郑宝撮起嘴来，用撮成花骨朵状的嘴唇亲吻那根东西，闭着眼，很像一个荡妇。第二张照片老唐比较喜欢，他非常可耻地把那根大自然奇妙造化的石头当成自己的，小小意淫了一下。

最后老唐还是不再纠结于屁股和阳元石了，他站在书柜前，仔仔细细又翻看了一遍郑宝的书，把勒口上的照片贴到眼皮子底下重点看了看。勒口上的照片太不像郑宝了,但又确实是郑宝。

没有任何一个女人是以这种方式获得老唐了解的。

当然，老唐了解得还不够彻底，因为郑宝文件夹里有几个文档是加密的，老唐猜那一定是日记之类的东西。老唐记得他从初中到中专，上晚自习的时候，所有女生都勾着头在花花绿绿的日记本上奋笔疾书，教室里一片沙沙声。到后来，老唐就没认识到还会写日记的女人了，他觉得那种女人绝种了。

遵照郑宝的意思，他们在一家名叫雕刻时光的咖啡屋见了个薄面，老唐双手奉上盛满秘密的电脑，然后给两人各自要了一杯咖啡。郑宝穿了一件领口带细碎荷叶边的黑色羊毛衫，一条粉紫色短裙，腿上裹着这年特别流行的深咖色丝袜，若隐若现地露出肉色。这种丝袜他妈的也不知道是谁发明的，看了特别有肉欲感。老唐在心里骂了一句，面上很君子地微笑着。其实他是打心眼里换了这副嘴脸的，因为知道了对面是一位女作家。女人，有什么本事都不稀罕，有写小说的本事，就一定得另眼相看。

郑宝说："谢谢你啊！"

老唐说："哪里，不足挂齿。"

郑宝又说："不过……你没开过我电脑吧？"

老唐不假思索："没有，绝对没有。我这人是很有素质的。不过，你电脑里不会有艳照吧？陈冠希那样的？"

"有又怎么了？"郑宝说，"我就不明白，陈冠希招谁惹谁了，他跟全世界女人睡，全世界女人都跟他睡，那是他自己的本事，旁人有什么理由去说三道四？这个世界就是这样，人们都去管不该管的事。”

老唐没想到郑宝会是这种态度，照他看来，郑宝应该说一些诸如“你才陈冠希了！”之类的话，最好气愤一点，那才正常。

所以老唐非常讶异，甚至有些犯嘀咕，昨天晚上是不是有遗漏啊，说不定真有艳照藏在哪个文件夹里没发现呢。心里犯着嘀咕，嘴上继续表演正派：“你说得片面了些吧，他陈冠希睡全世界的女人旁人是不该管，但是他让那些艳照流传出来，旁人就得管了吧？他自己在家关着门看谈不上不雅，但是让全世界人都看，就是不雅了吧？影响不好啊！”

“你这些陈词滥调网上早有了，遮天蔽日的，有没有点新鲜的？我就不明白了，看别人的艳照就是不雅，自己干就是雅了？谁不明白那点事啊，不就是男女做个爱吗？说白了，那些叫嚣者都心理变态。”

这就是郑宝给老唐的初始印象：一个前卫的、大胆的、开放的、视性为吃饭喝汤一样稀松平常的现代女性。这直接铺垫了他们之间的交往基础：平等的、放松的、无负担的、自由自在的。至于这种直观印象是不是有看走眼的可能，老唐不愿去想。

这个放松的无负担的交往基础，却也让老唐稍后感到了矛盾，因为郑宝并不像她表现出来的那样，对性无所谓。在之后的几个月里，她又给过老唐很多次“薄面”，有一些薄面老唐事先都经过了周密计划，情绪和氛围都造得特别足，然而郑宝似乎脑壳外面加了一层钢盔，还是感应的，老唐那些歪念头离钢盔尚有一段距离就被挡回来了。

这个女作家不简单，几个月之后老唐得出了这样一个结论。

然而老唐是越挫越勇的那种人，或者说，这些年里老唐生活里的那些女性友人都太好上了，这惯出了老唐一个无往不胜的毛病。必须睡了这个女作家。老唐暂时把其他女友人该断的断该扔的扔，一门心思攻克郑宝，采用的方式跟对付其他女友人雷同，请吃饭，送鲜花和礼物。

郑宝喜欢吃饭简单，第一次老唐过于铺张浪费，定了一个天大的桌子，桌中间摆了一个天大的花篮，剩下的空地儿还能绰绰有余地放下几十个盘子，郑宝往桌旁边一坐，说："你觉不觉得我像个玩具？"老唐看看郑宝，郑宝属于小巧玲珑那种体型，让这硕大的桌子一比，更显小巧了，但也不至于到像个玩具的地步。

老唐要了一桌子菜，郑宝只吃了几口，老唐问："不合口？"郑宝说："想听实话？听了以后会影响你食欲，"老唐说："尽管说，我食欲很抗打击。"郑宝说："我特别看不惯你们富人这种财大气粗的样儿，非得这样才能证明你有钱啊？你有钱你可以干别的事去证明啊，比如你给街上一个衣衫褴褛的叫花子定间宾馆住着什么的。"老唐说："我凭什么呀？我跟那叫花子什么关系啊？"郑宝说："说到实质上了吧，你跟我什么关系啊，不就是你是个男的，我是个女的，你我身上某部分器官不一样，而你又对这些器官好奇，有征服欲？"

我天，老唐以手抚额，很痛苦地摁了两下，他听到门边垂手站立的女服务员在心里吃吃地发笑。这种局面让他没有想到，别提食欲了，性欲都跑没了，眼前这个女人哪里有可爱之处？

老唐老实了两天。从饭店出来以后；老唐有过一刹那打退堂鼓的念头，不久就不打了，但碍于面子，还是修整了两天，第三天又腆着老脸给郑宝发短信："见个薄面，吃个便饭？"郑宝很快回了："我请你。"

老唐举着手机，屁颠屁颠的。这三个字，还有回这三个字的速度，已经够了，还求什么？

郑宝请客很简约，在麦当劳吃快餐。老唐实在不喜欢面包里夹着的那层腻歪歪的沙拉，郑宝问："不合口？"老唐立即说："合口合口，我是在细细品味。"老唐想，我可不能像你一样没风度。

他们坐在窗边，外面是街道，老唐很怕有熟人在街上走着走着，忽然一抬头看见他。他老唐什么时候跟别的女人来过这手浪漫？麦当劳里坐着的基本都是一对一对的情侣，看起来郑宝也很享受这种氛围，她穿了一件韩版白色小款上衣，两个前襟边上两串小细滚花一直延伸到下衣摆，衣摆是椭圆形的，小细滚花又以椭圆形路线延伸到后腰去了，让老唐想入非非。他从电脑上郑宝的个人简历中得知她已经三十五岁，但从整个外形来看，郑宝远比实际年龄要年轻。

老唐边吃着腻歪歪的汉堡，边观察郑宝在阳光下的样子，冷不丁冒出一个词来：清纯。

老天，四十二岁的老唐很多年没从女人身上体会到这种感觉了，他那些女性友人，清一色的实际年龄比外貌年龄小，脸上身上都是在男人堆里摸爬滚打的沧桑。老唐得出一个结论：该女子比较清纯。

三

以后，老唐跟郑宝之间的便饭都是在此类简约场合进行的，比方肯德基，雕刻时光，永和豆浆。他发现在这些场合就餐的郑宝很乖巧，不那么犀利。而且她非常奉行礼尚往来，老唐请她一顿，她就请回一顿，老唐说："没必要这样。"她说："我觉得有必要。"老唐说："你这样会打击一个男人自信心的。"她说："那是你心态有问题，你无法接受非主导地位。"老唐说：

“我是男的！”她说：“谁规定男的就得主导？你鄙视女性？”老唐赶紧说：“不敢不敢。”

她跟钱有仇吗？老唐自问，却得不到回答。

为了验证，老唐试着给郑宝送礼物。是循序渐进，先从小物件送起，还是一下子就来个大的？对于郑宝来说，小物件是什么？大的又意味着多少价码？老唐过去那些经验都用不上了。因为他发现郑宝是个全身上下都很简约的女人，她的耳垂，脖子，手指头，还有脚踝，这些部位都很清爽，没有那些啰里八嗦的捆绑物，这就使得商场里那些闪着金银光泽的首饰变得跟垃圾一样。她的衣服虽然很别致有韵味，却都不是名牌，老唐猜每件都不过千，这种价码以下的女装，他没经验。

最后老唐决定送郑宝一款价位适中的手机，何谓适中，老唐颇费思量，不能显小气，也不能让郑宝觉得接受了一块烫手的山芋。老唐去买了一款诺基亚智能手机，两千以上三千以下，接受这个价位，郑宝应该没多少负担。

照老唐以往的经验，他只需要把手机往对方手里一拍，然后享受等价换来的谢意和自豪感就可以了，但是郑宝不同凡响啊！老唐恨恨地想：我他妈什么时候怕起女人来了？

可他就是怕了，怕郑宝的反应。

老唐到后来还是耍了点小花招，他给郑宝打电话，说：“郑宝，你手机怎么回事，总也打不通。”郑宝说：“根本没来过电话啊，什么时候打的？”“昨天打了三遍，今天打了两遍，要么是无法接通，要么是响一下就断掉了，你是不是不喜欢接我电话啊？”“我要是不喜欢接，就直截了当告诉你，别再骚扰我了。在手机上做文章，不是我的风格。”“哦，不是就好。”

过了两天，老唐又故伎重演，演得相当逼真，最后气急败坏地说：“肯定是你手机有问题了。你什么手机呀，是不是坏了？”郑宝说：“没坏呀，别人给我打不都没事的吗？”老唐说：“你怎么知道没事，人家打不通说不定就不再打了。你说你这多耽误事啊，我倒无足轻重，要是杂志社的编辑找你，跟你要账号，要给你打稿费，找不到，你是不是亏了啊。见个薄面吧，就当你跟我赔礼道歉了。”郑宝说：“我凭什么跟你赔礼道歉？有本事你让我手机跟你赔礼道歉，”老唐一听，正中下怀：“那好，你带上那破手机，看我怎么修理它。”

为防生变，老唐开门见山要修理郑宝的破手机，郑宝说：“我不信，这手机我用着一直好好的，你再打打试试。”老唐装模作样打了一遍，响了，老唐说：“欺负人啊你？过来，我修理修理你。”没容郑宝反应过来，老唐三下两下拆掉郑宝手机后盖，卸下手机卡，按到新买的手机里，递给郑宝：“我修理它期间，先借个手机你用。通讯录存在手机还是卡里？”郑宝说：“都有，怎么了？”老唐说：“那就好，”一转身，把郑宝的破手机扔到身后一个鱼池里，金鱼们以为来了大鱼食，争先恐后过来抢。

他们在豪佳香吃饭，食客寥寥，有两个无所事事的服务员哈着腰在逗鱼玩，扑通一声，水花四溅，一个服务员说：“哎呀，手机掉鱼池子里了！”老唐说：“是呀，这可怎么办。”服务员说：“先生，您这可是自己掉进去的！”老唐说：“当然了，我又没赖你俩，别怕，我是想修理修理它，它不好好干活。帮我捞起来，我看它老实了没。”

服务员赶紧捞起手机，找干净毛巾一通猛擦，郑宝慢悠悠地说：“我这朋友精神方面有点问题。”

老唐说：“谁呀？你才有问题呢。”

郑宝这次破天荒没跟老唐叫板，端详老唐半晌，说：“老唐，冲你这份苦心，我收下这个手机。但这一招以后别再使了。”

老唐说："不是我说你，干吗非得说得这么水落石出呢？没劲不是？"

晚上老唐回家以后情意绵绵地给郑宝打电话："新电话好用吗？"郑宝说："老唐，这个世界上没有人跟钱苦大仇深，某种意义上来说，钱比男人可爱多了。但我告诉你，我跟那些女人不同。"老唐说："我知道，我知道。"

下次老唐不送东西了，送花，考虑到郑宝的不同，老唐只拣了些便宜花买，康乃馨啦，剑兰啦，满天星啦，组合一大抱也花不了几个钱。没有玫瑰也没有百合，老唐怕郑宝敏感。

郑宝到底是不是跟钱苦大仇深，显然不是。那就只能说明，郑宝属于君子爱财取之有道那种类型的。或者她是过于聪明，更深知欲拒还迎、曲线救国、放长线钓大鱼的道理？她三十五岁了，至今未婚，这种身份是老唐喜欢又有所担心的，喜欢当然是因为没有麻烦，担心就不必说了，怕被缠上。以老唐的经验，他倒是不愁甩女人，他有的是办法。不过郑宝不是与众不同嘛。

老唐就这样想七想八地跟郑宝交往着，小小地用糖衣炮弹烘焙着。时间过去了半年，仍没把郑宝弄上床。

时机出现在七个月的时候，老唐给郑宝打电话，第三遍郑宝才接，那边很嘈杂，老唐说："在哪呢？"郑宝说："吃饭呢。""很多人？""是啊。""饭后喝咖啡？我去接你？""好啊，不过得驾直升机来。""哪儿，有停机坪吗？""四川，绵阳。""不是闹地震的地方吗？告诉你啊，别看地震过去几年了，警惕性可不能放松啊！没事跑那干吗呀，好地方那么多。""开笔会，你懂什么，体验生活就得到这样的地方。"

老唐差点就怨妇一样问郑宝为什么外出不跟他打声招呼了。也幸好没问，他都能想到郑宝会怎样回答，肯定是我凭什么跟你打招呼？我们什么关系啊？老唐也只能说，友情关系呗。

四

你多大了？四十二了是不是？你没谈过恋爱？没睡过女人？既然谈过，睡过，又都这么大把年纪了，这是你干的事吗？

老唐闭着眼拷问自己。飞机都飞上天了，他还在怀疑是不是吃错药了。

郑宝尽管比一般的女人通透，也绝没想到老唐会飞到四川来。老唐的航班夜里到，那天他们正在入住酒店的大舞厅里唱K，都喝得差不多了。郑宝也是，醉醺醺地跟一个男作家跳舞。跳着跳着舞厅服务生过来跟她说，外面有先生找。她问，什么？你大点声说。服务生说，外面有先生找您！

郑宝很惊讶地看着老唐："你哪儿飞来的？"老唐说："月球。"郑宝说："怎么知道我在跳舞？"老唐说："打你手机总是无人接听，我就不会问前台啊？"郑宝说："来干吗？"老唐看着郑宝的眼睛说："郑宝，我想你了。"郑宝一下子就把老唐拖到舞厅里，跟老唐跳起了贴面舞。

第二天笔会流传的主要新闻就是，一位有钱有派的男士千里迢迢追随郑宝而来。这桩桃色新闻一下子让郑宝盖过了笔会上其他两对发生艳遇的男女主角。老唐在自己房间终于弄下郑宝的衣服，他想，原来女作家要的浪漫是这样的。

后来郑宝无数次总结教训，有三条。三是环境的改变让人产生对自我角色的模糊化；二是人在意想不到的糖衣炮弹面前往往不是丧失抵抗力，而是放纵自己不抵抗；一是直接体验了地震的含义：生命无常，所以何必跟自己绷着。

这三条教训里面，第一条显然最重要。老唐更正郑宝说：

“这不是教训，这是真理。”郑宝说：“如果这次笔会不是在绵阳，而是在一个歌舞升平的城市……”老唐打断郑宝：“你不觉得有些事情我们自己做不了主？”郑宝说：“咱俩终于有一个共同语言了。”

之后他们的关系突飞猛进，有那么一段时间，说如胶似漆也不为过。郑宝不是处女，当然，她三十五岁了，之前有过情史这是正常的，老唐也不希望她是处女。何况她有可能是处女吗？她对陈冠希的力挺，现在成了老唐的一块心病：郑宝到底在男女关系上有多随意？像她那些论调所表现的那样吗？还是像她实际行动那样？

这些疑问都只不过是如胶似漆阶段的小醋意罢了，老唐打心眼里感谢郑宝还能让他在四十二岁的时候产生如此美妙的小醋意。他得意洋洋地带郑宝出席一些场合，生怕别人不知道他勾搭了一位有品位的女作家。

怎么样？我女人往桌边一坐，是不是把你们那些花瓶比下去了？老唐常常背着郑宝跟他的那帮哥们炫耀，尤其是有一次他们在饭店房间里，客人没到齐，老唐背着手声情并茂地朗诵墙上挂着的一幅书法，《沁园春·长沙》，看万山红遍，层林尽染，漫江碧透，百可争流。郑宝吃吃地笑，老唐问：“怎么，我朗诵得不好？”郑宝说 ：“字都念错了，就别丢人了，”老唐说：“哪个错了？这些字我小学二年级就认识了，”郑宝说：“不是百可争流，是百舸争流，那念舸，g-e，gě，不念可。你们老师水平真洼。”老唐说：“不对吧？我从小就念可，这字不念可？老李你说念什么？”

旁边一个姓李的也诧异地说：“不念可吗？我也从小就念可。”

老唐说：“有办法。”掏出手机来用输入法验证，说：“还真不念可！”

老唐很有自豪感，酒席开始了，又拿这字考其他人，居然没有一个念对，老唐就更自豪了。女人都一样，两个鼻孔一个大脑，但大脑跟大脑能一样吗？还有什么能比带一个有脑子的女人让一个男人大庭广众之下如此自豪？

郑宝不喜欢吃饭的场合，但自从跟老唐的关系发生改变，不像从前那么犀利了，有时也照顾老唐的面子，陪他出席一些这样的场合。她不喝酒，从头到尾就显得冷静雅致。其他女人要么喳喳呼呼地自以为是，要么也像郑宝一样装淑女，但一看就是装的，只要一开口，就露了。语言这东西太有杀伤力了，从郑宝嘴里吐出来的每个字似乎都有魔力，她就是能把它们组织得非常有文化，不服不行。

而且老唐还央求郑宝送他一些书，他拿去跟哥们显摆。这可不是吹的，老唐说，其他事都能吹，这玩意可吹不出来。

夏天到了，老唐开车载郑宝去乳山的银滩度假。其实对他们两人来说，都没有什么假期不假期的一说，老唐是买卖人，全年都没假期，全年又都是假期，郑宝呢，自由撰稿人，摔稿子的时候没假期，摔完稿子就是假期；当时郑宝刚刚摔完一个稿子，出版社等着出，郑宝取消跟老唐的约会长达两周，快把老唐急坏了。往常都是老唐那些女友人急，现在终于倒了个儿了。

为了庆祝郑宝的又一力作杀青，老唐执意要去一个稍远些的地方度假，开车到乳山两个小时，距离不远不近，正合适。这次度假老唐忽然有了一个遏制不住的念头，给郑宝在这买个房子，小面积精装修的那种，打开窗户就是大海，对一个女作家来说是多么理想的创作场所！郑宝的生日快到了，老唐决定送一套精装修的小房子给郑宝做生日礼物。

相比一款两千多块的诺基亚手机，一套精装修的小海景房就显得意义非凡了，老唐自从有了这个念头以后，就疯了似的想实施。为避免真疯了，老唐瞒着郑宝，在度假结束后又独自返回，买下一套五十平米的海景房。钥匙拿到了，老唐放在包里，掏东西时，冷不丁就能触到，恨不得郑宝马上就在那里写出旷世佳作来。

郑宝生日那天，老唐说要带她去别的地方庆祝，但又不说是什么地方，郑宝说："不会是豪华游轮吧？"老唐说："电视剧看多了？"郑宝说："我还以为是呢。"老唐说："你不会那么俗吧？"郑宝说："谁跟浪漫有仇啊？不过老唐，你也挺浪漫的，一个老男人，不容易了。"

老唐一直把关子卖到生日蜡烛点上以后。郑宝闭着眼，老唐把钥匙沉甸甸地放到她手上，说："吹完蜡烛再睁眼。"

吹完蜡烛以后，老唐又说："先别睁，猜猜手里是什么？"

郑宝试试手感，说："钥匙。什么钥匙？"

老唐说："猜。"

郑宝说："自行车？老唐你也真是，又不是不知道我地理盲。"

老唐推着郑宝走到门口，让她把钥匙插到锁孔里，郑宝说："老唐，这糖衣炮弹可大了点吧？"

老唐说："不大，一点都不大，别墅那才是大炮弹，这充其量就是一小块弹片，我就怕你说我糖衣炮弹。"

郑宝说："什么意思老唐？以后我就是传说中的金丝雀了？"

老唐说："别拿这么凌厉的眼神质问我好不好？跟你说吧，以前我也有过女人，不过我从来也没想过要给谁买房子，就你让我有这种念头。当然这念头是很纯洁的，否则我怎么也得买个一百平米的才说得过去吧？要让我那帮哥们知道我养金丝雀了，只给金丝雀买个五十平米的笼子，他们不得笑话死我？真的郑宝，两条原因，一，我就是特别想送你样东西，二，我就是特别想让你有这么个地方，你烦自己家的时候就来住住，写写东西，打开窗户看看大海。没别的意思，真的。”

“在家演练多少遍了？”郑宝斜眼看着老唐。

“我发誓这都是肺腑之言，现场发挥，真的！郑宝，我就怕你说我俗。”

“听过一句话吗？男人要真心为一个女的花钱，那就是爱上这女的了。你信吗？”

“有点信。”

“我不信，”郑宝莞尔一笑，“爱能如此简单就好了。”

最终他们达成协议，算借住，郑宝才收下钥匙。老唐坚持把六把钥匙都给了郑宝，说：“唯有这样，才能证明这个房子是纯洁的，过了今晚，咱们约会都到别的地方，这里是你一个人的地方。”

郑宝说：“你不要指望拿这么个房子套住我，我是不会结婚的。我是不婚族。”

五

当然了，老唐也是不婚族。老唐跟前妻离婚几乎耗尽了全力，之后，不结婚就是他所有誓言中的NO.1了。

除了约会，郑宝的主要精力还是放在写作上，赶活的时候，老唐经常在电话里听郑宝说在吃煮方便面。郑宝除了正常地写那种文学意义上的小说，还写其他乱七八糟的东西，比如报纸上的小专栏。

以文养生就得这样，没办法，郑宝在电话里呵欠连天地说。老唐心疼，有时就给郑宝定外卖。赶完活，郑宝打电话给老唐，约他来家吃饭，老唐去一看，郑宝穿了一件非常漂亮的小花围裙，弄了一桌子菜。老唐说："我看你的围裙比菜漂亮。"郑宝说："有错吗？工欲善其事必先利其器嘛。"老唐说："那'器'指的是你的刀铲还有锅，可不是围裙吧？""怎么不是？依我看围裙比刀铲重要，我的好心情都是从围裙上得来的，不是刀铲。"

老唐抱着不信任的态度尝了尝郑宝的菜，果然没有白不信任，难以下咽倒谈不上，食之无味还是够得上的。郑宝说："瞧你那表情。告诉你，不是夸口，不出半个月，你再来尝。"

老唐就耐心地等了半个月，半个月后，老唐还是抱着不信任的态度把菜夹到舌头上，这下感觉完全变了，口舌生香了。老唐说："突飞猛进啊？是不是这段日子去饭店打工学艺了？"

郑宝说："对一个聪明女人来说，没有做不到的，只有不愿做的。"

"你的意思是说，你以前不愿做饭？"

"当然了，要不然我还用得着这半个月来苦练基本功？你看看你看看，"郑宝伸出饱受创伤的两只手，"这儿这儿，还有这儿，大大小小共计五处伤口。老唐你看我手是不是粗糙了？"

老唐装模作样辨认一番："是粗糙了。会影响敲键盘吧？"

"那倒不至于。不过，付出不要紧，值得就行。"

"值在哪儿？"

"你说在哪？在你的嘴巴上啊！无论是你味蕾的真实感觉，还是你上下牙和舌头配合发出的由衷评论，都值得我付出手变粗糙的代价。"

看郑宝手上那些小口子，老唐相信半个月来这傻丫头没少下力。接下来的很多日子，郑宝动不动就让老唐来家吃饭，老唐开玩笑说她拿他当试验品，郑宝纠正说："不是试验品，是品菜师。你吃遍天下饭店，有发言权。”

郑宝貌似迷恋上了做菜，有一次她在厨房忙碌，老唐用她的电脑上网，发现她收藏了好几个美食论坛的网址，打开随便浏览了一下，看到有一个帖子里的水饺图片很像昨晚郑宝包的饺子，依据是那个有草莓图案的盘子，特别像郑宝前段时间新添置的。老唐看看发帖人，我爱老唐。八成是郑宝。老唐向下翻页，又找到好几个我爱老唐发的帖子，图片上那些美食分明都是老唐享用过的，盘子啦，筷子啦，刀叉啦，还有印着老外婆图案的桌布，都是老唐熟悉的。

老天，谁能想象，一个优秀女作家竟然浪迹于美食论坛，跟那些胸无大志的家庭主妇争相显摆厨艺？

吃饭的时候，老唐没敢提论坛的话题，也没有口吐莲花地称赞郑宝的厨艺，搞得郑宝很不自信地追问了好几遍。老唐内心里很想说，太好吃了，天下第一美味，嘴巴上却支支吾吾的，不肯说。

郑宝警惕地问：“老唐你怎么了，在想什么？”

老唐说：“没什么，你不用知道，生意上的事情。有个项目不顺利。”

“是吗，”郑宝不假思索地就说，“是不是资金周转有点失灵？我这里还有些钱，你拿去用？”

老唐忙不迭地说：“不用不用，堂堂站着撒尿的男人，跟女人求助，成什么体统。”

郑宝正色道：“不对，你我之间还分那么清楚？”

这些话要搁在昨天，可能老唐还不会多想，可是时境不同，容不得老唐不胡思乱想。偏偏吃完饭后郑宝又烧了热水非让老唐洗脚，说老唐脚都有味了，是不是好几天没洗了。老唐推说有点累，不洗了，郑宝不由分说，打了一盆水就端到老唐脚底下。老唐绝望地看着郑宝的头顶，说：“郑宝，咱俩用不着这样。”

“哪样啊，不就洗个脚吗，这么费劲，”郑宝头也不抬，催促道，“快洗，想让我帮你洗啊？”

老唐也不知道怎么了，忽然张口就说：“郑宝，咱俩这段时间是不是走得太近了？”

郑宝闻听此言，想站起来，一下子没起来，第二下才起来了，脸色已经变了，顿了顿，说：“老唐，你说得对，我也觉得咱俩走得太近了。失去距离是很可怕的。”

这顿晚饭是他们俩关系转变的分水岭，从认识到这顿晚饭，四月到一月，他们已经度过了近十个月，这已经完全超出了老唐的预料。该甩掉她了吗？接下来的冷战期，老唐不停地自我拷问。

这期间，他们好像商量好了似的，不约而同地选择了沉默。老唐专门给郑宝设计的来电铃声不再唱了，他也听不到郑宝手机的彩铃声了。郑宝专门录了一段自己的话做彩铃：喂，我是郑宝，你谁呀？又录了一段老唐的话做来电铃声：你说谁呀，老唐，快接电话！每次老唐听到郑宝的声音，再想想郑宝在那头听着他的声音，就觉得好笑。

这段时间，老唐赴约时都没带郑宝，李航看出问题了，问老唐：“又甩了？”老唐很潇洒地说：“差不多吧。”李航说：“不过老唐啊，我看你这次跟以往可是不一样，挣扎着装潇洒吧？”

老唐憋不住了，就一二三地描述了一番，李航说：“听出来了，你是怕郑宝缠着你结婚。”

老唐说：“你能不能说得高雅一点，同样的事，放在郑宝身上，就得换个说法。”

李航说：“我还听出来了，你是不是真喜欢上郑宝了？”

老唐说：“哥们儿，你是不知道啊，我看她收藏的那些美食论坛，还有她用我爱老唐发的那些帖子，那些图片，当时就一个感觉，你知道什么吧？烟——火——气！哎哟，那感觉太强烈了，一下子就袭击了我，然后，她居然还逼我洗脚！我能不怕吗你说？我是让她先前那些特立独行的论调给迷惑了，现在我终于明白，说到底她首先是一个女人，其次才是一个特立独行的女人啊……”

六

分水岭过后大约有近一个月，老唐和郑宝的关系都没得到恢复，主要是也快过春节了，老唐有很多关系户需要走动，整了些海参大虾挨门挨户送了送，又清了一些账。腊月二十几，街上到处都是人，兜里的钱唯恐花不出去那样。老唐也很有给谁花点钱的欲望，但是给谁花呢，他给自己买了一身新衣服，不知不觉转到女装楼层，下意识地比量着郑宝的身材搜索。有个店员机灵，抓住时机上来推荐，衫是意大利设计，围巾是纯香港货，裙子又是什么什么质料。老唐看那衫的领口有些细碎花边，围巾是格子的，很大方，裙子也比较素净，都符合郑宝的风格，就都买了。

在女装楼层老唐意外地碰到他以前的一个女友人，说以前其实也没多久，就是认识郑宝以前的。这女人挽着个男人，跟老唐狭路相逢，脸不红心不跳地对老唐介绍：“这是我丈夫。”老唐说：“呵呵，结婚了？什么时候结的，也没通知我一声啊？”该女很大方地把炮弹掷回来：“听说你跟一个女作家挺好的，来真的了，结了吗？”老唐说：“还没呢。”“什么时候结啊？”“快了。”

没什么事情可忙了，就没有东西盖住对郑宝的想念了，老唐提着袋子在街上给郑宝打电话：“干吗呢？”

“没干吗。”

“见个薄面，吃个便饭吧？”

“不了。”

“出来吧，快过春节了，我买了一套衣服，符合你的风格。”

“不必了，咱俩什么关系啊。”

“友情关系呗。”老唐之所以说友情关系，是因为一时间找不到合适的词来说。说恋人关系吧，他们说不来往就不来往了，而且长达二十多天，没有开始也没有结束，恋人可不是这样的；说朋友关系吧，显然又不全是。所以老唐就借鉴过去的经验，说了个友情关系。当然过去他跟那些女友人频频用到这个词的时候，是为了摆明自己的立场，跟现在的用法不一样，现在他的意思是朋友加情人关系。

然而郑宝可不那样理解，郑宝很尖酸地回应道：“不对吧？纠正你一下，是身体关系。”

说完就挂了电话。老唐注意到刚才电话接通之后，彩铃已经不是“喂我是郑宝你谁呀”那一套了，估计那边的来电铃声也不是“你说谁呀老唐快接电话”了。

老唐吃了个闭门羹，听郑宝口气那个硬，又实在抹不开脸登门，就提着袋子回家了。直到腊月三十，老唐才厚着脸皮提着袋子登门，他觉得郑宝未必像他害怕的那样，会对他进行逼婚，如果想逼婚，就不会近一个月无影无踪了。这个女作家性子太刚，太自尊。当然，也或许人家根本就没有结婚的打算，是老唐自己会错意了。老唐就这样想七想八地开车往郑宝家去，打算登门以后先跟郑宝赔礼道歉，就说自己是以小人之心度君子之腹。

老唐打好了腹稿却吃了个真正的闭门羹，郑宝不在家。老唐起初还以为郑宝从猫眼里看到他，故意不给开门，就厚下脸皮来锲而不舍地敲，还是没敲开，倒把郑宝对门的邻居敲出来了。是个老大妈，上下打量老唐一会儿，说："有些日子没来了吧？郑宝出门了。"老唐问："回老家过年了？""不太清楚，昨天拖着拉杆箱走的，走时只是托我给她看一下门，门上贴个福字。我已经给贴上了。"

老唐看了看宝石蓝色的防盗门，上面贴了一个福字，红艳艳的纸，黄灿灿的字，心里不由伤感了一下。这丫头，去哪了呢，孤单单的，走了还不忘让人帮着贴个福字。这丫头看起来倔倔的，说到底也是个女人哪，而且没结过婚，没生过孩子，严格意义上说还是个孩子呢。

有了这个福字，老唐觉得好像郑宝还在家里似的。他下楼后又凝望了半天郑宝家的阳台，简直希望郑宝忽然出现在那里。

这个春节老唐过得太不同凡响了，大年夜外面鞭炮齐鸣，老唐拒绝了几个担心他孤单特意约到酒店里狂欢的哥们儿，一个人待在家里。手机短信铺天盖地地来，老唐也懒得去看，歪在沙发里看春晚。他已经多少年没看春晚了，自从离婚，老婆带着孩子远嫁外地，他没一个大年三十是在家里过的。

是我老了吗？老唐忽然产生如此的怀疑，他站到镜子前照，忽然发现两个鬓角有些花，贴近一看，是两小簇白头发，还没有白得像雪一样，只是昏花，像不小心蹭上的面粉。

老唐心惊肉跳了一阵子，从阳台踱到厨房，再从厨房踱到阳台，觉得自己颇有点踽踽独行的味道。满耳都是喜气洋洋的鞭炮声，震得楼下汽车叫成一片，他的车也在叫。反正也没事可做，索性就捏着遥控钥匙，车叫，他就摁键制止，再叫，再摁，直到手指头累了，才摁了个消音键，让它彻底闭了嘴。

午夜时分，老唐躺在震耳欲聋的鞭炮声里很纯洁地睡了过去。

郑宝有了消息是在正月初二，不是郑宝打来的电话，是别人。老唐听了半天才明白，是郑宝的驴友来的电话。郑宝参加了一个驴友俱乐部，大年三十去爬山，不小心滚下来，让一根树枝戳破了腿，送到当地医院缝了针，还在住院。驴友们服侍了三天，都要各自回家了，郑宝也坚持让他们全体撤离，说自己能行，可是驴友们不放心，偷翻郑宝的通讯录，打算找个家人之类的电话，发现老唐和郑宝之间的很多亲密短信，就给老唐来了电话。

老唐终于有事做了，赶紧定机票飞了过去。驴友们都撤了，老唐看看郑宝，很憔悴，就说："你这丫头，大过年的爬什么山啊，想爬山跟我说声，咱附近那么多山，跑这么大老远来凑什么热闹。"

郑宝手上挂着液体，说："你来干什么，我好像没雇特别陪护吧，还是个男陪护。"

"我主动的，不行？"

"咱俩什么关系，你这么主动？"

"你说了算，你说什么关系就什么关系。"

"咱俩没关系。"

"别嘴硬了，都什么时候了还嘴硬。"

"我睡了，你爱待在这儿我也没办法，医院又不是我开的。"

七

郑宝住院让老唐获得了重新出入郑宝家的权利，不过郑宝每次都要讽刺挖苦加打击，要么就是视老唐如空气，不理老唐。

做爱就更别提了，门都没有。给老唐的感觉是，奋斗半天，一下回到了解放前。老唐说："咱俩还要这样多久啊？"郑宝说："永远。"老唐说："非得这样？不这样不足以解恨？"郑宝吃地笑一下："别搞笑了好不好，我听出来了，你觉得我恨你。是不是有点自作多情啊？没有爱何来恨？我是怕跟你再走近了，让你害怕。”老唐说：“我不怕，因为你不是那种女人。”郑宝说：“我是哪种女人，你说说看？”

老唐又说不出来。难道要老唐居高临下地说“郑宝，你不是逼婚的那种女人”？

估计郑宝听了会当场拿笤帚把老唐打出门去。

又一次求欢未果之后，老唐气愤地摔门而出，说：“从来没有哪个女人敢这样对我老唐，你是第一个！”

郑宝说：“那我可真荣幸。”

老唐说：“你可别后悔。”

老唐气势汹汹地在街上翻找通讯录，约了一个从前的女友人见面，三句话不到就去了酒店开房，开了房又是三句话不到就做上了，做完了，连三句话也没有了，拿下巴指指床头柜上的钱包。女友人见他这副模样，也没有纠缠的必要，从钱包里拿出一沓钱，留下两张，就穿衣走了。

这样过不是也挺好吗？何必看那女人自以为是的嘴脸！老唐时常这样跟李航说。李航说：“我也觉得你自从认识了郑宝，整个人都变了，变得不像我哥们儿了，现在又变回来点了。不过老兄，你现在是一个标准的失恋者形象，很颓废，很自暴自弃，要注意了啊，老男人了。”

“我就不明白，大正月的，我飞过去端屎端尿地伺候她，她还要怎么样！成天给我吊着个脸子，我不就说了句走得有点近了的话吗？她就这么较真，什么女人！”

“这下知道了吧，女作家不是一般意义上的女人！会写文章的脑子，那是你能对付得了的脑子吗？以后老老实实跟俗女人混吧，别不甘心，你就那命。”

“我就不明白，她怎么就那么倔！你说她是就那么倔，还是对我一点意思都没有？”

“你就别去想了，女人不就是件衣服吗？你刚丢的时候可能会不习惯，觉得冷，过不上两天就习惯了。换到郑宝那里，也一样，你别把女作家就想得有多么纯洁，文艺圈乱着呢。”

李航的话也不无道理，反正老唐现在没有自己的主见，别人说什么他都听着有道理。他也打定主意不理郑宝了，试试自己能不能回到过去的生活，这一页就算翻过去了。

一整个春天过去了，老唐貌似回到了过去的生活，又认识了几位新的女友人，不过老唐对这些似曾相识的事情都提不起太大兴趣了，做爱质量严重下降，吃吃喝喝的时候常常忽然就不耐烦起来。有一次看见一个女的，筷子上挂着一片伸进嘴里逛荡了一圈又粘出来的菜叶，正打算跟他面前的一个盘子亲嘴。他控制不住地呵斥一声：“有家教吗你？”

那女的愣住一会儿，筷子一拍：“你他妈才没家教，你有家教你离婚啊？”

老天，太雷人了，老唐愣在那里，半天没缓过劲来。没家教这话哪学来的？老唐在卫生间里给手吹风的时候，忽然想起，是刚认识郑宝的时候，郑宝说过的，她很烦这种场合，因为有很多没有家教的人。

有一天老唐上网，忽然想起郑宝收藏夹里那些美食论坛，打开一个浏览了一下，没有我爱老唐的帖子了。老唐想，这个女人三十多岁了，为我学会了做饭，又荒废了。

郑宝就像一根缝衣针，不注意的时候扎进他肉里了，又不知道扎在哪里，不小心哪一下动着了，痛一下。极不舒服。

春天快要过去的一个晚上，老唐陪几个客户吃完饭去唱K，照老规矩点陪唱小姐，觉得有一个长得很面熟，仔细一看，不是郑宝嘛！老唐从来没见过郑宝化浓妆的样子，竟然很惊艳，说不出来的一种诱惑力。郑宝也看到老唐，但装作不认识的样子，手腕一抬，一根烟伸进嘴里。老唐说：“嗓子抽坏了能唱歌吗？”

郑宝说：“要不要检验一下？”

老唐对几个客户说：“你们挑，我挑她。”又问郑宝，“你叫什么？”

郑宝说：“叫我阿宝好了。”

郑宝唱歌称得上棒，老唐迷惑地看着郑宝，心想这个女人怎么总是如此神秘呢？而且，她干嘛跑到歌厅里来当陪唱小姐了，破罐子破摔？

老唐的客户之一要求跟郑宝合唱，一曲唱罢，拖着郑宝的手坐回沙发上，问：“小姐啊，除了陪唱还陪什么呀？”郑宝说：“大哥想让我陪什么呀？”客户说：“待会跟我回酒店聊天行不行呀？”郑宝说：“陪聊呀？哎呀我最会聊天了，比唱歌还好呢。”

老唐冷眼看着，心想你个死丫头，演什么戏呀，我看你待会去不去陪聊。

老唐算准了郑宝不过是逢场作戏，不会真的去酒店陪聊。没想到散场以后，郑宝真跟着他们出来了，问：“我坐哪辆车？”

客户从北京是开车过来的，加司机一共三个人，老唐开着自己的车。客户说：“当然上我车了阿宝小姐。”郑宝说：“好呀大哥。”撩起裙子就要朝车里钻。

老唐终于忍不住了，过去拉住郑宝，对客户说：“坐我车吧，你们那车太挤，我送你们回酒店。”客户说：“唐总啊，你就不用去酒店了，我们自己回去就行了。”老唐说：“那怎么行。”不由分说就把郑宝塞进车里，关上门。

老唐的车跟在客户的车后面，跟着跟着就慢下来了，后来拐进一条小街，老唐掏出手机来关掉了，拐出去，开上另一条路，往郑宝家开。郑宝说："老板，干吗，搅我生意啊？"老唐厉声说："别装了，有劲吗？"

郑宝也厉声说："你也没劲！"

老唐说："我真没想到几个月不见你堕落到如此地步，是不是跟很多男人上过床？"

郑宝说："你也配说堕落！再说了堕落是我自己的事，跟你有关系吗？"

老唐缓口气，说："郑宝，要是因为我，大可不必，我就是一个混蛋，不值得你这样。"

郑宝哈地笑了："苍天啊大地啊！你不要告诉我，你以为我为了你而自甘堕落吧？你未免太自以为是了吧？你是不是混蛋都跟这事没一毛钱关系！"

"那你能告诉我你是为了什么吗？缺钱？这阵子写作不顺利？"

"你才不顺利呢，我就没有不顺利那一天！我凭什么要告诉你？咱俩什么关系？你不要跟我说友情关系啊！"

"那你到底是为了什么啊？郑宝，求求你给我个答案好不好？"

"没答案。你还是让我下车吧，你那几个狐朋狗友住哪个酒店？"

"你非要去啊？"老唐气坏了，"想做爱跟我不行吗？熟头熟脸的，不比跟生人好？"

"你给多少钱？"

"我一钱包的钱都给你，不够还有银行卡。"

"成交了。"

八

老唐和郑宝以嫖客和妓女的身份开始了床上运动，不过中途就双双变回各自身份了，结束的时候，中间那一段变成虚线的日子都消失了。郑宝缩在老唐的怀里嘎嘎乱笑："老唐，你知不知道，我去歌厅是为了体验生活。"

"什么意思？"

"我是干什么的啊？作家啊，作家不能总是坐在家里闭门造车吧？我目前手头正写着一部长篇，其中一个人物就是歌厅陪唱女。"

"闹半天，我真是自作多情？"

"怎么，你还真想让我为了你茶饭不思，衣带渐宽，自暴自弃啊？你不是清纯少年吧！让我看看，" 郑宝捧着老唐的脸，"哟，这少年面向有点显老。"

老唐心里说不出来的滋味，一会儿酸一会儿辣一会麻，心想，我莫非就是喜欢这女子的古怪？人老了，口味有问题了？

不管怎么样，他们是和好了，两人都再也不提距离啦远近啦这样的话题。老唐半道劫走客户看上的女人，让客户非常不爽，项目也泡了汤。不过老唐觉得值，项目还会有的，郑宝就这一个。

似乎是为了验证自己的姿态，老唐去郑宝家的时候，郑宝多半都在埋头敲键盘，常常是老唐提醒郑宝，半个小时以后就该吃午饭了，或者晚饭了，郑宝才看看电脑右下角的时间，说："哦，又到饭时了？你说人活着干吗要一日三餐，改成一日一餐多好。咱吃什么，煮方便面吧？"老唐勉强说："行吧。"郑宝就歉意地说："打俩鸡蛋。"

有一次老唐提醒郑宝："你那漂亮围裙束之高阁了？"

郑宝说："我没空啊，只好怠慢它了。"

次数多了，老唐觉得郑宝不是没空，而是在跟他玩距离游戏。但是老唐的胃口前段时间让郑宝吊起来了，不喜欢吃外面的饭菜，厌了，就想喝点郑宝家厨房里煮出来的小粥，吃点郑宝家厨房里炒出来的小菜。人这不是犯贱吗。老唐就常常怅然若失地瞅着郑宝在电脑前边岿然不动的小后背，冷不丁会忽然冒出个念头：跟她结婚又有什么大不了的？

郑宝，你说，一个不婚族要是结了婚，会不会死？

难说。他或是她后悔了，把对方掐死，自己再喝敌敌畏，都不是没可能。

这一问一答都堪称空手道之经典。类似充满智慧的对答隔三差五在老唐和郑宝之间上演，多了，老唐就分辨不出他到底是想结婚，还是不想结婚了。偶尔，郑宝写累了打算歇歇的时候，也会跟老唐出去逛街，无目的地逛着逛着，逛到超市里一排排的家居用品前，还会态度认真地一一看上一遍，品赏一翻。老唐，这个盘子好看，或者，这个拖把肯定好使。

有一次郑宝买了双鞋，被告知有赠品。到服务台一对照，可以领一桶花生油，还可以免费抽奖一次。郑宝说："老唐，你来，我手气不好。上大学的时候，班里发电影票，有三张无座的，班长让大家抓阄，那么多人，我就愣能抓到一张。"老唐一听，当仁不让地去抽奖，抽出来，两人挤出人堆，脑袋凑脑袋地看那小纸片片上显示了什么财运，一看，是一家影楼的免费拍照卡，老唐问："去不去？"郑宝说："有个杂志正好要用照片做作者简介，去看看，免费的不是吗，不拍白不拍。"

老唐一听郑宝又要上杂志，高兴得有点忘乎所以："去，马上就去！让他们把我女人拍得像大明星一样，谁翻开杂志谁都要震一下！"郑宝说："干吗呀你，你女人又不是章子怡，干吗弄得像要上时代周刊封面一样。"老唐说："你以为章子怡漂亮？

你没见过网上曝光的未妆照吧？丑死个人，丢到农村大街上就找不见了。”

两人不计后果地去影楼，一去就让一片白花花的婚纱给震住了。服务员一看这两人还挺登对，口不择言地就笑脸迎上来：“两位拍婚纱照吧？请坐下，我给两位拿相册。”

老唐说：“谁说我们要拍婚纱照？你问我们了吗？”

服务员说：“不是吗？”

老唐唰地亮出那张卡：“这不是你们的宣传卡片吗？我们不拍婚纱照，就这位女士自个儿拍，拍得好看点啊给！这位女士要上杂志的！”

“那女士，您是要拍几组呢？我给您介绍一下吧。”

服务员唧唧咕咕介绍半天，老唐听清楚了，横竖是要加钱，这张卡片才管用，一时就很来气，问郑宝：“还拍吗？他们简直是骗子行径。”

郑宝一言不发，起身就走。

老唐跟在后边：“咱自己也有相机，我回家给你拍，不比他们拍得差。他们不就是仗着化妆吗？把脸糊上那么厚的一层，丑八怪也能拍成美女。你是作家啊，不能上了杂志让人认不出你来。”

郑宝还是不说话。

老唐说：“你是不是觉得我不舍得加钱？”

郑宝说：“老唐，我从来就没想着要花你的钱。你是不是让那些花你钱的女人搞习惯了？”

老唐忽然灵机一动，莫非她想拍婚纱照？话都到嘴边了，还是咽下去了，没敢问。要是问了，郑宝回答，对了，我就是想拍，他将怎么对答？

老唐预感到他跟郑宝之间迟早会出点什么事情，来结束这种为时不短的不阴不阳的状态。老唐用不阴不阳这个词来形容这段时间他们的状态，看起来似乎也不为过，他们之间的雷区，随着时间，正在由一个很小的点呈放射状扩展，越来越大，似乎一不小心，就能触到电光闪闪的边沿。

巨变发生在一个貌似很温情的夜晚，这个晚上郑宝破天荒系上小围裙，半个下午穿梭在厨房里重操旧业。老唐应邀而至，立即被久违的情景感动，却没想到这烟火气后面的深刻内涵。

“小女子厨艺荒疏很久，大哥海涵。”郑宝头发上别着块蓝色蜡染布，还真有个小女子样，俏皮中透着风情。

截止到这个温情浪漫的时刻，老唐对郑宝还没有产生厌倦感，两个小时以后，老唐恨不得一辈子都不再见到这个女人，他摔门而去的时候，脑子里一直搜刮着程度严重的措辞来形容这种厌倦，他想到了一个词：无与伦比。是的，我对这女人有无与伦比的厌倦！老唐快步走到车前，打开车门，坐进去，再摔上车门，对着郑宝家的阳台恨恨地说：“再见了，不，永别了！”

九

当然，肯定有原则性的问题让厌倦感如惊雷平地而起，没有来由的厌倦，过去只发生在老唐其他那些女友人身上，还未在郑宝身上重演。当晚郑宝营造了一种朴实兼具风情、烟火兼具浪漫、神秘兼具俗常的氛围，并在这种氛围中发布了一个惊人新闻：“老唐，我怀孕了。”一下子将美好氛围来了个华丽转身，凝固在半空里，然后转变成炸弹，急速升上高空，砰！

高潮终于到了。什么是决绝？前一分钟还是温情，后一分钟就是仇恨，这才是极致的决绝。

老唐觉得刚刚吃下去的那些所谓的美味都是居心叵测的寄生

虫，附着在他胃壁上，正快速繁衍到别的地方，他问了一句天下大多数男人都会问的问题：“谁的？”

郑宝就是郑宝，她没有天下大多数女人都会有的反应，委屈加愤怒地为自己辩解，诸如当然是你的了，你说是谁的，我就只有你一个男人，要不咱去验DNA之类。她带着蔑视的眼光，居高临下地说：“你的。”似乎早就猜到老唐并不脱俗，也是一个俗了吧唧之辈。

这个女人！竟然还敢这么居高临下！谁给她的这种权利！老唐气不打一处来，说：“不是每次措施都很严密吗？”

“百密一疏你懂吧？”

“那你打算怎么办？”

“你呢？”

“你不是一直标榜自己是不婚族吗？不是一直掰扯自己不会逼婚这一套吗？”

“我是呀！我不逼婚。”

是呀，人家郑宝没有逼婚，关键问题是，他能因为人家不逼婚，就此离去，撒手不管吗？

老唐痛苦地抱住脑袋，使劲抱住，几乎要将脑袋埋进裆里，保持这种姿势长达一个小时。

郑宝说：“老唐，至于如此痛苦？你不觉得仅凭咱俩的力量，不足以改变这种不死不活的局面？”

老唐抬起头来：“哦，我终于明白了，郑宝，你够聪明，不愧是作家，你也看出咱俩都没决心让局面明朗，所以，就让你肚子里的小东西来帮忙，是吧？你是故意在百密中制造了一疏吧？你可真会借力啊你！不，你简直是借刀杀人！”

老唐摔门而出之前，只记得郑宝没哭没闹没上吊，分明做错了事，倒摆出一副居高临下的姿态，仿佛老唐是个值得怜悯和笑话的小丑。

事情过去了一个星期，郑宝无声无息。老唐共计找李航喝酒三次，每次都说："这下我真是厌倦了这个女人，原来女作家也会让人厌倦。我终于厌倦她了，太值得庆祝了。"

李航说："你要厌倦也早厌倦啊，真不会拣个时候。厌倦了也得想办法处理那个小的啊，你有什么打算？"

老唐又说不出来他有什么打算。李航说："你只顾自己喝酒，就不想想郑宝，不管怎么说肚子里怀着你的种呢，不是我说你，你说她借刀杀人这句话可真是够狠的，什么女人受得了这个？还借刀杀人呢，我看你跟郑宝交往了这么长时间，别的没学会，倒学会一个一个往外蹦新鲜词了。人家借什么刀，杀什么人啊？"

"你说呢？借孩子杀我呗。"

"你不是说郑宝也是不婚族吗？你以为人家就愿意弄个孩子养着？天天跟尿布奶瓶打交道，人家还能写出小说来？要是愿意跟这些东西耗的话，人家早就养了，还等到三十五？"

"那是她以前没遇上我。"

"你这破优越感都是让以前那些烂女人惯出来的，就该有个郑宝这样的修理你。"

"你说郑宝她到底怎么想的？真想跟我结婚？"

"我要是女的，我就不跟你结。你老以为自己是个香饽饽，那些哄着你玩的女人还不都是在哄你的钱包玩？我看只有郑宝不是。郑宝这样的女人要是跟你结婚，真是瞎眼了。你好好想想吧，要不就跟人家郑宝结，以后老老实实在家相妻教子，要么就不跟郑宝结，你还跟你那些女人鬼混，这辈子也就这样了，老了别后悔就行。"

老唐又思前想后了一个星期，还真认真地自检了，结论是，他已经对从前那种到处鬼混的日子不太感兴趣了。但是，不太感兴趣了就意味着要结婚吗？结还是不结？不结还是结？又过了一个星期，老唐拨通了郑宝的电话，郑宝说："哦，老唐啊，有事吗？"

郑宝的口气让老唐疑惑万分，好像三个星期前他没对她说过借刀杀人的狠话一样。老唐说："哦，没事，就是想看看你在干什么。"

"我还能干什么，写小说呢。"

"哦，写什么小说呢？"

"老唐，有话说吧？跟我探讨小说可是没劲啊。"

"那个，郑宝，你要是想和我结婚，咱俩就结，你说呢？"

"不对吧，老唐，"郑宝嘎嘎地笑了，"你是怕我自杀吧？"

"咳咳。"老唐干笑。

"太搞笑了，我会自杀？再说了，老唐，你也太不禁试了。"

"试？什么意思？"

"我根本就没怀孕，就是想看看你什么态度。"

"哦，原来我上鬼子的当了。早知道你试我，我就不那么表现了，崇高形象一落千丈了。"

"敢情你一直误以为自己形象高啊？苍天大地呀。"

本来，老唐应该是一颗心欢畅地落回肚子里了，然后产生劫后重生之感，找李航痛快地喝上一壶，但是老唐实际上很有些失落，没找李航喝酒。是担心李航笑话他遭到拒婚？好像也不全是。

老唐再也没脸去找郑宝了，郑宝每天都在干什么，是扎着小花围裙哼着小曲弄吃的，还是老牛一样趴在键盘上敲敲打打，这些场景每天都会在老唐脑海里轮番转上一圈。但是老唐还是慢慢习惯了没有郑宝的日子。习惯是很容易养成的。

又过了一些日子，老唐在公司里坐着看鱼。秘书送进一个特快专递，打开一看，不是文件也不是合同，却是六把钥匙。老唐一时间还真没想起这些钥匙是谁给的，又看了一会儿鱼，才忽然想起银滩那套小房子。

老唐开车去了一趟银滩，用钥匙顺利打开了门。这套房子老唐一共进来过两次，一次是买房，另一次是给郑宝过生日。小房子里没有郑宝的任何东西，但老唐闻见有郑宝的气息，她肯定偶尔地来住过，特别是厨房，有油烟气。

老唐在房间里走来走去，终于看到床上落着一张纸片，上面写着："老唐，怀孕是真的，不过做掉了，你失去了一个绝顶聪明的孩子。"

老唐以后动不动就想：我跟郑宝的孩子，会聪明到什么程度呢？爹是优秀企业家，娘是优秀作家，这种基因！

最后的坚硬

一

苏苏很小巧，嘴巴像个刚绽开一点点的花骨朵，眼睛细细的，胳膊和腿都精致得像刚刚长成的玉米穗。老邱小时候很喜欢苏苏，他们兄妹感情很深厚，苏苏整个人都像一株青嫩的植物，老邱很乐于担当保护神的角色。

五岁了，苏苏还牵着老邱的手走路，她喜欢拽着老邱的小指头。苏苏温温的软软的小手充满依赖的味道，老邱走路甩胳膊的时候，每次都很轻很轻地甩那只被苏苏拽着的胳膊，生怕把她细嫩的手腕甩疼了。老邱的童年生活，因而在回忆里显得尤其重要和与众不同。

老邱后来很相信宿命，在他还整日牵着苏苏在村里转来转去的时候，他的命运就已经确定了。

老邱关于童年的记忆大体可以分为两个章节，一张用来吃饭的小桌子是第一章的代表事物。那时候他们一家四口坐在一张小木桌子后面，父亲母亲坐在一边，他跟苏苏坐在一边。苏苏细细碎碎地嚼着饭，牙齿跟食物之间发出沙沙的声音，软软的胳膊和腿不时触碰着他的半边身子，痒痒的，像小动物在蹭挠。

好像除了这张四脚俱全的桌子，在老邱的记忆里，他们那频繁经历扫荡而寒碜空洞的家，没别的什么东西可以供人将来有形地回忆。他们甚至连个藏身之处都无法找到。老邱只要一闭上眼，就能看到他的母亲带着他和苏苏，随着人群朝山里奔跑。他们躲在山洞深处，四周漆黑潮湿，水从头顶的洞壁渗出来，积聚成一些大小不等的水珠，静静地滴落。人群静寂无声，水珠滴落到人的头发上，衣服上，洞里的石头上，泥土上，发出清晰的声响。

那是死亡的声响。老邱后来成了一名医生，目睹各种各样的死亡，就如用鼻孔呼吸，成为生活中一样俗常事，但老邱始终觉得，所有真正的死亡，都不及他童年在山洞里经历过的无数次等待死亡那么更像死亡。每一次老邱都觉得他们会死，鬼子们会找到山里来，找到这个隐蔽的所在。

他们一家三口人紧紧搂抱在一起，老邱和苏苏在母亲怀里，苏苏又在老邱怀里。他们的父亲很少跟他们一起躲在山洞里，那些时候，通常他带着他的人马，埋伏在鬼子经过的路旁，等着跟鬼子大干一场，或者在别的什么地方，已经跟鬼子干起来了。躲在山洞里的都是不能打仗的，大家都没有办法，就那么等着。但是每次在漫长的死亡等待里，至少老邱相信一件事：即便要死，除了父亲，他们一家剩下的三口人也是会死在一起，他和苏苏会死在一起。到了阴间，苏苏还要牵着他的小指走路。

有一个雾气腾腾的早晨，老邱从炕上爬起来，站在院子里朝东张望。老邱关于童年记忆的第二个章节，就是从这个早上开始的。

老邱的母亲在烧火煮饭，看到儿子朝着大山张望，就问儿子在看什么，老邱说，看山洞。但是雾太大了，什么也看不见，大山都消失了。老邱很着急，说，妈妈，我梦见山洞忽然没了。老邱的母亲停止了烧火，想了想，扭头冲老邱的父亲说，他爹，怕是要出事了。

老邱的父亲坐在一把小凳子上，正在擦一把枪。老邱的父亲有一把三八式步枪，从小鬼子手里缴获的。在老邱看来，这把让父亲擦得锃亮的枪，要比老邱这个儿子重要多了，自从有了它，他抱着它睡觉的次数比抱着老邱睡觉的次数多多了。

那天老邱的父亲他们有一个会议，在老邱家的厢房里。早饭过后，老邱的父亲他们就关上了厢房的门，老邱爬在院门口的老槐树上给他们放风，老邱的母亲先是刷了锅，接着干了一件很奇怪的事情。

后来老邱总觉得那天很怪异，一种神奇的预感通过老邱，降临到了他平凡的母亲身上。

老邱的母亲是个平庸的女人，没有文化，连自己的名字都不认识，对任何事情永远都是茫然无措，无知无解，即便是那些奔逃，在她也仿佛只是一种习惯。然而那个早晨，似乎有什么灵光从大雾里袭来，击穿了这女人的贫乏和迟钝。她停止了烧火，把老邱叫到跟前，研究着老邱，似乎要从老邱脸上看出梦的预示。

早饭过后，老邱的母亲心神不定地环视他们寒碜的家，最后把目光落在锅灶上。这女人显得是那么有主意，弄灭了做饭时未灭的火星，让老邱帮忙抬下那口大锅，由苏苏站在院门口放风。之后她拿来工具，从敞着的灶膛开始向下掘进。老邱看出母亲在掘一个洞。母亲多聪明啊，她在他们那个无处藏身的家里，硬是掘出了一个洞，而且这洞是那么不同凡响，富有创意。

雾还没有散。老邱站在院门口，苏苏站在他旁边，一起朝着大山张望。老邱极想跑到山里，去看看那个山洞还在不在。在梦里它神奇地失踪了，老邱一个人在原来是洞口的地方转来转去，山却像裂开了一条缝又合上了一样，丝毫没有一点破绽。

接着，有人慌里慌张地跑起来了，街上涌起混乱的声响，有人看见老邱，说，告诉你爸爸，小鬼子来了。

老邱的母亲还在掘进，成果一般。老邱跑到厢房门口，啪啪拍门，说，小鬼子来了！

老邱的母亲满脸大汗地停止了掘进，她站在灶膛上，依次看看灶膛，老邱，苏苏，最后看了看从厢房里出来的男人，对男人说，怕是真要出事了，山洞不能去了。然后指指灶膛，对老邱说，你过来，躲进去。

苏苏拽着老邱的小指，看看母亲，再看看老邱。母亲又对苏苏说，苏苏，放开哥哥。

老邱的父亲看了看外面的大雾，说，你还是赶快带孩子们往大山里跑吧！

来不及了！老邱的母亲说，鬼子已经进村了。母亲不由分说就把老邱抱起来塞到灶洞里。

街上响起更加混乱的声音，皮靴响亮地撵过街道，子弹啪啪地打在物体上。老邱的父亲提起枪就要往外冲，跨出房门，又拧身折回来，把老邱从灶洞里提出来，蹲下身子，握住苏苏细小的腰，把苏苏放到灶洞里。苏苏哭起来了，朝老邱伸着手。

老邱的母亲奔过来要重新把老邱换到灶洞里，她男人说，你想让两个都死吗？老邱的母亲说，可他是你儿子呀！老邱的父亲不理会自己的女人，抄起地上的锅，命令苏苏，蹲下！

那宿命的锅回到了灶口上，苏苏消失了。

后来的一切都是混乱的，几乎在父亲端着枪跃出院门的同时，鬼子就冲过来了，一阵爆发的枪声过后，老邱的父亲就死在了家门口，老邱跟母亲则被驱赶到了大街上。所有没死的人都被驱赶到了大街上。

或者说，他们被驱赶到了一个历史事件的结尾部分。抗日眼见就要胜利了，鬼子节节败退，边退边杀，杀到老邱的村子槐花洲，灭掉了老邱父亲他们的小股武装，余下五百多口子人，全都驱赶到了山洞里。

一路上，老邱脑子里都在回放苏苏那只伸向外面的小手，还有他父亲血肉模糊的尸体。他已经意识到了他们不是在逃命，而是被俘虏了，前景未知，但肯定是凶多吉少。他的母亲紧紧地把他贴在身子上，恨不得将他挤成一张饼，挤到肉里去，让他消失。

那是春末夏初的午后，他们像往常一样挤在山洞里，沉默着。山洞里潮湿阴暗，雨水丰足使得洞壁总有水汽凝聚成水滴，滴滴答答地落下来。鬼子们留在洞外，一分钟，两分钟，没有密集的枪声射进来，恐惧陷入了一片揣测之中。这个时候老邱再次嗅到了死亡的气息，跟以往相比较，老邱获得了一个新的人生体验：死亡是神秘的。

啪嗒，有什么东西落下来，像洞壁顶上的水一样发出响声。原来是他母亲在流泪。这个整日麻木着，没有什么主见的女人，源源不断地朝孩子脸上洒着泪，责怪自己没有把锅灶掘出足够大的地方，把儿子也成功地塞进去。

其实后来想一想，这个过程只是短短的几分钟，或者只是短短的一瞬，老邱闻到火药味迅疾地在山洞里窜行开来，接着，火光亮起，巨响接二连三，整个山洞都在摇晃和碎裂，落到身上的不再是细小的水滴，而是土和石头，纷纷而下，仿佛天和地换了位置，地升到了空中，并且裂了一个巨大的口子。

老邱的耳膜被近在咫尺的滚雷一样的爆炸声震得失去了听觉，他只觉得窒息。火药味顺着鼻腔向大脑弥漫，沙石渐次压住腿，腰，胸，脖子。老邱张着嘴，看着持续不断的火光，空间的挤迫使得那些火光有了形状，一团一团，一束一束，有头有尾，弥隙填洞，在漆黑里绚烂无比。

二

老邱坐在茶几后面吃饭。有餐桌，老邱不喜欢，却喜欢茶几，也不坐沙发，坐个小马扎。人老了，就忽然会做些孩子气的举动，老邱坐在小马扎上吃饭，就会时常想起小时候。小时候他们一家四口就是这么坐在小饭桌旁边吃饭的，父亲母亲坐在一边，他跟苏苏坐在一边。

回忆使得吃饭的过程拉得很长。自从老邱老了，回忆就一点点增多了。吃饭之前的一整个下午，老邱是在西炮台山一个防空洞里度过的。黄昏的时候，不知道什么声音把老邱唤醒了，可能是虫鸣。老邱疲劳地抬起眼皮，迟缓地大喘了一口气，看看四周沉沉降下来的暗黄，发了一会儿愣，才意识到自己还活着。

总是在这样的关键时刻——老邱沉在一片漆黑里，眼皮被梦使劲牵着，鼻子被什么东西堵住，胸腔和大脑里的气体膨胀到了爆炸的极限。这时，老邱就会被各种各样的外因扰醒，醒了以后很久，还保持着几分窒息而死的样子，嘴巴空洞地张着，像鱼死在岸上。

黄昏很重了，周围是黑的，只有远处的洞口切开一小方迟滞的暮色，暗灰，带点微黄。天快黑了，老邱想。从午后老邱就躺在洞里，躺了一下午，但老邱还是不想起来。老邱最近是越来越嗜睡了，一整个下午的时间，往往都是在洞里睡着打发过去的。睡眠也不踏实，梦多，而且不完整，支离破碎的。背景却一成不变，漆黑，偶尔有什么亮光，也只是为了凸显梦里出现的人和事。人和事消失了，亮光也就消失了，像电影背景一样。

感觉呢，也越来越憋闷了，似乎每个梦里都有什么东西压住胸口，有时什么也看不清，仿佛纯粹就是黑暗，有时能看清，一块大石，一堆泥土，或者干脆是来不及看清形状的人，有时还会出现狼。对，狼，这种浑身都散发着野性和危险气味的动物，常常出现在老邱的睡梦里。他总是犯糊涂，不知道那动物究竟是在梦里，还是就在他睡着的防空洞里，匍匐在他胸口上，对着他的脸眈眈而视。

老邱有时候甚至在梦里被这个问题困扰，极力想醒过来，验证一下狼的真伪。还有个别时刻，老邱会做一会儿连环梦，梦见自己从梦里醒过来了，发现身边果然有一条真狼。这梦里套梦的睡眠让老邱确信，自己是真的老了，幻觉开始跑出来作怪了。

不单单是这长而无质量的睡眠，还有其他很多迹象都在显示着衰老的来临。比方说老邱身上有些部位开始出现麻木感，起先是右腿外侧，一个巴掌大的范围，不疼不痒，只是麻木，持续时间不长就消失了，过些日子又卷土重来，间隔时间越来越短，麻木感持续时间越来越长。再后来，别处也有几个部位开始麻木了。老邱想，这是身体机能在陆续衰老了，皮肤肌肉都开始怠工了。

老邱走出防空洞。外面的暮色不像在洞里想象得那般深，天气暖了，白昼变长了。西炮台山很安静，到处飘溢着槐树花的清香。防空洞口立着两棵年头不短的槐树，老邱躺在洞里的时候，常常能想起老家。老邱的老家槐花洲，每到五月，槐花的香气就走街串巷。老邱的母亲做槐花菜团子很拿手。

老邱走过洞口的一小片草坡地，拐个弯，走上一个小广场，踩着从方砖缝里伸出来的草，走到几枚大炮旁边，站立片刻。大炮锈迹斑斑地蹲伏着，长长的炮筒指向天空，筒口空洞洞的。这是西炮台山南山头阳面的半山间，老邱踏上一条铺了石板的山路，登到不算很高的山顶，再沿着石板路下山，下到背阴面的山脚，穿过一个面积不算小的广场，最后拐上回家的路。路旁有家钢铁厂，机器发出有节奏的隆隆声。还有个菜市场，老邱走进市场，买了些肉菜，拎着往家走。这是一个下午的句号。

老邱在砧板上切肉，红红白白的一小堆，又切了些姜丝葱花，爆了锅，肉倒进去翻炒几下，加上酱油和水，开始炖红烧肉。老邱做这道菜永远赶不上米青，米青有耐性，每片肉都切成一公分厚，飞水，撇浮沫，武火煮，文火炖，加老抽，盐，糖，程序分明，整个过程要耗时小半天。做好了，端上桌，老邱父子两人几筷子就卷进肚子里了。

米青这辈子，好像就是为了照顾老邱父子俩的胃而活着的，这女人一辈子的工作，就是终日埋身在厨房里煎炸烹炒，让老邱父子两人的嘴巴不受委屈。儿子邱和平念大学以后，米青埋身厨房，就专门是为老邱了。可以说，在米青生前的那几十年里，老邱享尽了口福。

米青去世以后，老邱的胃病就来了，胃病一来，牙病也跟着来了，这两种病都不算大病，但有着钝刀割肉一样的小折磨，于是老邱就多了一项日常生活，去医院。儿媳妇是中医大夫，嘱咐公公去看中医，老邱就隔三差五去趟中医院，开上几服药。老邱自己懒得煎，在医院药房花钱煎好了，一小袋一小袋的，牛奶一样，放到冰箱里，饭后拿出一袋来，放开水里泡温了，一口气喝下去。几服药喝完，能抵挡一些日子，但一段时间过后，这两种病又会卷土重来。

在米青的遗物里有厚厚的五个本子，抄的都是菜谱，老邱没舍得烧，留了下来，闲时经常翻一翻看一看。菜谱制作得堪称精美，字很工整，每道菜用料多少都记得清清楚楚。除此之外，还配有图解，实践体验，在此基础上的活学活用、新发明新创意，足可见用心之苦。

老邱翻着菜谱，有时就会想，自己是辜负了米青的。这一生里，他从没让米青真正走近过自己。他的沉郁，他间歇性的胸闷气短，他那些噩梦，是米青一生的无解方程式。老邱去西炮台山上的防空洞睡觉这个习惯是在米青死前就养成的，他在那里睡了很多次觉，米青都不知道。有一年五月，米青跟着老邱去西炮台山摘槐花，打算包包子给老邱吃，傍晚的时候不见了老邱，就到处找，最后在防空洞口看到他打着呵欠走了出来，才揭开前面几天他一到下午就玩失踪的谜底。

在米青眼里，老邱跑到防空洞里睡觉，这种怪癖行为跟他的沉郁性格一样，放在别人身上也许显得不正常，出现在他身上，应该见怪不怪。而在儿子邱和平眼里，这事却有些复杂了。儿子在电话里告诉米青，以后不能让父亲再到那里睡觉了，一来对身体不好，凡是山洞就肯定潮湿；二来安全没有保障，保不了没有虫兽之类具有侵袭性的动物；三来，这事表面看来只是简单的睡觉，其实是一种病态。米青吓了一跳，问是什么病，这时儿媳妇抢过电话补充说，不是身体上的疾病，是精神上的，精神疾病。

米青把儿子儿媳妇两口子的话转述给老邱。老邱很气愤，说了一堆粗话，臭小子，站着撒尿一个大男人，叫媳妇传染了，什么事都一惊一乍，少见多怪，什么精神疾病，他们懂个屁，就知道拿那些虚里吧唧的东西唬人，我也是当医生的，自己有没有病自己知道。

然而米青让儿子儿媳咋呼的，还是忧心忡忡。即便那样，老邱也没给米青讲讲他在防空洞里做过的那些梦，以及跟梦有关的很多事情。

再后来，米青拿老邱这个怪癖行为实在没有办法，加上他只是在那里睡上一觉，也没发生过什么危险，就听之任之了。儿子儿媳在南方，管不了这么远，工作只能做到电话督导的层面，而且督导也起不了实效。这样，每年春末夏初，老邱都要在防空洞里睡上两个月。儿子说，爸爸这精神疾病是季节性的，特殊病例。

三

老邱吃着饭，看着电视。电视在播一个韩国家庭情景喜剧，这个时段，通常意味着老邱的晚饭结束了。剧里时常穿插着的爆笑声一阵一阵响起，老邱也会跟着笑几声。老邱觉得剧里的老太婆罗文姬女士最可爱，这个时候老邱便会想到米青。米青这个老太婆，闭眼死去之前，客观地说，也很可爱，某些地方跟罗文姬女士很相像，比如为了护儿子而跟老邱对着干。

米青常说的一句话就是，儿子前世不知道欠你什么了。

说实在的，客观地回忆一下，老邱也承认，他和儿子邱和平之间的关系就像一对冤家。造成他们之间这种局面的原因有很多，最主要的是高考的时候，邱和平违逆老邱的意思，自作主张地报了军校。

老邱现在还记得邱和平出生时的样子，长手长脚，哭声嘹亮。米青肚子上横着一道刀疤，不敢动弹，偏头看着这个小家伙，对老邱说，真是个男子汉。这小男子汉长得太大了，给身材娇小的母亲制造了一个大难题，早在生产前半个月，米青和老邱就不得不接受医生的建议，在米青肚子上割开一个口子，把这个小男子汉拿出来。手术是在老邱的医院里做的，当时是春末夏初，邱和平的性格也像季节一样，热烈，浓郁，充满生机，老邱却胸闷气躁，仿佛邱和平从娘肚子里拿出来，又一屁股坐在了老邱心口窝子上。

后来老邱多次追根溯源，认定就是那个春末夏初的日子里，他对儿子邱和平开始有了第一份莫名其妙的，复杂的，除了亲情，还隐隐带些排斥和敌意的情感。儿子一出生，老邱就给取名叫和平。但名字只代表一种意愿，邱和平整个的成长都证实了老邱那份敌意来得并非毫无来由，而是一种本能。一种下意识，一种神秘的预知。

邱和平以老邱惊讶的速度成长起来了，八个月学会走路，几乎一迈腿就是奔跑，一岁会说话，嗓音浑厚粗壮，没多少婴儿气，三岁就在街上帮人打架，打哭了一个五岁男孩。上学以后，邱和平多方受宠，无论在老师还是同学圈子里都拥有超高人气。老邱暗地里观察，发现这小子身上有股天然的霸气，这给他带来了极大的气场，一举手一投足就是让人欣赏和模仿的角色。老邱痛苦地发现，邱和平身上所有这些刚性十足的东西，都来自于他的爷爷，那个端着一把日式三八步枪，跟鬼子干来干去的汉子。

老邱的父亲，外号狼王，人也像狼一样烈，在槐花洲拉起了一支很成气候的抗日队伍。这个身材高大、枪里来去的父亲，给老邱的童年生活刷上了一层英雄主义色彩。父亲经常和骨干人员聚在厢房里开会，老邱爬在门外的老槐树上执行放风任务。木格子窗户角上的窗纸破了一个洞，老邱经常近于迷醉地通过窗洞，看他父亲双目炯炯运筹帷幄的样子。

那个春末夏初的午后，外号狼王的父亲像匹狼一样，跃出院子，横端步枪，发出震天的长嗥。接着，老邱看到他像塔一样轰然倒地，腾起一片厚重的尘烟。这一幕惨烈光辉的死亡场面，也是老邱一辈子想起来都既痛苦又迷醉的。

很多时候，老邱看着神奇长大的邱和平，甚至疑心是那个端着三八式步枪壮烈死去的父亲，在多年以后神秘复活，变成了邱和平。邱和平是另一个老邱的父亲，置换了身份，在老邱的身边潜伏下来，跟他日夜相对。

老邱内心有多痛苦，米青和儿子都不知道。米青和儿子不知道老邱的痛苦，并非对老邱的精神生活不够关心，而是因为在老邱的精神领域里，某一块地方，对老婆和儿子是锁着的。那些漆黑的部分，山洞，碎石，爆炸，烈焰，是老邱一生内心情感的发源地，让他痛恨又让他珍惜，珍惜到了只能独享。独自享受那强烈的记忆，独自咀嚼那窒息的痛，死而复活的苦。

在那片宇宙毁灭般的漆黑和寂静里，老邱的意识游丝般地缓缓浮动。他感到了一种湿润的温热在脸上行走，那行走让七岁的他一点一点复活，一点一点回到厚重的窒息里，绚烂鬼魅的烈焰开始在回忆里浮现。然而老邱睁开眼，看到的却是两点莹莹的绿光，野兽的喘息和气味混杂着沉寂下来的烟尘味，让老邱的鼻翼得到苏醒。他动动胳膊，一片灰土哗哗地流了下去。

老邱把自己一点一点从废墟里刨了出来。那只发出两点莹莹绿光的狼不再温热地舔他，而是远远地退到一旁，对他温柔凝望。黎明的光线通过一个缺口微薄地钻进来，形成一条窄窄的光路，狼腾开四蹄，顺着这条路跑走了。

老邱立在一片废墟上，看着那只狼消失在视线以外，良久，都无法确定那真的是一匹狼，还是他的幻觉。后来，老邱长大了，老邱老了，有时会迸发奇怪的想法：这个世界上可能真的有来世今生，那只狼或许就是那个惨烈的下午刚刚死去的父亲，或者说，那是来自父亲的一种意象，一种讯息。在漆黑寂静的死亡的山洞废墟里，它拯救了老邱。

然而老邱很哀伤。他像那匹狼一样走在黎明前的光线里，感到刚刚过去的那个午后，局面瞬息间的变化，已经轻易修改了他对父亲的情感。

老邱没有回槐花洲，他翻过黎明前树声微薄的大山，走上了他七岁以前从来没走过的路。他小小的心里塞满了东西，包括父亲对他的背叛，母亲不断滴落的泪珠，离他越来越远的苏苏。这其中，父亲的背叛最叫他哀伤。

老邱现在越来越深信，父亲从来就不曾离开过他，一天都不曾离开。尤其是邱和平高考时坚持要报军校，那段日子是老邱最深信不疑的日子。狼王死了，却把血肉和精气给了孙子邱和平，这个小子根本不理会老邱的意愿，非要轰轰烈烈地当个男人。老邱拗不过儿子，米青呢，平时对老邱言听计从，那件事上也倒戈相向。老邱就眼睁睁地看着儿子考上军校，穿上了军装。儿子变成了狼王，那迂回复杂的、缠绕了老邱大半生的情感之索，绕得越来越紧了。

邱和平自从穿上军装就再也没有脱过，本科毕业还偏偏分到一个特种兵大队。以老邱有限的常识，他觉得特种兵就是和平年代打特殊战争的兵，儿子是死活都要找点仗打，轰轰烈烈地当一回男人。

在邱和平眼里，不这样过，就算没来这个世上活过一回。他也如愿以偿地参加过几次特殊战斗，接下来，在部队里的发展顺风顺水，不久就彰显了出众的指挥能力。这一点毫无疑问，他得了爷爷的真传。老邱只要想起自己的父亲狼王，脑海里浮现的就是那男人一派运筹帷幄的将者之相。邱和平继承着爷爷的遗风奋勇前进，在晋升的每个坎儿上都比他的战友快那么一拍半拍，现在，已经是一名少壮派副师长了。老邱不得不承认这小子天生是块军人料，如果生在战争年代，不知道能出息成什么样子。活脱脱就是另一个狼王。

但是老邱却本能地离儿子越来越远了。儿子不明白父亲为什么对自己那么有成见，想沟通吧，老子不屑一顾。米青活着的时候，邱和平希望从母亲那里打开通向父亲的通道，但是母亲也对这个越来越古怪的老头子束手无策。

老邱对米青母子的想法洞若观火，却从来没想过把往事里漆黑孤寂的那一部分出示给他们。那是他精神上的一个死角。

四

情景喜剧结束了，老邱又按部就班地看完了天气预报，先看中央台，纵览全国气候形势，再看省台，纵览十七地市气候形势。不是关心国家气候大格局，只是一种习惯，就像下午在防空洞里睡觉，黄昏醒来，买菜做饭，吃饭遛弯一样。

退休十年，老邱遛弯的路线也是十年不变，从家里出来，穿过幸福立交桥，再穿过幸福南路，到一个俱乐部广场，跟别的老头下下棋，或者坐着看看大街，看看老太太们跳舞。老邱看着看着，就会看见米青排在队伍里，穿着红上衣，白裤子，黑舞蹈鞋，衣服是丝绸的质地，风一吹，就贴着腰身湖水一样摆动。米青一直保持着娇小玲珑的身材，圆脸，皮肤又白，在老太太们中间显得很出众。

老邱来这个广场除了经常在幻觉里看看老太婆米青，还经常跟叶小水聊上一会儿天。老邱跟叶小水很投缘，但说起来，两人在叶小水父亲生病之前却没有任何关系。老邱在退休之前为叶小水的父亲做过一次手术，叶小水的父亲突发气胸，以为是岔气，差点耽误了，送到医院，老邱干净利落地给他切除了肺大泡。那是老邱退休之前做的最后一例手术。

老邱就这样平淡又神奇地认识了叶小水，后来老邱经常想起叶小水第一次敲开医生办公室的门，站在老邱面前，很无助，睁着两只哀伤湿润的眼睛那副样子。一刹那，老邱忽忽地心疼起来，莫名其妙地想起了苏苏站在灶膛里，睁着无助的眼睛向他张望的那个苍凉的午后。

退下来之后的老邱突发奇想，要搬出住了大半辈子的医院宿舍楼。米青一听老邱相中的小区挨着一个俱乐部，觉得那环境或许会让老邱的夕阳红生活活起来，就很高兴。儿子邱和平也很同意，非常踊跃地从银行给老邱汇了一笔款。一点没耽搁，老两口就开始了新生活。

米青第一次陪老邱去俱乐部广场是晚饭后，第一次去就巧合地碰见了叶小水，老邱介绍说是患者家属，一问，叶小水跟她母亲就住在一街之隔的部队干休所。

叶小水三十多岁，跟她的母亲一样身材娇小，加上没有生育，丈夫在国外，一个人自由自在的，看起来就很显小。老邱这一生，似乎一直都在跟长得娇小的女人打交道，先是妹妹苏苏，然后是老婆米青，老了又认识了叶小水。叶小水跟老邱的关系究竟好到什么程度，这只有老邱和叶小水两人清楚，旁的人，比方老邱的那些棋友，也仅仅是知道这一老一小比较谈得来。在老邱的心里，叶小水的地位是一天比一天重的，他甚至觉得超过了儿子邱和平。他们之间的关系，并非医患之间的救命和感恩这么俗常。

米青去世以后，叶小水还隔三差五地到家里来，帮老邱干干家务，有时没事可干，就坐在阳台上聊天。叶小水就在俱乐部上班。每逢那些时候，老邱就感到心里那些漆黑尘封的部分在微微松动，仿佛阳台上那些盆花里的土，被不知名的野草拱开一道小小裂缝。老邱心里滋生讲述的欲望，野草一样一拱一拱的，顶得那些漆黑的死角痉挛般一疼一疼。

老邱就在这一下一下的跳疼中，目睹着他跟叶小水忘年交的发展。叶小水跟老邱讲她生活中的很多事情，涵盖面很广，从出生到成长到结婚，再到不久之后必然的离婚。长期思想准备使叶小水在说到离婚时是轻描淡写的，有那么一些忧伤，也跟淡淡的微笑糅合在一起，看起来非常动人。

有一天连老邱自己都惊讶，他忽然异常渴望儿子邱和平能跟叶小水发展一段感情，即便是有违道德规范的。儿子是有婚姻的，但是老邱对那桩婚姻，对那个做军医的儿媳妇，就跟对儿子的态度一样，有着本能的排斥。这就是说，老邱简直希望儿子不惜在婚姻之外出出轨，也要跟叶小水有上那么一段。仿佛唯有那样，才能证明叶小水的好，以及他对叶小水的好感。老邱觉得这个世界上的感情和婚姻有很多是从一开始就配错了对的，儿子应该跟叶小水在一起，否则，这辈子真是白活了。

这样，有一天老邱就鬼使神差地拨通了儿子的电话，说小子，给你介绍个女朋友。儿子没听懂。老邱又说了一遍，给你介绍个女朋友，你不认识她太可惜了。儿子笑了，说爸爸，你想让我犯错误啊？儿子这句话是笑着说的，却提醒老邱意识到了自己的唐突。老邱又恨自己又恨儿子，就硬梆梆地说，臭小子，真没出息。然后挂了电话，独自坐在阳台上笑了。他觉得自己很可笑。

除了叶小水自己，老邱间接获取到的还有叶小水母亲的情况。那个娇小的老妇人性格安静，甚至有些孤僻，虽然住在俱乐部附近，却绝少出来，跟一般的市井老太太相比，有些脱尘，有些神秘。老邱终日活动在小区附近半径两公里的范围里，俱乐部广场、幸福河菜市场、西炮台山、家家悦超市，邂逅叶小水母亲的几率却很低。除了那个患了气胸的部队退休老干部住院手术时见过几面，接下来的这十年里，老邱有幸再次遇见她的次数可以数得过来，不超过十次。

如今，这个老妇人因为寡居，就更不出门露面了。她的丈夫，那个老革命干部于几年前已经去世。做气胸手术那次，在手术室里，老邱目睹过老革命躯体上的伤疤，他参加过对越自卫反击战。老邱后来经常想起那些伤疤，他觉得他的生命彻头彻尾都被安上了宿命的成分，战争这个狗东西从来就不曾离开过他，是个如影随形的噩梦。他越想忘掉某些部分，就越有与之相纠连的东西派生出来，跟他抗衡。

但如果说叶小水的母亲是因为失去老伴而离群索居，这是不对的。据叶小水所说，她母亲似乎生来就是那副样子的，没有什么明显的喜怒哀乐。并非对什么事情都提不起兴趣，而是对什么事情都大彻大悟，超然身外。

老邱分析，叶小水谈到远在美国的丈夫，谈到他们不久后的必然离婚时，那云淡风轻的态度，可能也来源于她母亲的熏染。

不过，说实在的，生活也不过就是如此，眨眼之间，老邱就老了，回望过去，包括那些坚硬漆黑的往事在内，说不定哪天，在睡梦里就全体离开老邱了。活着的时候，让它们牵心扯骨，死了，一切还有意义吗？都等于零。

大约是在春天刚刚开始的时候，老邱终于决定要说说那些将来注定要等于零的往事。倾听者当然不是儿子邱和平，而是叶小水。老邱说，人这一辈子，不管走到哪，走得多远，其实就走在一个圆圈里，你以前觉得远，其实并没有多远。

老邱说的是对的。他回望那个从窒息里醒来的午后，他是那么拼命地走，翻山涉岭，走了整整两天两夜，其实最后也不过是走了五十公里。老邱走到一个名叫邱家庄的村口，饿晕在一个井台边，让米青的父亲碰见了。米青的父亲丢下扁担和水筲，把老邱抱回了家。老邱感到喉咙里有股温热的东西徐徐流下，那是米青给他喂的玉米糊糊。胃觉唤醒意识，他的命再一次被救活了。

醒来后的老邱第一眼看到的人，就是先以兄妹相称，后来成为他媳妇的米青。米青扎着羊角辫，对老邱说，我叫邱米青，你叫什么？老邱摇摇头，米青又问，你爹妈是谁，在哪儿？老邱又摇摇头。又过了几天，米青的父亲对老邱说，你就跟着我姓邱吧。

是什么让老邱留在邱家庄，玉米糊糊，还是别的，很长时间，老邱都不确认。七岁的老邱经历了那样一个死去活来的午后，霎时间变得早熟了，每天不多话，经常搬张小板凳，坐在院子里朝东望。邱米青问他，哥，你在看什么，老邱不回答，视线飘飘忽忽，像落实在具体东西上面，又像在半空里游移。

对五岁的米青来说，多了一个让她喜欢的哥哥，是她生活里的一件大事，而这个哥哥的来历却是一件小事。她根本无从想象，哥哥朝东张望的是一个被炸弹毁灭了的山洞，一个每到五月就槐花盛放、流香溢彩、忽然空了的村庄，还有两个孩子，这个村子里仅有的两个幸存者。

老邱频频堕入噩梦，烈焰缠身，炸弹轰响，父亲和他的步枪，母亲的眼泪，苏苏绝望的手臂。有一次老邱梦见苏苏向他伸出胳膊，他把苏苏从灶膛里拉出来，拉到自己身上。苏苏那么沉重，像有一万吨。他大口地喘气，在窒息前的最后一刻醒过来，发现不是苏苏，是米青。

月光里，米青小小的胳膊泛着青色的光，搭在老邱的胸脯上，老邱眼里流出泪来。他是为了米青留下来的，他失去了一个妹妹，又立即得到了另外一个妹妹，谁能说清这到底是机缘巧合，还是宿命的刻意安排?

米青成了老邱继苏苏之后的第二个影子，后来老邱的生活一波三折，高考，进城，划右派，平反，米青始终跟着他。他们神奇地度过了很多场岁月的磨难，一直磕磕绊绊地活到了老。

老邱对往事只字不提，这一点他究竟是怎么做到的，连他自己都感到惊讶。那个午后，当他对着叶小水徐徐开始一场漫长的讲述，他终于明白，他长达一生的守口如瓶，就是为了等待叶小水这个倾听者。他生命里其他那些人，老婆邱米青，儿子邱和平，都是跟他有着血肉关联的精神上的无关者。

老邱讲述那些坚硬漆黑的往事足足花费了三天时间。叶小水用她的安静，她的淡定，她的隐隐忧伤，恰如其分地迎合了老邱的讲述。但是老邱隐匿了某些至关重要的细节，比方他在改姓邱之前姓的是苏，他妹妹名叫苏苏，他们共同生活的村子有一个很美的名字叫槐花洲，每到五月，所有的房子都被一层洁白的槐花所覆盖，他们的母亲，常常用鲜嫩的槐花，掺了玉米面蒸菜团子……这些，是坚硬中的坚硬，是一块冰，层层化掉之后留下的最后的冰核，嵌在他心上。老邱想把它抠下来拿给叶小水看，但是他太疼了，还没有动手去抠，就呻吟起来。叶小水给老邱倒了一杯水，什么都不问。

其实，由于需要隐匿关于槐花洲的那些细节，老邱在讲述的过程中不免要时时停顿下来，对因此造成的不连贯进行加工和调整，他清楚叶小水早就注意到了这一点。但这个三十多岁就有着淡定的通晓世事目光的年轻女人，用她的善解人意将这些不连贯轻轻抹去，也将老邱疼痛的呻吟轻轻抹去。

五

老邱已经穿过了立交桥，又穿过幸福南路，站在俱乐部广场边上，扫视了一下整个广场，走进去，坐在喷泉池边上，看老太太们跳舞。幻觉又适时出现，他看到了老伴邱米青，米青老了，隔着一段距离看过去，也还是小小的身子，就像她从童年起就一直是那个样子，没有变过。

老邱坐了一会儿，叶小水就跑过来了，脸上汗涔涔的，手里甩着一只羽毛球拍。叶小水在老邱身边坐下来，另一只手从背后神奇地变出一个盒子，外面包着一层蓝色的水晶纸，说，明天是您生日，祝您快乐！不过，盒子要等回家后再打开，这可是一只魔盒哦，现在打开就不灵了。

这个善解人意的孩子，从来都没有忘过老邱的生日，每年这一天都会到老邱家里坐一坐，陪老邱说说话，中午给老邱做一顿饭，陪老邱吃完，晚上再回家陪母亲。叶小水的母亲也是同一天生日。有一次叶小水试探地说，干脆你们搬到一起过生日算了，老邱坚决不答应。

叶小水想撮合老邱跟自己的母亲开展一段黄昏恋，这一点老邱很清楚，但关于这个话题，每次都是刚刚开始就让老邱掐断了。据叶小水透露，她母亲也是相同的态度。叶小水问过老邱，您是不是对医生跟患者家属结合到一起有所顾虑？老邱说，不是。叶小水说，那为什么啊？老邱灵感乍现，念了一句诗，曾经沧海难为水。叶小水说，您还想着米青阿姨是吧。老邱不置可否。在叶小水看来，算是一种默认。

以后，叶小水就不再张罗这件事了。

老邱是不能说原因的，那关系到那个坚硬的冰核。在跟叶小水讲述了冰核之外那些部分以后，老邱静待着某些东西出现。或者可以这样说吧，自从那个突发气胸的老革命干部跟他有了医患关系，他就在静待着某些东西出现了，而后来对叶小水的讲述，都是一种必然，一种顺理成章，是命里的一个注定环节。

所以老邱的讲述和静待，在他看来都是命里既定的一些程序。在手术室里，当他看着麻醉后深睡不醒的老革命干部，一瞬间被很多的假如所缠绕：假如他不是医生，假如老革命干部没有生病，假如他不那么凑巧是一名胸外科医生，假如老革命干部不那么凑巧得的是气胸，假如老革命干部得了气胸送到的不是他所在的医院，假如他跟老革命干部不住在同一个城市……那么以后的一切都不会存在。

老邱戴着口罩，只用两只眼睛，牢牢地盯住这个对他而言有着宿命引渡性质的患者，定了几分钟的神，才在他的胸外靠近腋下部位动刀切开一条口子。手术采用的是胸腔镜，过程并不复杂，从切口探进带有探头的手术刀，插进引流管，吸出气体，除掉肺大泡，就结束了。老邱的情绪相比以往显得不那么平静，但他还是拒绝了助手善意的请求，一针一针亲自把伤口缝上了。他必须亲手完成整个过程，亲手救活这条命。

手术结束后，老邱在手术室外再次见到了焦急等待的家属，叶小水和她的母亲。手术之前，在医生办公室，老邱已经见过了叶小水母女，自始至终，所有有关手术的签字，都来自那位安静的老妇人，她垂着眼皮，认真而快速地浏览着需要她签名确认或者承担可怕后果的冷冰冰的协议，脸上的表情很淡定，找不出患者家属们共有的那些悲戚和恐惧，然后，镇定地签上自己的名字，苏苏。

老邱被那个名字刺痛了双眼。他盯了那个名字两秒钟，然后抬起眼来打量老妇人。那一小段时间，是排山倒海时光倒流的时间，老邱恍惚间出现了幻觉，医生办公室白色的桌子白色的电脑身穿白大褂的人都一一隐去，他发现自己置身于六十多年前的槐花洲，他们家寒碜的灶屋里，眼前的苏苏，小小的身子，小小的脸，上面挂着惊恐的泪迹。他脑子里轰轰地响过很多声音，他父亲老苏三八步枪发出的怒吼，他母亲绝望的哭泣，子弹嗖嗖地穿进老苏的身体。

老邱呼吸滞重，像被一只手捂住口鼻。他闭上眼睛，大口喘气，听到有人在叫，邱大夫，邱大夫！

一切影像和声响瞬间轰轰而去，是叶小水在叫他。难以想象，睁开眼来的老邱鬼使神差、不易觉察地拿起一只口罩，把自己的半张脸都躲进去了。

此后的整个手术和住院期间，老邱都把自己藏在口罩里。查房的时候，他看到苏苏安静地坐在凳子上，身子俯向老革命干部，握着他的手，看着他，脸上的线条柔和而温婉。

老邱站完了最后一班岗，在最后的岗位上，跟他生命里那个坚硬的冰核直面相遇。对这场可能的相遇，老邱在大半辈子里设想了多次，却没有想到事到临头，他会选择把自己藏起来。那只是一种无法言说的本能，全身的细胞都在提醒老邱，不要跟这个老妇人相认！

事后老邱分析了他关键时刻利用一只口罩仓皇隐匿的原因，分析了很多次，都找不到一个非常能够说服自己的理由，最后他只能认为，他害怕回忆带给他那延绵一生的疼痛，会随着相认而无限膨胀，让他承受不了。所以，当大半辈子里他多次设想的场景真的从天而降时他却当了逃兵。并且，老邱当时感到老天真会开玩笑，他越是不愿意回忆战争，就越是跟这狗东西一次次狭路相逢，苏苏竟然是一个打过仗的老革命的老伴。

办完出院手续后，叶小水买了一大袋子水果送到医生办公室。又过了一个月，老邱给老革命干部进行了复查，情况良好，他们之间的医患关系就正式结束了。接着，老邱就退休了。

退休后的老邱呈现出了跟别人共通的症状，无所事事，郁闷，焦灼。大半辈子里，老邱的生活节奏是整齐划一的，他的沉闷，孤独，郁郁寡欢，只有跟充满冷酷气息的医院，跟所有同事统一的面无表情，跟散发着冷冰冰金属质地的手术刀是登对的，他的个人气质跟这冷酷的氛围丝丝入扣地融合到一起，互相渗透，互相影响。难以理解老邱作为建国后最早的一批大学生，为什么会选择这样一个专业，如此看来，这也是命定的一个环节，预示着一场终极一生的相遇。

邱米青的焦虑更甚于老邱。这个一生沉郁的人，她是从小牵着他的指头，看着他到老的，没了手术刀，她不知道他的沉郁会发展到什么程度。儿子邱和平出主意，让米青带老爷子去他的部队探亲，住段日子，看看孙子，调节一下无所事事的失落。老邱一听这个提议，当场否决。

米青哪里能知道老邱一生郁闷的症结呢，他憎恨一切跟战争有关的东西。而偏偏他一生都跟战争这狗东西一次次狭路相逢。首先，儿子这辈子是跟部队耗上了，每时每刻都戳着老邱的心窝子，而跟苏苏的旷世相遇，也与战争有关——苏苏居然也跟了一个扛枪打仗的!

就在米青无计可施的时候，老邱提出换个住处，米青当即电话告诉儿子，说你爸爸看好了俱乐部附近的新世界花园，刚起不久的楼。儿子也跟着高兴，说，这可是一次转折，名字也吉祥，新世界，预示着决裂和开始。

只有老邱一个人洞悉他们搬到新世界花园的秘密。在退休前的那段日子里，老邱已经不再做手术了，他重复做的事情只有一件，看老革命干部的病案档案。其他的医生以为他在用这种方式怀念操手术刀的一生，而其实，他看病案的双眼是虚的，真正笃笃实实在看的却是老革命干部的住址，位于幸福南路、新世界花园对面的干休所。接着，老邱在下班之后经常坐车大老远地跑到干休所那里转上一圈，到退休的时候，老邱实际上已经确定了搬到新世界花园的想法。

新生活开始了，米青陪着老邱去俱乐部广场。是老邱把叶小水介绍给米青的。在老邱那里，巧遇叶小水母女只是迟早的问题，而在蒙在鼓里的米青看来，医生在这个城市里的任何地方都有可能巧合地遇到患者及其家属。一个医生，这一生要跟这个城市里的多少人有那么一两段短暂的相处呢，这个数目是难以计量的。而叶小水，她又是一个多么讨人喜欢的孩子啊，她和老邱两人都喜欢她，更让她高兴的是，老邱沉郁的生活因为有了叶小水，而变得是那么的不同，米青很少看到有什么人什么事，能像叶小水和跟叶小水聊天这样，让老邱打心里快乐。

米青点点滴滴地在电话里向邱和平汇报着老邱的退休生活，叶小水是这些零七八碎画面里永恒的一笔亮色。从那个时候开始，邱和平印象里就有叶小水了，米青去世以后，老邱甚至在电话里要把这个从未谋面的女人介绍给自己当女朋友，更让邱和平感到这个女人的不同寻常。

而事实上，似乎一切都不太对劲，假如邱和平知道目前的这些历史关系，他会感到惊诧，父亲为什么要把自己的姑表妹介绍给自己做女朋友，老邱是不是老糊涂了……

六

老邱当然没有糊涂，老是老了，但没有糊涂。那个死角，那个坚硬的核，老邱对叶小水讲述的时候是有所保留的。那些历史关系，像链条环环相扣，最后一扣，就是老邱最想跟叶小水隐瞒的。

夜渐渐深了，人们陆续散去，一眨眼工夫广场就空荡荡了，老邱四下里看看，周围只剩下寂寥的空气，路灯昏昏地照着车辆稀少了的幸福南路。老邱站起来，活动一下酸麻的腰腿，抬步离开广场。

回去的路线也是十年不变，穿过幸福南路和幸福立交桥，拐上新桥西路，步行五十米，就回到了新世界花园。老邱上楼，打开灯，在沙发上坐下，将叶小水送的生日礼物放在茶几上。

盒子让一张宝石蓝色的水晶纸包装得很漂亮，老邱想到叶小水说它是一只魔盒，即刻便觉得它充满了神秘色彩。只有叶小水这个丫头，知道怎么在老邱孤单的生活里注入某些热闹因素。老邱笑了。

老邱是怀着想起叶小水后的愉悦打开盒子的，之后他的愉悦瞬间就凝固了。他看到一样仿佛前世里的东西：几只菜团子，玉米面和槐花掺在一起做成的菜团子，灯下闪着金黄和洁白的光芒。

这个世界上，还有谁知道老邱怀念小时候吃过的菜团子呢！

这小小的，盈盈一握的，闪着金银光芒的食物……

每年五月槐花盛开，米青也会随随大流，到市场上买点槐花，回来用热水焯了，包发面包子。搬到新世界花园以后，就跟着老邱一起去西炮台山自己摘。山上长着很多野槐树，米青学着别的老太太，用一根嵌了铁丝弯钩的竹竿，钩弯树枝，自己动手摘槐花。但是米青只做过槐花包子。谁能爬到老邱心里，搞清楚老邱很喜欢菜团子这种饥饿年代的食物呢?

老邱记得，那时候，即便是菜团子，也是一种难得吃到的美味，缺的不是槐花，而是那金灿灿的玉米面。每到五月，他们的母亲是说什么也要想尽办法，弄上一点玉米面，做上一顿菜团子给他们兄妹吃的……

老邱闭上眼，看到苏苏坐在对面，他们中间隔着那张吃饭的小桌子，桌子上摆着一只菜团子，那最后的一只菜团子，小小的，盈盈一握，闪着诱人的色泽。苏苏伸出小手，把菜团子推给老邱，哥哥，你吃。老邱说，不，妹妹，你吃。

每年槐花盛开的季节，他们兄妹俩就要为推让最后的那只菜团子，而坐在桌子旁边，互相凝望。那个中午，本来他们的母亲是要做菜团子的，头一天，他们兄妹就为即将到来的这一顿盛宴而欢欣跳跃，老邱爬到高高的槐树上，将一串串青嫩的槐花摘下来，苏苏站在树下高高地举着一只竹篓子，槐花纷纷落下来，落到竹篓里，苏苏的头发上，衣服上，看起来美极了。

槐花昨晚就让母亲洗过焯过了，浸在冷水里，玉米面也在盆子里散发着金子一样的光，他们的母亲却没有心思做菜团子了，从早饭后开始，她就躬身在灶台上，奋力地挖掘一个可以藏身的洞。老邱和苏苏看着盆子，相互怅然而视。

那个时候，老邱七岁，苏苏五岁，他们已经做了四年的兄妹。苏苏到他们家来的时候，只有六个月大。

六个月大的苏苏，生下来就注定了颠沛流离的命运。她的母亲受了伤，跟大部队失散，解下绑腿，将她捆在背上，一路血迹爬到了槐花洲。她来的时候老邱只有三岁，他记得他的父亲老苏神色凝重，使得躺在他们家炕上的母女二人，越发显得神秘。为了慎重起见，老邱的母亲当晚就给那气息奄奄的女人换上了老百姓衣服。而那让大人们担心不已的孩子，到了老邱家里却奇异地安静，不哭不闹。老邱的母亲蒸了菜团子，一点点嚼碎了喂给她吃，她睁着漆黑的眼睛盯着老邱，嘴角浮出一抹天使般的笑。

女八路没撑几天就去世了。临死前一天，她望着臂弯里的孩子，眼里流出大串大串的泪，又看看老邱的母亲，说，大嫂，让孩子留下来吧。

老邱的母亲犹豫了一下，问，孩子的父亲是谁，哪个部队的，将来，要是有机会，得让他们爷俩团聚吧？

女八路附耳跟老邱的母亲说了一句话，老邱猜她说的是个名字。为什么要附耳说呢，老邱很想知道。此后老邱慢慢长大，更想知道女八路附耳对母亲说的那个人到底是谁，但是母亲和父亲共同保守着这个秘密，直到一个死在家门口，一个死在山洞里。

那晚女八路最后看了一眼孩子，说，兵荒马乱里的孩子，跟谁家有缘，就是谁家的孩子吧。

老邱的母亲又问，孩子叫什么？

女八路说，就跟着你们姓，叫苏苏吧。

苏苏有了名字，留下来了。关于她的来历，是槐花洲尽人皆知的秘密，她的身份，她天使般的小脸，都为她赢得了众多的娇宠。而关于她的父亲到底是谁，这个只有老邱父母掌握的秘密，就连苏苏都不知道。

老邱家的生活此后充满了一种使命的气息，老邱从小就知道，他肩负着保护妹妹的重大责任。村里的孩子，因为老邱有了这样一个身份特殊的妹妹，而对老邱刮目相看。在那之前，老邱是一个默默无闻的孩子，苏苏奇异地使他成为孩子们的中心。老邱骄傲死了。

但是，老邱在骄傲的同时，老是有一种隐隐的惧怕，因为他母亲常常像是自言自语，又像是对着苏苏说一些话，那些话有些零碎，不连贯，需要老邱动用自己的智慧去拼凑和揣摩。她说，孩子，你的命不应该在我们家，你爹你娘都是八路，你爹还是个当官的，这仗什么时候才能打完啊。

老邱的揣摩结果是：苏苏有一个在部队里当官的爹，或许是一个大官，师长军长什么的，只有仗打完了，苏苏的爹才能有时间来找苏苏。

这样，老邱的惧怕就落到了实处：苏苏早晚是要离开的。他们的兄妹关系只是一种暂时的关系，说不定明天，或是后天，仗突然就打完了，鬼子投降了，苏苏就要走了。

老邱在惧怕里长到七岁。他多矛盾啊，一方面希望狗日的仗早点打完，他们不用动不动就躲到山洞里，另一方面，老邱又是怀着一种怎样隐秘的、不能为外人道的、无论从哪个角度分析都显得有那么点阴暗的小小心理啊，他希望仗晚点打完！

然而谁能想到呢，仗终于打到了尾声，鬼子都要撤退了，他们兄妹却还是分开了。而且……那是一种怎样的分开啊，给老邱落下了窒息的毛病，折磨了他一辈子。

老邱睁开眼，小桌子消失了，小小的苏苏消失了，只有苏苏做的黄灿灿点缀着点点洁白的菜团子，摆在他的茶几上。是的，老邱确定这是苏苏做的，这世上除了他自己，唯有苏苏，知道他们的母亲做的菜团子是什么样子的。

老邱捧起一只菜团子，咬了一小口，在嘴里细细地嚼，嚼得心里越发沉渣泛起。嚼着嚼着，叶小水打来了电话，问，好吃吗？

老邱说，好吃。

叶小水说，您就不想问点什么？

老邱嗓子眼里哽了一下。

叶小水又说，其实我什么都不知道。我妈什么都没跟我讲过。但是你那个故事……我猜……我是不是应该叫您舅舅？

老邱的眼泪悄悄流下来了，他用另一只手胡乱地抹去那些老泪。本来老邱打算对叶小水说，那个故事我只讲了一半，还有一半没有讲，现在就可以讲给你听，我不是你的亲舅舅，苏苏是女八路留在我们家的孩子，咱们没有血缘关系。你不知道吧，我还曾经想让我儿子邱和平跟你好呢，你不知道我有多喜欢你。

但是鬼使神差的，那些话到了老邱舌尖了，却没有变成声音，而是悄悄滑回肚子里去了。结果是，老邱听到他自己对着电话回答叶小水说，对，是舅舅，亲舅舅。

叶小水的声音透着一种难掩的快乐，在老邱的耳边花一样地盛开着：小的时候，别的同学都有舅舅姨姨什么的，就我没有，您不知道我为此哭了多少回鼻子呢。

老邱说，我会好好补偿你的。

叶小水忽然又小心翼翼地问，您是不是恨过我妈，恨当初她抢占了您的地盘，本来是应该您躲在灶洞里的。我能看出我妈也为此难过了一辈子呢，她以为您在那次山洞爆炸中死了，因此她从来都没有快乐过。但这不是任何人的过错，您都忘了吧，那是历史造成的，小日本造成的。

老邱想，我恨吗？我毕竟还活着。即使多年前的那天我死了，又有什么可恨的呢？那事跟苏苏有什么关系呢？只是跟战争这狗东西有关。

仿佛老邱的一辈子，就是为了等这一刻，有一个跟他和苏苏休戚相关的人，这样问他一下，然后，他自己给自己一个肯定的答复。难道老邱就不能自己问自己一下吗？一辈子的时间那么多。但是老邱就是没有问过。这样一问一答，仅仅几十秒钟的时间，老邱就感到有些什么东西落了地。

七

夜已经很深了，老邱毫无睡意。他先是站在阳台上，远眺影影绰绰的西炮台山。西炮台山有两个山头，老邱常去的那一个是南山头，翻到山的另一面，有每到五月就供老邱睡觉的防空洞。北山头老邱很少去，但是不去并不代表漠视，相反，刻意的避讳恰恰说明了它在老邱心里的重。

现在，老邱的视线里是西炮台山墨色的北山顶。山顶上高高耸立着一座英雄纪念碑，夜色里看起来像一个站得笔直的人。其实，老邱比较喜欢看夜里的纪念碑，就是因为它不像白天那么真切，这样他可以根据它的样子任意想象它。老邱总觉得它像一个笔直站立的人，有时还会觉得它像一把栽在那里的枪。在他的印象里，再没有人可以取代他的父亲来跟这个想象达到吻合了。外号狼王的父亲，每回老邱在梦里见到他时，都必须仰头而视。在老邱一辈子的梦里，他永远都是一个不真切的神。

老邱记得很清楚，搬到新世界花园后他第一次去爬西炮台山，先是登上了北山头。不是因为他对纪念碑这种东西没有什么反应，实际上，所有跟打仗有关的东西，都是他嫌恶的对象。但是那天老邱欲望强烈，两百多级石阶，一气都没歇就爬了上去。纪念碑周围方砖铺地，苍松翠柏，老邱粗略地扫了一眼人民英雄永垂不朽这几个大字，就急切地站到碑基上，埋首在碑身上开始寻找。

可以这样说，那只是一种隐约的希望，或者有一点点预感在里面。老邱在那些细如蚂蚁的人名中，终于找到了他父亲的名字。他父亲叫苏朗，碑身面积所限，只有这两个字代表了他父亲这一个人，作为这座城市和这座城市周边村镇解放战争中的英雄，被历史永远地记住了。

他倒是很希望在苏朗这个名字后面附上一小段简要的生平简历，注明这个声名远扬的民兵队长外号叫狼王，以证明他真的是老邱的父亲，而非另外一个同名同姓的人。

此后老邱很少再去北山头。只有在夜里，他才站在阳台上，目光掠过前面楼房的房顶，抵达那座沉默不语的纪念碑。他相信那是他的父亲在跟他遥遥相对。十年里，米青从不曾了解过，老邱为什么喜欢在夜里，遥望那除了影子还是影子的西炮台山。

现在，老邱又在跟父亲沉默相对。零点过去了，这应该是老邱生日的凌晨。老邱早已忘记了自己的真实生日，他把在窒息的山洞里醒来的那一天重新定为自己的生日。跟他不谋而合的还有苏苏，她抛弃了女八路死前留下的生辰八字，把在灶洞里得以生存的日子，定为自己的生日。

在这个生日的凌晨，老邱在沉默里跟父亲真正地和解了。父亲把苏苏抱到灶洞里，而选择让他去逃亡甚至死亡，是对的，这一点从理智上他从来就明白，只是感性上他给自己死死系了一个结而已。

灰白的曙色一点点泛上来的时候，老邱又站在厨房里，透过窗户看干休所那一座座小楼。楼房都是两层，矮，老邱站在自己家厨房里，角度刚刚好，如果是在白天，能看到那些二层楼房红色的瓦房顶，院子里的石榴树，绿化带里的冬青丛和一簇簇的月季花。

谁能说这不是老邱的运气？他来看这片新起的楼房，第一个迈进的就是目前他住了十年的这一栋，在厨房里，他目测了一下干休所的位置，刚刚好，转到阳台上的时候，又发现正对着一座苍翠的大山，一下子让他想起槐花洲。因此他当即就确定了这一栋，没有再去看别的。

十年里，他就站在由父亲和苏苏形成的中轴线的中心，转过身来是父亲，转过身去，便是苏苏。

父亲是沉默的，静止的，遥望着他的一举一动。他也是沉默的，却是活动的，遥望着干休所里的苏苏。他不知道苏苏住在那些二层小楼的哪一个窗户里，但是他充满想象。这隐秘的以想象为形式的遥望，老邱并没想到去打破，他知道苏苏在自己身边就够了，而不希望苏苏知道。但是叶小水这个孩子把老邱从这种状态里不知不觉拉出来了，他讲了那个隐匿了重要信息的故事，或许叶小水回去跟苏苏转述了，也或许十年前在医院，苏苏第一眼就认出了他。他以为他是隐藏着的，而实际上，苏苏深居简出，却什么都知道……

天快亮的时候，老邱有些困意，躺在床上睡着了，做了个跟以往不同的梦，梦见了满村满山的槐花，云团一样开放。他爬上一棵树，坐在树杈上，低头一看，下面是一片洁白的花海，他肋下缓缓地长出两只翅膀。

电话铃声吵醒了老邱，破天荒地，老邱张嘴呼吸了一下，感到很清爽，没有窒息的感觉。

邱和平在电话里响亮地说，儿子邱和平向您报到，祝您生日快乐！

老邱说，臭小子，都四十岁了，还没个正形。

邱和平一下听出父亲心情不错，嬉皮笑脸地说，做好梦了吧？

老邱正色说，梦见我长翅膀了。

邱和平笑得要命，说，那不是老天使吗？从来没见您这么幽默过。

老邱忽然心里有点疼，哽着嗓子说，儿子，恨我不？

邱和平说，恨？我哪敢恨自己老子啊！

听父亲有些伤感，邱和平转移话题，老爸，今天打算怎么过？

老邱沉思了一会儿，说，去看看你姑姑。等什么时候你回来探亲，也要去看看她。

邱和平说，我什么时候来了个姑姑？

老邱说，小时候失散了的。从没跟你说过。我那次说要给你介绍个女朋友，其实是你表妹。

邱和平说，知道了，拿表妹来考验我立场是否坚定，是吧？

老邱笑了，顺水推舟，说，你小子可不许给我犯作风错误。

爷俩从来没这么开开心心，荤荤素素地说过话。老邱生出一种酸酸的感动。儿子四十岁了，副师长了，这四十年里，他给过儿子一个笑脸吗？但是儿子从来没对他有过恨意，相反，还处处揣摩着他，顺应着他。老邱自责得要命。

八

吃过早饭，老邱去了一趟菜市场，买了几条鱼，几样菜。顺道又去理了个发。回家后，洗了个澡，打开衣柜，找出几件衣服来，摊在床上比较一下，选出一件半袖白衬衣，一条蓝色休闲西裤。穿上站在镜子前照了照，挺满意的。

十点钟，老邱提着鱼和菜，穿过幸福南路，经过俱乐部广场，去家家悦超市旁边的一家蛋糕店。蛋糕是现场制作，做蛋糕的是个姑娘，手很灵巧，提着装满彩色奶油的袋子问老邱，写什么字？老邱想了想，说，祝我们生日快乐。姑娘说，有人跟你同一天过生日啊？老伴吗？老邱微笑，没有回答。姑娘说，同一天生日，这么有缘。

十一点，老邱提着蛋糕和鱼菜，返回来，穿过纷纭的市声，走到干休所门口。昨天晚上跟叶小水通话结束的时候，老邱答应了叶小水，今年的生日改改过法，叶小水不来老邱家吃午饭了，老邱去苏苏家吃。

叶小水等在门口，见到老邱，高兴地叫，舅舅!

老邱跟着叶小水，走进十年里他眺望过无数次的干休所院子里，用目光抚摸着他熟悉的石榴树，冬青丛，月季花，红色瓦房顶的二层楼房。

在一栋房子门口，老邱停下了，他看到苏苏站在窗户里，窗子开着。

丢手绢

一

不知道怎么的，她开始买起了手绢。

先是到超市和商场，后来是批发市场，再后来是夜市，小农贸市场。根本谈不到买，只能算寻找。但是，同类东西，那些地方除了品牌繁多的纸巾，再就是大的小的方的长的毛巾，没有手绢。她觉得奇怪，她日常生活中所能应用到的方方面面的日用品，在这个城市里都是能够买到的，甚至她经验里没有涉及到的东西，都被人争先恐后地制造出来，时时让她觉得羞涩，不懂的东西太多了。然而，就那么一块简单至极的手绢，却没有人制造了。

大约有一个月的时间，她为买手绢东奔西走，在这个城市里居住十年所应该了解到的有关于这个城市的事情，这一个月里全让她了解透了。小区里谁要是说起什么东西哪里有卖这样的话题，她每次都有足够的发言权。她丈夫金翔很奇怪地看着她的东奔西走，不清楚她忽然之间的变化因何而来，起初以为只是一时兴起，后来观察并非如此。伴随着买手绢也生发了一些其他变化，比如说她开始忽略金翔，忽略理家，忽略夫妻生活。她为买不到手绢而愁肠满怀，不那么讲究做饭和清洁卫生了，连做爱时都在跟脑子里的手绢纠缠，没有什么高潮的表示，也不关注金翔是否满足。

一个月后，不知道受了谁的点拨，她找到了网购这个途径。金翔夜里回家，总见她坐在电脑前，屏幕上是淘宝网花花绿绿的网页，金翔凑到跟前看了几次，简直有些吃惊，网上居然有那么多手绢在卖，全棉，真丝，纱布，韩欧出口，日本进口，提花的，印花的，中国水墨画风格的，法国油画风格的，可想而知对他妻子是一种什么样的诱惑。

她雷厉风行地开始网购手绢了，办了支付宝。几日以后，他们家里就有各式各样的手绢进驻了。她很精心地把它们用皂粉泡了，洗净，挂在晾衣架上，从楼下一抬头，就可以看到，一块一块花枝招展的，很热烈地簇拥着阳台。

此后她就弃用纸巾，改用手绢。这样，每天又多了一项日常家务，洗手绢。金翔说，用纸巾多好，方便又卫生。她仰头往晾衣架上挂那些手绢，笑着，不答话，让金翔忽然略觉出了一丝神秘。以前，她从来就不是一个具有神秘色彩的女人，这也是金翔当初选她结婚的唯一理由，为此他妥协了其他方面的欲望。她是一个平凡的女人。

金翔婚前就很清楚找老婆必须是要理智的，客观的，出自于男人本身生理和心理方面的某些要求必须放低，实用和安全是第一要务。无论从外形还是学历以及出身来看，她跟金翔都无法相提并论，他们认识的时候，金翔从全国最有名的医科大学研究生毕业四年，在市里最有名的医院做外科医生，而她仅是一名卫校毕业的中专生，职称药剂师，却在药材站站柜台卖药。金翔的父亲是中学校长，母亲是工商局副局长，而她父母是普通工人。

金翔跟她约会的时候，已经过了三十岁了，读研究生耽误了青春时光，却也让他躲过了容易因冲动而仓促陷入的不良婚姻。在认识她之前，金翔没有跟其他女孩谈过恋爱，亲倒是相了几个，基本上是见过一面就否决。跟后来顺利成为他妻子的赵小小倒不是别人介绍的，他去药材站办事，赵小小正在上班，他几乎是一进门就认定这个女孩做老婆是最合适的。

平凡的赵小小经过了一段时间的犹疑，才答应了金翔的约会。被金翔追求，这在她、在整个药材站其他站柜台的姐妹看来，都是一件不可思议的事情，那段时间她忽然成为药材站的焦点，所有人都在努力观察她身上到底有什么闪光点。其间有善意的大姐动用一些社会关系，打探金翔身上有可能存在的劣迹，以期判断一下他追求她这件事背后的隐情。

那些善意的努力当然是没有什么结果的，金翔几乎是完美的，她们很放心地把赵小小交给了金翔。

从一开始，金翔就是没有什么犹疑的，赵小小的安静，平凡，单纯，与世无争，都符合他的理想。赵小小长得也娇小玲珑，梳着直发，脸上不擦脂粉，无论从哪都看不出一丝张扬味来，一走到街上的人群里就会消失不见。

婚后的赵小小表现良好，完全印证了金翔选择上的正确，就连一开始极力反对的工商局副局长婆婆，都逐渐扭转了对赵小小的态度。有一点没有超出金翔的预计，赵小小结婚的时候还是处女。金翔倒不是很在意这个，但这个是金翔拿来印证自己选择正确与否的一个标准。过了两年，赵小小怀孕了，生了儿子，就不去站柜台了。这个时候，金翔神奇地发迹了，他不喜欢做外科医生了，下海进入了医疗器械行业，顺利掘到第一桶金，此后就一桶一桶源源不断了。

赵小小呢，就一直不再上班了。这是金翔的意思，金翔的意思就代表赵小小的意思，赵小小基本上对什么事情都没有自己的意思。儿子上幼儿园送的是全托，一周回家一次，赵小小专职理家，日子过得一点波澜都没有。

所以，买手绢这样的事情，就堪称是这个家里的一点波澜了。这波澜让金翔新奇了不短的一段日子，直到有一天金翔在电视台一个社会调查节目中看到有人呼吁少用纸巾改用手绢，齐心协力支持环保，才把念头转到这里来。或许赵小小也是在什么地方看了类似呼吁，出于环保责任，才改用手绢的吧。赵小小是一个良善的女人。

尽管如此，过了几天，金翔还是去了一趟晨晖花园，他的岳父岳母住在这个小区。金翔去的时候没有带赵小小，只带着一个疑问。

金翔去的时候，只有赵小小的父亲在家。这老实巴交的男人听到金翔谈到手绢的事情后，低着头沉默了半天。最后，表情甚是羞涩地告诉金翔，赵小小小时候偷过别的小朋友的手绢。

二

赵小小一段日子以来，总去晨晖小区旁边的西炮台山爬山，时间不是早晨，而是下午，这就证明她去爬山并非晨练。她父母每天早晨四点就相伴一起去爬山，那才是晨练，在树杈上压压腿，小路上散散步，五点的时候汇同其他老头老太太一起，在小广场上舞舞绸扇练练剑，然后捎了油条豆浆回家。

西炮台山顶上矗立着一座纪念碑，纪念当年抗倭英雄的，山脚下是小广场，排列着几门货真价实的大炮，苍松翠柏，环境幽雅。赵小小下午去，顺着石阶上到纪念碑下，坐在石台上俯眺晨晖小区，确切地说，俯眺晨晖幼儿园。从赵小小坐着的位置进行俯眺，高度和角度都非常适中，视野囊括了幼儿园的全貌，特别是几座二层小楼中间地带的操场。

如果说赵小小和金翔的儿子金小金就读于晨晖幼儿园，那还能够理解赵小小俯眺晨晖幼儿园的举动，但金小金并不在晨晖幼儿园，他父亲金翔有足够的资本让他脱离平民幼儿园，他将来的就学旅途一路都将是贵族化的。没有任何人知道赵小小为什么总是在下午三点多钟，坐在纪念碑下俯眺晨晖幼儿园，她穿着品牌衣服，背着品牌包，识货的人一眼就能看出它们的考究和昂贵，坐在石台上，表情安静。

也有一些少男少女结伴来爬山，纯粹出于游玩，少女会很注意赵小小的一个举动，那就是她手里拿着一方手绢，叠得很方正，但仍能看出一角花样，一截绣边。她们很奇怪这个女人昂贵的包包里放的不是心相印或是清风牌的纸巾，而是手绢，这无论如何是挺矛盾的。现在，就连上山晨练的老太太们，衣兜里装着的都是纸巾了，流汗了，抽出一张来，擦一擦，扔到垃圾桶里，脸上手上还会存留着纸巾淡淡的香气，简捷，卫生，时尚。纸巾的价格越来越便宜了，没有买不起纸巾的家庭了。

赵小小就那么坐着，将手绢在手里轻轻地捏着，触着，棉的或纱的或丝的质料触感不同，各有风味。她对少女们不解的回望心知肚明，但她们也只是回望而已。

只有一次，一个十二三岁左右的小女孩被她手里的手绢吸引，坐下来，很热切地问她，阿姨，这手绢真漂亮，从哪里买的？赵小小拉开包，拿出几条更漂亮的，展示给小女孩看，并告诉小女孩，她可以随意挑选一条，她赠送给她。小女孩犹豫了，陌生人这过分的热情，是妈妈反复教育小女孩需要警惕的。

赵小小就更遗世独立地把玩着手绢，俯眺晨晖幼儿园了。她在等待一场游戏，丢手绢的游戏。丢，丢，丢手绢，轻轻地丢在小朋友的后边，大家不要告诉他，快呀快呀捉住他，快呀快呀捉住他。

这游戏是小时候常玩的，就在赵小小俯眺下的晨晖幼儿园。只不过，幼儿园早已不是过去那个简陋的幼儿园了，它现在被整修得很漂亮，从外观上来看，找不到过去的一点痕迹了，甚至连场地都扩张了很多。但无论如何，赵小小都是在脚下这座幼儿园里玩丢手绢游戏的，这个事实改变不了。

谁能看出赵小小在等待这样一场游戏呢？这游戏，现在的幼儿园，还有玩的吗？反正赵小小在石台上坐了两个月了，也没有看到晨晖幼儿园的老师们带着孩子出来，在操场上围成一圈，玩这个丢手绢游戏。操场上的游乐设施太多了，滑梯，秋千，课间的时候，小朋友们蜂拥出来，很快就分散到那些东西上去了，像一群蜜蜂飞到花朵上。

赵小小有时候就神思游离。

赵小小的神思，漫过遥远的时光，游离到过去的晨晖幼儿园了。她看到她坐在小朋友们中间，大家围成一个圈，一个小朋友被老师指定出来，拿着一块手绢，在圈外跑，跑着跑着，很秘密地把手绢丢到某个小朋友的身后。小朋友发觉了，站起来，拿着手绢追赶。追上了，丢手绢的小朋友就站到圈子中间，表演节目，追不上呢，拿手绢的小朋友就继续跑啊跑，很秘密地把手绢再丢到别人的身后。

没有人把手绢丢到赵小小的身后。她寂寞地坐着。老师也似乎从来没有指定她做第一个丢手绢的小朋友。做第一个丢手绢的小朋友，这多光荣，多骄傲啊。赵小小很寂寞地坐着，看别的小朋友跑来跑去，你追我赶，漂亮的花手绢被别的小手传来传去。她把自己的手背在身后，偷偷去摸，每次摸到的都是粗粝的地面。

每天下午三点半，赵小小都要这么寂寞地坐着，陪别的小朋友玩丢手绢游戏。总是有阳光，阳光有的时候刺到眼睛，赵小小的眼里就不自觉地汪出泪来。

其实，岂止是玩丢手绢游戏赵小小是寂寞的呢？玩所有的游戏她都是寂寞的。只不过，丢手绢游戏更让赵小小清晰地体会到这种寂寞。那个时候的赵小小是没有母亲的，她母亲声名恶劣，跟父亲以外的男人有染，最后跟她父亲离了婚。小朋友们的母亲们，哪里容得下她们中间有这样一个跟她们过得不同的女人。尤其是，这个女人跟做轴承工人的丈夫离了婚，跑去跟了一个大学老师，而她们的丈夫，还都油渍满身地继续在做轴承工人。她们教育自己的孩子，远离这个品行不良的女人所生出来的孩子，母亲品行不良，难免就要教育出同样品行不良的孩子。

是哪一天呢？赵小小背在身后的小手，神奇地摸到了手绢。多柔软多幸福的手绢啊，像棉花糖，膨胀着赵小小的触觉，她抓住手绢，举到眼前，小脸兴奋地泛出红晕。之后，她几乎是跳了起来，将手绢捂在胸前，去追赶把手绢丢在她身后的小朋友。陈千，把手绢丢在她身后的小朋友名叫陈千，这小男孩回望赵小小，一眨眼，就跑到了赵小小的位置，坐了下来。

赵小小拿着手绢，很激动地在圈子外面跑啊跑，她第一次拥有把手绢丢到某个小朋友身后的机会。那天阳光还是很刺眼，赵小小眼里还是不自觉地汪出了泪来。

赵小小的深思，游离在一片明媚的阳光下，游离在她泛着红晕的小脸上，游离在陈千短短的直直的头发上。

大约四点半，赵小小站起来，背着包，沿着石台一级一级走下山去，走到山脚下平平的石板路上，再穿过晨晖小区外面一个菜市场，买些菜，开车回家。间或，赵小小还会买些菜，拎到晨晖小区她父母的家里去。她母亲，确切地说是后母，现在看到赵小小，态度讨好，神色谦卑，赵小小看了很不舒服。

三

这一段时间，金翔还觉得赵小小是有洁癖的，以他曾做过医生的经验来判断，赵小小的洁癖尚属于轻度。

晚上回家，金翔看到赵小小正俯在卫生间洗脸盆上，很卖力地擦洗，头发凌乱地搭下去，挡住了朝向门口这一侧的脸。金翔嗅到了一股浓烈的牙膏味，他走进去解了个手，赵小小让出来，让金翔洗手，金翔看到洗脸盆上涂满了牙膏，赵小小手里拎着一把刷子，木柄，白色的毛，看起来硬硬的。

金翔说，干吗涂这么多牙膏在上面？

赵小小继续俯下身子劳动，边劳动边说，试来试去，原来牙膏去污力最好，什么去污粉啦，全能水啦，都不如牙膏。

金翔说，不是挺干净的吗，不用刷了。

赵小小用刷子哗哗地擦着钢化玻璃洗脸盆，不再说话了。

赵小小是个干净的女人，这一点金翔很满意。他曾做过医生，做医生的对卫生方面的要求有种天生的苛刻，以前他能看出赵小小是刻意为了他的苛刻而干净的，尽管他并没有很露骨地表示出这种苛刻。但是现在，赵小小的表现根本不是为了迎合金翔，而是为了迎合自己的轻度洁癖了。她似乎每时每刻都在怀疑家里有什么不洁的东西或异味存在，总是不停地洗洗涮涮，阳台上本来就搭着花花绿绿的手绢，现在加上每天可洗可不洗都要洗洗的衣服卧具，他们家的阳台就从来就没有空闲的时候了。

金翔坐在沙发上，看着出出进进的赵小小，忽然问她，你是不是觉得闷，要不要找点事情做一做。

赵小小很奇怪地看他一眼，说，不闷啊！

金翔觉得赵小小说不闷并不是违心的，她看起来很奇怪自己丈夫的这一发问。金翔就不再问了，看了会儿电视，就去冲澡睡觉。水是一直热着的，赵小小似乎是为了让金翔每天都能一回家就洗上澡，而刻意将热水器一直开着的。他们家也不缺这几个电钱，金翔觉得赵小小这样做很好。自从他赚到了很多钱，他就觉得生活质量是很重要的，人生苦短。

关于生活质量，金翔自有他的一套逻辑，并且，一切似乎都很顺利地踩着他的逻辑在落实，比如说在关于找老婆、下海这两件事上他的选择和坚持，现在看来都是正确的，这两件事情是生活质量的根本，由于它们的牢固，现在金翔可以更充分地在很多其他事情上游刃有余，比方说，有个外遇什么的。

这是不稀奇的。外形，气度，智商，文化，口袋里的钱，适度的感性，成熟男人的理智，无论从哪一方面来看金翔，他都是优秀的，有魅力的，而这些优势综合到一起，更决定了盯住金翔的那些来自异性的目光，绝不可能是少数。金翔看女人的目光当然是挑剔的，但他的社交群体里自然也不缺乏各方面条件都很优秀的女士，产生偶尔的动心，也不是不可能的事。

金翔最近在做一件事，给一种喉炎治疗仪做省内总代理。仪器是一名留美女博士设计的，可以直接把药物推送到治疗部位。一段时间以来，金翔主要在忙碌这件事情，在北京住了一段时间，拿下了代理权，回来之后，就给公司里的几名业务员开会布置了指标，又去人才市场招聘了几名口齿伶俐头脑机敏的医科大学本科毕业生，分片跑起了省内市场。

在北京期间，金翔见了一次留美博士，留美博士在金翔回来之后，到金翔所在的城市小住了几天，考察兼旅游。博士三十六岁，比金翔想象里的年轻，也比金翔想象里的漂亮。按照常识来推断，念到硕士博士的女人，基本都是很不好看的，一个人尤其是女人如果特别漂亮，一般念书都不好，上帝是公平的，这符合基本规律。这样说来，女博士就是一个个例了。

一个女人，学历高，长相漂亮，聪明有才华，这基本决定了她拥有素质和气质这两方面的天然财富，有了这两方面财富的女人，是不可能没有吸引力的。金翔对博士，博士对他，两人的感觉很合拍，都是英雄对英雄，惺惺相惜的那种。他们之间的互相吸引和欣赏是不用挑明的，语言对于这个层次的情感来说，完全多余。在北京的时候，金翔和博士没有单独相处的机会，通常他们跟金翔的北京同学，也是做这一行的，治疗仪所在的北京总部执行官、主管人员在一起，研究的都是生意和业务上的事情，除了生意和业务，就是吃饭，偶尔也娱乐一下，KK歌。但基本来说，节奏是紧张和严肃的，这个群体所有人都是精英，博士也不例外，举手投足间干练飒爽，但偶尔朝金翔瞥过一丝目光，又不失闪烁的柔媚。

他们就这样暗生情愫，又很保留地把这情愫放在那里，等着水到渠成。

博士的国内考察兼旅游是北京总部安排的，在这之前，金翔和博士都没有个人角度的任何表示，这符合他们的素养和心意相通。博士考察到金翔这一站时，金翔全程私密陪同，放了司机的假，亲自载着博士跑了几家已经合作的医院，剩下时间，就载着博士观光，到附近海岛上小住，品尝海鲜。

在海岛上，他们住在渔民家里，每餐都吃渔民用渔网拉上来的海鲜，其余时间就在小岛上漫步，手拖着手，晚上睡在渔民家的火炕上，很优雅或很热烈很开放地做爱。

考察结束的时候，金翔开车把博士送到机场，两人都很平静，没有洒泪而别的场面。

对赵小小，金翔并没有觉得需要愧欠。需要愧欠什么呢？

他从来就反对条分缕析地去看待外遇这类事情。但他反对不负责任的外遇，那种不理智的、闹得满世界鸡飞狗跳的外遇，在他看来，那样的外遇是愚蠢的，不可原谅的。他呢，他从来就没有想过跟别的女人产生短暂的心动，就要回头跟赵小小离婚，这种念头他一丝丝都没有产生过。他对赵小小在这个家里的地位很尊重，她是他选择的老婆，平凡但从不生事的老婆，她的安静和平凡，于他来说是种福，他感谢她的安静平凡和从不生事。她从不像别的有钱太太那样，扎堆在一起家长里短。她只做自己的事，理家，侍候他，周末接送孩子，闲暇时间开着他给她买的车，去做她的事情，购物，或者干脆就在街上跑一跑，也定期去做美容，洗澡，但都是独自一人。

因此金翔面对赵小小，从来都是笃定的。他定期跟赵小小做爱，不管感觉强不强烈，都尽其所能，履行做丈夫的责任。平时他也是关心赵小小的，比如她买手绢的事情，自从知道赵小小曾在幼儿园的时候偷过小朋友的手绢，金翔就结合自己读医科大学时学过的心理学，对这件事情进行了分析，甚至他还找到一个开心理分析门诊的同学，就此事进行了咨询。

金翔的同学认为不必大惊小怪，有专家研究表明，三年级以下的孩子自我意识还不够明确，这种偷窃只能算是一种不诚实的占有行为。然而当时赵小小的幼儿园老师批评了赵小小，并让她在讲台上罚站，她忽略了孩子也是有个性有思想有情感的，她偷窃那条手绢，无论如何分析，都应该是一种女孩子对稀罕东西的喜欢。很自然，这件事情在赵小小心里留下了阴影，这阴影一直隐形地存在着，在某个特定时刻，它会通过别的形式表现出来，比如说，赵小小现在购买手绢的嗜好。无论怎样，这都不算是不良嗜好，可以不必理会，顺其自然，它最终还是会淡去的，就像来时一样。

何况，现在似乎已经有环境学家在呼吁大家用手绢了，环保嘛。金翔的同学这样简单地结束了自己的分析。

现在，金翔认为，他已经把赵小小买手绢这件事情全程关注到成为他们家庭里的一件平常事了，现在他关注的是赵小小的轻度洁癖。

四

不管金翔关注与否，赵小小都控制不住她洁癖的蔓延了。每天她都要用牙膏擦拭洗脸盆、水龙头两到三次，用混合了家居消毒液的水泡抹布擦家具，还换卧具，每天都换，包括床单被套枕套，还屡次提着金翔换下来的棉拖鞋，皱着眉头犹豫是不是也要每天洗上一遍。

她每天花大量的时间打开窗户通风，前后都打开，她站在这前后贯通的气流中间，感受它们跟室内空气碰撞搏斗的力度。

基本上可以说，赵小小的疑心只是空穴来风，至少从她这一方来说是如此。她对金翔的疑心，没有任何蛛丝马迹作为依据。她能有什么证据呢？这么多年来，她和金翔的生活各自为政，她其实是一个聪明的女人，只是在金翔面前，不习惯表露而已，这种不习惯，是从金翔追求她的时候就养成了的，他们之间的悬殊，是造成这一状况的基础。从那个时候开始，赵小小就习惯了对金翔的毫无掌控。况且，她能掌控得了金翔什么呢？这个男人那么优秀，他的事业她是插不上手的，他的精神需要，更是一直从别的地方索取和得到，她更是插不进手。

事实上，婚后不久赵小小就明白了金翔娶她的理由，她就更没有理由去掌控金翔哪怕一丝一毫。在家里金翔是从来不用对赵小小避讳什么的，比如手机，他的三部手机每天回来后就堂而皇之地那么搁在茶几上，或饭桌上，他洗澡，看电视，抽烟，上网，都可以对它们不管不顾，来电话了，来短信了，赵小小一律充耳不闻。她从来没有打开过金翔的手机一次，其实，金翔应该能够明白，这种克制能力，也并非一般女人所能有的。

赵小小用这些行为，来表示对金翔选择她的感谢。无论如何，现在赵小小过着衣食无忧的生活，金翔对她从没有什么过分的要求，相反他极尽丈夫的职责。

从赵小小父母那边来看，赵小小的地位，就是从金翔追求她那一天开始提升的。赵小小无法忘记当她把这一消息告诉她父母时，他们脸上那惊愕和迷茫的表情。她的后母，那个在赵小小八岁时嫁给父亲成为她后母的女人，一直以来都对赵小小态度冷漠。在她看来，这个平凡孤僻的女孩子，长相又那么一般，从上幼儿园到初中，她还有过偷窃的劣习，最后出息成个站柜台的，哪能有什么希望找到一个好婆家呢？所以那天这个退休在家的老女人太惊愕和迷茫了，第二天她就多渠道开始了对金翔的查访，不明真相的人还以为是一个溺爱女儿的母亲在为女儿的终身大事进行情感上的把关。

查访到的情况，令赵小小的后母更为惊愕，在她眼里，金翔的家庭是货真价实的高干家庭。从此她就有了做国家干部的一对亲家，这使她在生活了半辈子的轴承厂家属区晨晖小区的地位陡然得以提升，她成为那些同龄老太太艳羡的对象。

后来，赵小小把金翔带回家，赵小小的养母就更变得谦卑了，一直谦卑到现在。即便现在赵小小的公公婆婆都从国家干部岗位上退了下来，但是赵小小的父母依然要仰着头谦卑地跟他们对话。这两个昔日的国家干部退休以后大刀阔斧地开了一家超市，赵小小的后母去过一次，六百平米的超市光滑可鉴，赵小小的后母走在上面，时时有踩不稳的感觉，走得小心翼翼。

后母的谦卑，还来自于她自己儿子跟着赵小小所享受到的好处，这个大赵小小一岁的异父异母的哥哥，如果没有赵小小，将会生活得如何普通呢？他接了赵小小父亲的班，成为新一代轴承厂工人，厂子后来尽管被外国人买去，生产设备现代化了许多，不再像赵小小父亲那样成天油渍麻花，可也无改赵小小的哥哥是一名轴承工人的身份。但是现在不同了，赵小小的哥哥被金翔安排到他的私立医院，做了一名不需要具备医药方面业务能力的保安科长，这个异父异母的哥哥跟娇小玲珑的赵小小不同，他长得膀阔腰圆，很适合干一名保安科长。

从任何方面来说，赵小小都应该对现在的生活很满足，满足到忽略金翔某些方面的错误。而金翔是有错误的吗？赵小小不知道。她只是没有缘由地疑心，这导致了她的轻度洁癖。

在这轻度洁癖的深处，也就是赵小小的意识里，存在着一个另外的女人，这女人是什么样子，什么形状，什么气味，赵小小一概没有感觉，她的想象是极度匮乏的。然而也许正因了想象的匮乏和无形，才更加重了赵小小的疑心，她对此无计可施，只能对付那有可能存在在家里的气味和微尘。

实际上，赵小小从来就没发现过什么，包括女人的香水味，女人的头发，金翔压低声音的电话，这些都没有，就是说，赵小小每天都在跟她意识里的东西交锋。

五

是的，赵小小曾经是一个污点女生，她偷窃的污点是从幼儿园开始的，确切地说，是从那个阳光刺眼的下午，陈千把手绢丢到她身后开始的。也许，美妙的东西往往伴随着不幸来临，赵小小在此后很多年，一直宿命地给那个下午下这样的结论。

实际上，赵小小此后再也没有得到从身后摸到手绢，站起来追赶别的小朋友的机会，她在那个下午，一个不被人注意的时刻，偷窃了那条漂亮的手绢。

是因为手绢漂亮吗？也许是，至少幼儿园里的老师和所有小朋友都如此认为。那的确是一条很漂亮的手绢，它跟幼儿园里其他小朋友的手绢是不一样的，先是它高贵神秘的来源——它来自上海，它的主人，幼儿园里漂亮的公主张蝶，她有一个同样很漂亮的、在轴承厂办公室坐着喝茶看报纸的母亲。这个每天打扮得光鲜照人的女人，有时陪领导到车间里巡视，所有男人都爱慕她，所有女人都嫉妒她。因此张蝶的母亲在厂里是很有名的，因为她的漂亮，因为她的时髦。这时髦的女人身上穿的衣服是从上海买回来的，由于她是坐办公室的，所以拥有陪厂领导去上海出差的机会。

上海，那是一个多么让人神往的地方，在幼儿园小朋友那里，张蝶的手绢是它的代言，几乎每次玩丢手绢游戏，老师都要指定用张蝶的手绢。骄傲的张蝶，从小包包里拿出式样繁多的手绢，公主一样，脸上挂着骄矜的微笑。是的，那天被陈千丢到赵小小身后的手绢除了有着如此高贵神秘的血统，它还很漂亮，淡粉的底色，上面绣着白色的花朵，鹅黄色线勾勒着波浪形的绣边，赵小小小心翼翼地捧着它，对着阳光，努着小小的鼻子，去嗅它上面陈千的味道。

在赵小小寂寞的童年里，这是一条多么披荆斩棘的手绢，它从那些孤寂和忧郁中哗啦啦地撕开一道口子，让赵小小无所适从。

赵小小整个下午神思恍惚。

游戏结束之后，赵小小鬼使神差地盯着张蝶及那条淡粉色的手绢，她看到张蝶把它叠一叠，放进了书包里，书包放在桌洞里。赵小小很安静地坐着，教室里有那么一刻很安静，没有小朋友，大家都跑到操场上玩其他游戏，等着下班的父母来接。空洞的教室很暧昧地沉默着，意味空前。鬼使神差的赵小小就在这暧昧的沉默里，走到张蝶的桌洞前，小手伸进张蝶的书包里，拿走了那条带着陈千味道的手绢。

赵小小的偷窃是不成功的，她没有处置赃物的有效计划，只是把它藏在自己的书包里，忐忑不安地等着自己的父亲来接。然而张蝶回教室了，她时髦漂亮的母亲来接她了，她从桌洞里拿起书包，习惯性地去检查那给她带来荣耀的手绢，它不见了。

骄傲的张蝶尖叫了一声，手绢，我的手绢！

找到这条失窃的手绢并不需要费多大的周折，赵小小坐在角落里，脸色惨白，看着老师逐一打开小朋友的书包。赵小小的父亲来接她的时候，看到她在讲台上垂手站着，头发凌乱，小辫子散了一只，橡皮筋松松地挂在发梢上，将掉未掉。

赵小小从此成了一个更寂寞的小朋友，没有人愿意跟她一起玩。之后不久上了小学，几年以后又上了初中，这期间，漂亮高傲的张蝶又丢过几次东西，起初是在小学，丢的是一只剪刀，小巧黑色的剪刀，像一截柔软的铁片随便那么一弯，握在手里弹性十足，张蝶拿着它剪纸，剪各种颜色的漂亮的手工纸。不久这只剪刀丢失了，小学老师用跟幼儿园老师同样的方法来找那只剪刀，没有找到。但这并不意味着赵小小就可以清白，丢失了心爱之物的张蝶，眼泪婆娑地指着赵小小，说，一定是你，是你拿了我的剪刀！

有前科的赵小小站在人群之中，搜索陈千的目光。这个仅仅往赵小小身后丢过一次手绢的男生，站在同学中间很怜悯地看着自己，是的，他是一个良善的男生，目光里有着天性的济弱，同情，不忍。然而那又怎么样？赵小小流出了眼泪，她说，我没有拿她的剪刀。

那一次，老师押着赵小小去工厂车间里找到赵小小做轴承工人的父亲，之后跟他一起回了家，找寻那把小剪刀。赵小小那年已经有后母了，那女人嘴巴张得老大，揪住赵小小的辫子，说你这个败家的，怎么能这样，你哥哥长大还怎么娶媳妇！

那女人是带了一个大赵小小一岁的男孩，嫁到赵小小家里来的。

张蝶的剪刀，终是没有找到，为此哭泣了整整一天的张蝶，最后不了了之，不再提了。然而，张蝶书包里总是源源不断地有那么多稀罕东西，它们的存在，对那些女生来说，是种什么样的诱惑，赵小小是多么恨它们的存在。此后张蝶丢过的那些东西，自然都是赵小小偷的，她不再有幼儿园里拿走那条手绢时的不知所措，她很沉着地等待万无一失的机会，并把到手的东西处置得无影无踪，谁也无法找到，甚至连她自己都无法找到。

所以，事实上，赵小小不仅仅只偷过那条手绢，她还偷过别的小玩意儿。赵小小那老实巴交的父亲，对金翔说到赵小小偷窃的时候，是有保留的，他女婿只问到了手绢，所以他就只告诉女婿，赵小小偷过别的小朋友的手绢。那个时候，这个老实巴交的老退休工人很敏捷地产生了一种危机，他那高贵的女婿是不是会不要他女儿了，这是多么危险的一件事情啊。接着，他生发了保护赵小小的意识，并为这种意识寻找了一个很小聪明的理由：只有那条手绢是从赵小小书包里找到的，此后张蝶丢失的所有小玩意儿，都没有从赵小小书包里找到，没有找到的赃物，就不能认定是谁偷的，不能认定的事情，就不要说了。

赵小小不再张皇失措地站在讲台上，垂首低目了，她看着张蝶一次一次地尖叫，稳坐如山。老师和同学们的怀疑对象自然还是赵小小，但是她学会了反击，她哗啦啦地倒开自己的书包，说，谁偷了，谁偷了！有一次她还张牙舞爪地攻击张蝶，把张蝶脸上划出了血道。

但这仍然不改赵小小已经坏了的名声。初中快毕业的时候，就连陈千，都对赵小小敬而远之了。这个良善的富有同情心的男生，最后也逐渐相信那些东西是赵小小偷的了。他怀疑的目光像带着一根根带着倒刺的荆棘，扫过赵小小悲伤的心房。

假如赵小小没有暗恋陈千，那倒也没有什么，但是偏偏不是这样，从幼儿园里陈千把手绢丢到赵小小身后那个时刻起，赵小小就爱慕陈千了。在以后的青春期里，比如卫校读书和药材采购站上班那些日子，赵小小也有过几个体己的女伴，那个时候她的过去已经没人知道了，她也没有再拿过任何人的什么东西，没有人歧视她孤立她，她只不过就是不出众而已。在那些日子里，赵小小和体己的女伴之间常有跟爱情这东西有关的私密谈论，谈论里包括彼此对过去的交换，比方各自的初恋是在什么时候。赵小小每次都回答说，四岁。她的那些体己都以为赵小小是在说笑，或者，她根本就没有过什么初恋，所以如此自我解嘲。

然而赵小小是笃定的，即便到老了，垂死的那一刻，她也认定她的初恋是在四岁，对象是那个丢手绢在她身后的陈千。

而在初中的时候，赵小小对陈千的爱慕是隐而不发的，因了她的坏名声，因了陈千那越来越怀疑的审视目光。而且那个时候，陈千跟另一个女生很是交好，女生偏偏不是别人，正是张蝶。初中的时候，这些孩子都情窦初开了，男生嗓音变粗，女生基本都来了例假。张蝶出落得愈发漂亮，可以说，她跟陈千的交好，从幼儿园就一直青梅竹马了下来，在幼儿园里玩丢手绢游戏的时候，张蝶就是最喜欢往陈千身后丢手绢的。接着，初中毕业了，陈千和张蝶一同考上了重点高中，两家人都认同了他们一同考上大学然后恋爱结婚的将来。赵小小呢，她的后母是坚决不同意她考高中的，家里开销那么紧张，钱要留着给儿子说媳妇的，况且赵小小又是有那么个坏名声的，即便考上大学又能怎么样？

考个中专也就可以了，那就考卫校吧，将来有个头疼脑热的，好歹家里还有个懂医的。于是赵小小考了卫校。

从此赵小小跟陈千失去了联系。

六

与这段时间莫名的疑心并行出现在赵小小生活里的另一件事情，也就是跟手绢有关的事情，是来自于陈千的，那个幼儿园里唯一一个愿意把手绢丢到她身后的小朋友。

实际上，初中毕业以后，赵小小曾给陈千写过一封信，是在卫校写的，那时候她是一名卫校中专一年级女生。在五百公里以外的省城卫校里，没有人知道她的过去，而她偷窃的行为也没有成为一种延续行为，基本上，她是一个安分守己的女生。她长相一般，性格安静，没有在班级和学校、图书馆等任何一级机构里任职，看起来，是那种各方面都表现平平的没有个性的女生。她只在初中那几年里，在张蝶丢失了东西之后，张牙舞爪地用一种尖酸的神经质的态度反击，等离开了那个环境，她的这种张牙舞爪神奇地消失了，连她自己都觉得奇怪。

赵小小把这种奇怪写进了信里，那是赵小小此生写过的最长的一封信，用了十二页纸。在那十二页纸里，赵小小不仅对陈千描述了自己奇怪的转变，还追根溯源地讲到了幼儿园，讲到了那个阳光刺眼的下午，陈千用张蝶的那条漂亮手绢，披荆斩棘地撕开了她沉重的寂寞和忧郁。赵小小详细描述了她偷窃那条手绢的原始动机，她不被理解的茫然，她被冤枉偷剪刀的委屈，及后来出于报复而一直延续到初中毕业的偷窃。她把偷到的那些小玩意儿，用粉碎、火烧、沉塘等方式进行处理，不露一丝痕迹。

我不是贼，我从来没想过做一个人人不耻的贼，从此以后，我将与过去决裂，请相信我。这是赵小小写给陈千那封长信里的最后一段，在这一段结束之后，赵小小另起一行，写了两个字：盼复。

事实上，从那以后，赵小小就失去了与陈千的联系。她的那封信寄出去以后，没有得到陈千只言片语的回复。中专生活相比初中，简直是无所事事的，成绩可以不去理会，及格就行，有大段大段空白的时间，赵小小用来等待陈千的回信。白天，赵小小无数次地跑去传达室，翻看她们的班级信箱，晚自习前，每天都会有同学拿着一摞信走进教室分发，收到信的同学就埋头读信，然后趴在桌子上回信。几乎在那三年里，所有同学的晚自习都是这样打发的，而赵小小花了漫长三年所等待的那封重要的回信，一直没有收到。

赵小小寂寞地坐在教室里上晚自习，面前摊开一本医学方面的书，神思缥缈。她也没有写日记的习惯，别的同学在晚自习的时候除了写信，通常会写写日记，而赵小小不写。她的过去，已经跟当时决裂了，而写日记难免就要有丝丝缕缕的关联。

读卫校的三年里，只在一次暑假，赵小小见过一次陈千，陈千跟张蝶在一起。那时他们两人在县城读重点高中。陈千远远地看了一眼赵小小，赵小小从陈千的目光里看到了幼儿园时那熟识的良善的同情，她不知道应不应该过去问问他，是否收到了她的信，那是一封多么重要的信啊。然而张蝶把陈千拉走了，临走之前，朝赵小小投来况味复杂的一眼。

赵小小羞怯郁闷得要死了，她觉得张蝶看她的那一眼，像手电筒的光，一下子照到了她心里的幽深之处。她想，陈千一定把那封信给张蝶看了，否则，张蝶不会这样看她。

赵小小几乎悲痛欲绝。此后的寒假和暑假，赵小小给家里写信，说在学校旁边小区里找了个家教工作，不回家休假了。她那后母自然乐得赵小小不回家，并且在外面做家教有钱可赚，可以节省一些学费。

陈千呢，从县城读完高中之后，跟张蝶一起考到了上海一所大学。赵小小跟陈千之间彻底失去联系和消息，应该是从陈千大学毕业之后把父母接过去之后正式开始的。张蝶呢，她的父亲在女儿读大学的时候就去世了，而她那漂亮的母亲，改嫁到了外地。就是说，从陈千父母迁到上海开始，赵小小连从晨晖小区那里得到陈千消息的机会都彻底失去了，

然而这世上的情分是很奇怪的，你以为它走开了，但说不定哪一天它又回来了，看起来，就仿佛这东西一直在身边不远的地方转圈，就像丢手绢游戏那样，这次你被追赶到别的位置上了，说不定转了几圈，你又坐回到原来的位置上了。自从陈千联系到赵小小，赵小小就一直有这样的联想。

赵小小就是在陈千联系到她那时候，开始买手绢的。当时陈千在上海，赵小小听着陈千的电话，眼前出现了晨晖幼儿园刺目的阳光，丢手绢的儿歌很清晰地响起来，像某段电影画面的背景音乐。丢，丢，丢手绢，轻轻地丢在小朋友的后边，大家不要告诉他，快呀快呀捉住他，快呀快呀捉住他。

陈千在上海一家外企工作，他们取得联系以后的通话只是问候和聊天，聊各自的近况，两人谁也没有提到小时候的事情，包括丢手绢游戏，包括偷窃，包括信。

这个时候，赵小小已经知道，陈千先是跟张蝶结了婚，最后离了。青梅竹马结出了果实，最后还是掉了。

为什么离呢，赵小小问陈千，陈千轻描淡写地说，她出国了。

那个漂亮的，公主一样的张蝶，似乎就是应该出国的。赵小小带些自我解嘲意味地想，她曾偷过张蝶那么多东西，现在，张蝶躲到远远的国外去了，她再也偷不成了。

七

赵小小怅惘着，包里装着手绢，坐到西炮台山上俯眺晨晖幼儿园。从山上下来，赵小小回了一趟晨晖小区，她的父母见她回来，很讨好地邀请她留下来吃饭，吃什么呢，包饺子吧，把金翔叫回来一起吃。

金翔在电话里说，要陪北京来的博士，治疗仪推出去十几台了，北京总部及设计方要对市场投放使用情况征求一下反馈意见。关于金翔前段时间正在干着的喉炎治疗仪代理的事情，赵小小多少知道一些，这样的大事，金翔不需要赵小小精神和物质上的任何帮助，但出于夫妻间的尊重，会跟她说一声。

金翔是实话实说的，他不需要像其他男人那样，骗自己的老婆是去陪什么别的客户。金翔说得很坦然，心里也很坦然，这坦然绝不含鬼祟的成分，也只有金翔才可以如此做到。

留在晨晖小区跟父母一起包饺子的赵小小，心里又产生了不洁的感觉，她意识到这感觉一定跟女博士有关。她在父母家里待到很晚，说不清楚是在回避什么。大约十点，赵小小驾车离开晨晖小区，在半路上她给金翔打了个电话，问，在哪呢，金翔说，还在外面，有事吗，赵小小说，没事，我还没回家呢，正要回家，金翔说，我晚些回去，你先睡，赵小小说，好，别待太晚。

赵小小的这个电话是反常的，在明知道金翔陪客户的晚上还打电话，这在以往是没有过的。金翔并没有很晚回家，他回家之后，赵小小正坐在沙发上看电视，告诉他说洗澡水烧好了。其实金翔刚刚在酒店里冲洗了，跟博士一起冲的，但为了赵小小，金翔还是去卫生间里又冲洗了一遍。赵小小抱着一套新睡衣等在门口。

金翔躺在床上看了一会儿书，赵小小还是没有过来，金翔起身走出卧室，走到客厅，没有赵小小，到卫生间一看，赵小小正弯着腰在擦洗浴盆，肢体摆动幅度很大，卫生间里弥漫着一股很浓郁的消毒水味道。

等赵小小结束了那项折磨着她的工作回到卧室，金翔已经对她这段时间有如此洁癖的原因有了明确的判断，他倒是没有怀疑赵小小对他的行踪会有什么了解，赵小小是不会去做跟踪这样的俗事的，他断定赵小小产生了某种强烈的直觉。直觉这东西是存在的，他是做过医生的，外科医生在手术的时候，往往也是会产生直觉的，这无形的东西是鬼魅不可解释的，有时候力量却是强悍的。

金翔把赵小小抱在怀里，很真诚地抱着，用下巴摩挲着赵小小的头发，说，小小，我们是要一起生活到老死的。赵小小一动不动地躺着，说，嗯。

这个时候，赵小小的手机忽然响起来，铃声居然是一首儿歌，金翔听出来了，是丢手绢。赵小小的手机即便是在白天也很少响，她是个没有事端的女人，少有的电话也都来自她父母和她异父异母的哥哥，再就是采购站一两个一直交好的姐妹，深夜里这样响，好像还是第一次。赵小小拿起手机，看了看，说，我出去接个电话，就走出卧室，到客厅去了。一会儿回来，对金翔说，我明天得去趟上海。

赵小小看着她丈夫金翔，口齿清楚不容反驳地说，我明天得去趟上海。她穿着方格子的睡衣睡裤，站在床前，手里握着已经挂掉的手机，连解释都不会有的样子。这种坚韧，赵小小以前是从来没有表现过的，这让金翔有了短时间的惊愕，但金翔是理智的，睿智的，他的答复没有那短时间的惊愕痕迹，他很自然地说，去吧，反正你也有的是时间，别说上海了，出国都行，明天你在家收拾行李，我让人给你订机票，在那多玩玩，会会同学，购购物，周末我把儿子送爷爷奶奶家。

接着，又笑笑说，手机铃声挺好玩的，我小时候，可没少玩过丢手绢游戏，从网上下载的吧？

赵小小说，嗯。

金翔重又抱住赵小小。

八

金翔第二天去公司，叫来刚招聘到的一个姓李的大学生，安排他去订两张到上海的机票。机票送来之后，金翔取走一张，另一张给了小李，又给了他一个信封，说，里面是五万块钱，你拿着这张机票，跟你嫂子一起上飞机，不用打扰她，她没出过远门，你暗地里照应她一下。

这个小李是金翔从人才市场招聘到的，所有条件都符合金翔的要求，医科大学本科毕业生，聪明机敏，口齿伶俐，当时金翔在招聘的时候没有说明待遇这一条，他让那些来应聘的符合他条件的自己提待遇方面的要求，这个小李毫不客气地说了个让旁边那些应聘者吃惊的天文数字，月薪一万。金翔很犀利地觉得这个小伙子是值这么个价钱的，他没有什么犹豫，就录用了他。事实再一次证明金翔的选择是正确的，第一个月，这小李就让中医院订下了三台治疗仪，让金翔赚了十万块。

这样的一个小伙子，从金翔手里接到机票和钱，是不用金翔再说多余的话的。航班是夜里的，一个小时以后，小李给金翔发来短信，说已经安全到达，又过了半小时，发来短信，说，已经住下，住在嫂子对门。

从这一天起，每隔一段时间，金翔就会收到小李的短信，有时候还有照片。短信和照片很有连续性，让金翔不用目睹就知道某件事情的发展节奏。赵小小到达上海后的第二天凌晨，就去了一家医院，此后她所有活动都围绕这家医院而展开，中心人物是一个名叫陈千的男人，这个男人患肾癌晚期，赵小小到达后的第三天，医院给陈千割了一只肾脏。

赵小小很用心地照料陈千，给他倒尿袋，擦身子，按摩手脚，提着两只保温桶，到附近一家饭店去给陈千煲粥和汤，回来拿小勺一点一点喂给他吃。夜里就买了一张绿色的行军床，支在病床旁边，陪陈千一起睡。

割了一只肾脏的陈千，腰上插着导流袋，生殖器上挂着尿袋，手背上挂着吊针，胳膊上插着镇痛泵，第一天昏睡不醒，第二天醒了，第三天去掉尿袋和镇痛泵，开始在病床上翻身，第四天下床走动，腰部的导流袋里每天都装着从身体里流出来的血色体液。小李了解到的情况是，他至少还需要住上十天才能出院。可以想见，这十天里赵小小要重复同样的工作，金翔告诉小李，不必再用手机发照片给他看了。

于是小李就去调查陈千的身世，这也不难，就知道了赵小小和陈千从小认识的历史。那陈千原来是离了婚的。

金翔对赵小小在上海的行踪了如指掌，他每隔一两天给赵小小去个电话，第一个电话问赵小小行程是否顺利，第二个电话问赵小小这几天玩得怎么样，都干什么了，赵小小在电话里说，其实，我在医院里照顾一个病人，金翔说，哦，是吗，亲戚吧，好好照顾啊，需要钱跟我说一声，给你打过去，赵小小说，不需要。接下来的电话，金翔每次都问问亲戚的身体康复得怎样了，嘱咐她好好照顾，不用着急回家。

小李一直在酒店里住着，等赵小小。赵小小基本是在医院里住了十多天，期间回到酒店洗了几回澡。陈千出院以后，赵小小又在家里陪了几天，离开之前，到劳务市场去雇了一个面相朴实手脚勤快的小保姆。

这前前后后，赵小小在上海待了有近一个月。

回家以后的赵小小外表看来跟从前没有什么区别，安静，平凡，少语。每个阳光比较好的下午，都开车出去，金翔已经知道赵小小去的是什么地方了，他跟了一次，就站在赵小小身后二十米远的地方，赵小小浑然不觉，只是坐在石台上看着晨晖幼儿园，神思缥缈。

金翔站在那里，看着自己的妻子，忽然觉得以前对她的了解是肤浅的，表面的，这个娇小玲珑的女人，她的安静柔弱只是一种表象，实际上，她应该算得上一个外柔内刚的女人。

金翔在这一个月里，心里也不是没有波澜的，前面几天，他一直在陪女博士，治疗仪方面，从市场征集到的反馈情况来看比较不错，金翔又带博士到周边区县几家医院跑了跑，业务上的事情就算完工，接下来几天，就陪博士专门玩情调了，博士离开这个城市后，还要到其他几个城市去看看，之后就返回美国，很长时间不会再来了。

基于这一点，金翔很认真地陪了陪博士，尤其是博士临行前的最后一晚，金翔倾情奉献，让博士喊哑了嗓子。

博士在机场跟金翔分别时，用英语说了一声“I love you”，金翔没有回应。

之后那些天，金翔全情投入到工作中，周边区县跑了不下五十家医院。在一个县级市，金翔比较熟识的一个院长约他去乡下找一个懂易经的算算命，说这人八岁就从其太姥姥那里学到了卦术，给人推测运势特别准，因此收费很可观，给企业算一卦多收三四十万少收一二十万，给个人算最少两万。

金翔本来是不相信这些的，在男人里金翔自认为属于比较自信比较担事这一类的，就说自己不算，陪院长去。去了以后，这懂易经的斜眼看了看金翔，坚持要免费给他算上一算。提报了生辰八字，懂易经的凝眉测算了大约一个多小时，给金翔说了很多，金翔没有往心里去多少，唯一真正往心里放的，是这懂易经的提到的关于他身边有一个旺夫女人的说法。照这人的说法，金翔这些年的发迹，全拜这个女人所赐，这是一个平凡的女人，却不可多得。

金翔是提着钱去的，不为自己算卦，只为给院长买个单，这样一来，冲着旺夫女人这一说，金翔爽快地多付了两万块钱。

回到家里的金翔仔细想来，依稀感觉这懂易经的说的也许是对的，当然没有科学道理，甚至严格说起来算是迷信，但是金翔有这个直觉，他觉得如果没有赵小小，自己或许不会如此发迹。

金翔就给远在上海的小李打电话，嘱咐他一定暗地里照顾好赵小小，千万不要惊动她。

九

那个深夜响起在家里的丢手绢的手机铃声，是陈千打来的。本来他们重新联系上以后，陈千从来不在夜里给赵小小打电话，而且，电话内容也是矜持的，有原则的，限制在肤浅的生活和工作层面上。其实，陈千是想改变一下交谈内容的，他最初联系赵小小，本来就不是为了这样肤浅地聊聊生活和工作的，但是电话一接通，就变成这样一种格式了。

那赵小小，也是希望改变一下电话内容的，比如那封信，她此生写过的最长的一封信，它的下落到底是什么样子的，是不是陈千收到了它，他对果真是赵小小偷窃了他女朋友的那些小玩意儿感到气愤，并把此信给张蝶看了。

然而他们的聊天，始终在原地徘徊。

直到那个深夜，赵小小拿着手机站在客厅地上，很清晰地听到陈千在电话里对她说，赵小小，对不起。

赵小小说，陈千，你说什么？

陈千重复了一遍：对不起。

赵小小说，陈千，为什么？

陈千说，那封信，等我看到的时候，已经是很多年以后了，从那天开始，我就一直想跟你说一声对不起。

到处都很寂静的深夜，扩张了陈千的声音，那声音像雷霆万钧，压迫着赵小小的听觉，她险些站立不稳，晕倒在地。

这个世界上很多事情都是带有游戏色彩的，喜剧的游戏，悲剧的游戏。赵小小的当然属于后者。从念卫校时发出那封信开始，赵小小就一直局限于这样一种猜想：陈千收到了那封信，看了以后很气愤或者很失望，因此没有给他回信，从此失去联系。

她就是没有跳出这个圈圈，猜一猜陈千有没有可能没有收到这封信。

陈千没有再说别的，就挂掉了电话。赵小小站在客厅迅速地决定了一件事情，去上海。这件困扰了她几乎半生的事情，她要弄弄明白。

上海，这个从幼儿园时就根植于赵小小心脏深处的高贵的神秘的城市，从赵小小的城市乘飞机，一个小时就到了。赵小小此前一直是排斥这个城市的，因了张蝶书包里那些诱惑人的新鲜小玩意儿，因了那封没有回信的信，因了陈千和张蝶住在这里。结婚的时候，金翔带赵小小外出旅游，本来计划好的路线是坐火车先到无锡南京苏州杭州，沿线跑上一圈，最后到上海，搭飞机返回，但是赵小小不同意从上海返回，金翔到现在也不明白赵小小为什么拒绝去上海。

赵小小从空中落下，站在上海的地面上，四处看了看上海。那时是深夜，她没有看出张蝶书包里源源不断的那些花手绢和那些小玩意儿有可能来自这个城市的哪一部分。之后她打车到陈千工作的那家外企附近找了家酒店住下，给陈千打电话。

这个时候，正是小李坐在对面房间，给金翔发短信的时候。小李告诉金翔，他们已经住下了，他住在嫂子对门。

但是小李终究不是训练有素的私家侦探，他无法知道赵小小在对面房间里跟陈千之间的通话，那个通话时间很长，陈千告诉赵小小：赵小小，从张蝶告诉我，读高中时是她截留了你寄给我的那封信开始，我就一直想跟你说对不起。我一直不知道人世间还有这样一封信存在。张蝶在跟我离婚的时候，把那封信很郑重地放在我手里，我感到我的手很无力，越来越无力，托不起那厚厚的重。没有人知道，我是花了什么样的心血在读那封雪藏了十多年的信，每读一遍，我都能看到那花手绢，上面染着血一样的红色，在我眼前飘来飘去。赵小小，张蝶在交给我这封信的时候，还告诉了我一件事情，那把小剪刀，的确不是你拿的，事实上，第二天，她就在自己的小床底下发现了它，她在剪纸的时候，把它掉落到床底下了，但是她不知道。当她发现它静悄悄地躺在小床底下以后，她不知所措了。她藏起了它，就连自己的母亲都没有告诉。她说，如果哪一天见到你，让我代她对你说一声对不起。

那个时刻，陈千正躺在医院里。四天前的早上，他在卫生间里小解时，发现自己尿血了。彩超和CT这些透视性极强的仪器同时表明，陈千的肾脏上长了肿瘤，并且已经扩散。在医院里定下了手术日期的当天深夜，陈千给赵小小打了电话。他终于赶在手术前，跟赵小小说了那声一直说不出口的对不起。

赵小小在上海的酒店里痛哭失声，她坐在床上，从包里源源不断地往外抽手绢，去擦那源源不断的眼泪。

十

找了一个看似偶然的机会，金翔把博士回到美国的消息告诉了赵小小，赵小小没有什么反应。金翔知道，这就是赵小小的风格。不过，赵小小的洁癖似乎轻了一些。

赵小小的洁癖不那么明显了，原因并不是那么单一的，她现在的心思更多地放在了上海。过了大约一个月，金翔忽然对赵小小说，你那个动手术的亲戚怎么样了，要不要再去看看，顺便散散心。赵小小看了看金翔，没有说话，金翔说，明天我给你订机票。

再一次去了上海的赵小小没有住酒店，直接住到了陈千家里。陈千已经辞掉工作了。赵小小每天到菜市场买菜，回来给陈千做饭，太阳好的时候，陪陈千出去散步。陈千身体越来越不好，总是累，走路多了，头上就渗出细密的汗粒，赵小小就拿手绢给陈千擦汗。晚上，花花绿绿地洗上一盆手绢，晾到阳台上，跟陈千一起坐在阳台上，仰着头看手绢。手绢静静地垂着，散发着肥皂水的香气。

夜里睡觉，赵小小跟陈千一人一个房间，各睡各的。半夜有时会过来给陈千掖掖被角。在医院里的时候，陈千刚从手术床上下来，下半身是裸着的，赵小小每天给陈千擦上几遍，其实，现在也没有各睡各的必要了，但是还是各睡各的。

过了一些日子，赵小小回到了自己的城市。儿子金小金问她，妈妈，你去上海做什么了，赵小小摸摸金小金的头，答非所问，你们幼儿园玩不玩丢手绢游戏，金小金说，不玩，赵小小说，你们老师为什么不带你们玩呢，金小金说，那妈妈带我玩吧，赵小小说，要有很多很多的小朋友，才能玩的，金小金说，妈妈，那我去跟我们老师说，让她带我们玩丢手绢。

之后的大半年里，赵小小在上海待着的时间明显多了一些，几乎是回来住不上几天，又返回上海了。金翔从赵小小安静中隐藏着的凄惶里，直觉到了某个大限的将至。

有一个下午，阳光穿过窗户，一闪一闪的，照在一块一块静静垂着的手绢上，陈千正在睡觉，忽然睁开眼，对赵小小说，我梦见晨晖幼儿园了，我们在玩丢手绢游戏，你坐在人群里面看着我，样子那么楚楚可怜。多想回到那时候啊。

赵小小心里被什么东西猛烈地撞击了一下，尖锐的疼痛随着血液四处游走和扩散开来。她看着那渐渐淡去的阳光，说，我给你唱丢手绢吧。

等赵小小从上海回来，就不再去了。金翔有一次试探地说，要不要去上海看看生病的亲戚，赵小小说，不用去了，去世了。

又过了一些日子，周末她儿子金小金回来，玩他爸爸金翔的手机，金翔在卫生间里洗澡，金小金拿着手机跑过来，说，妈妈妈妈，这是妈妈。

金小金跷着脚，举着手机，缠着妈妈看。赵小小看了看，竟然真是她，再好好看看，是自己在上海时候的照片，显然是被人偷拍的。赵小小哆嗦着手指，把所有照片翻看了一遍。

等金翔从卫生间里出来，赵小小已经安静如初了。只是那孩子金小金，很兴奋地举着手机又去送给爸爸看，爸爸爸爸，是你给妈妈拍的照片吗。

赵小小笑着摸摸金小金的头，说，儿子，是爸爸给妈妈拍的。说完，就进厨房做饭去了。金翔在沙发上坐下来，从儿子手里要回手机，把照片都删掉了。

又过了一些日子，有一天金翔回家，习惯性地抬头看看自己家阳台，阳台空空的，没有手绢了。赵小小此后也没有再买过手绢，她用支付宝从网上买到的那数百条手绢，都从家里消失了。

金翔有时候还会看看阳台，觉得有些空落落的。说真的，那些手绢其实挺漂亮的。

金翔观察了一段赵小小，发现她也不去西炮台山了，电话响起来，也不再是丢手绢的儿歌了。赵小小还是一味地安静着，平凡着，做饭，理家，独自开车去购物，美容。天热了，赵小小时常开车去滨海路，把车停在停车场内，徒步走到沙滩上，坐着看看大海。

赵小小又改用纸巾了。心心相印牌的，精致的纸巾袋上印着几米的卡通漫画，上面总是一男一女，在绿色的草地上坐着，或走着。旁边写着一些卡通字，配画面用的。

有一个周末赵小小去接金小金，去得早了些，很意外地听到孩子们在唱丢手绢的儿歌，赵小小把脸使劲地贴在幼儿园院墙的栏杆上，她看到她儿子金小金正拿着一块手绢，在圈子外面跑啊跑，跑到一个女孩身后，很秘密地把手绢丢了下去。

阳光真好，女孩迎着阳光坐着，小脸上一片安静的光辉。

血统

一

舅舅结婚那晚发生了一件让我姥姥不解的事情：他穿着一条内裤独自躺在炕边，大红色的缎面被子裹在舅妈一个人的身上。

说起来，即便我姥姥不懂得通过小窗户去看我舅舅和舅妈属于窥探隐私，那时候的我也觉得她的做法有些欠妥，想一想，假如我是我舅妈，并且新婚之夜是跟舅舅一起裹着被子，做该做的一些事情，却让一个老妇人从窗户里看去了——这太要命了！

事后我时常这样怀疑：我舅妈会不会是当晚发现墙上那面小玻璃窗没有被报纸或别的什么纸封上，所以她才拒绝跟我舅舅同房？我不明白姥姥为什么不事先把小玻璃窗封上，舅舅的洞房就在一墙之隔，难道她不觉得如此一来太不方便了吗？

当然，我还是坚信，姥姥这样做完全出于对舅舅的关心，她很想知道舅舅的新婚之夜是否和谐，从而推测这门婚事的前景。总的来说，姥爷和姥姥都对这门婚事不太乐观，原因是，舅舅在此之前刚刚结束了一段恋爱，他还沉浸在一种深邃的失恋意境中。

第二天我认真地看了一下舅妈，我认定她是一个妖媚的女人。而且，我很不喜欢的一点是，她装模作样地拿捏着，似乎对饭菜不太满意。在她起床之前，我们就已经知道了夜里他们没有同房的事情，我姥爷和姥姥都不理解她为什么要在新婚之夜把我舅舅晾在那里，我觉得她那是在刻意拿捏。的确，通过我日后的观察，她的拿捏都是刻意而为之的，仿佛不那样，就彰显不出她的重要。可是，据我所知，她之所以会嫁到这个家里来，完全源于她单方面的主动——两个月之前，舅舅到她的村子里为某一户人家做家具，被她一眼相中。坦白说，舅舅长得很英俊。之后就有媒人来登门求亲，我姥爷和姥姥想，这也许能够抚慰舅舅失恋的痛苦，他们征求他的意见，他不置可否，他们就说，那你明天就开始打家具吧。第二天，我舅舅就开始在院子里为自己打家具。他是一名木匠。他打了一个挂衣柜，一个四开门的储物柜，柜门镶上玻璃之后，舅舅还调好颜料，在玻璃上画上了梅兰竹菊图案。

我舅舅很投入地做着这些事情，在我看来，与其说他在很用心地为自己打结婚家具，不如说他在兢兢业业地恪守一个木匠的本分。而我的姥爷和姥姥看到舅舅这副样子，心里略略松快了些，他们侥幸地想：也许舅舅已经忘了小龙姑娘了。我认为我的姥爷和姥姥都对舅舅缺乏足够的了解，他们看到的只是表象，真实的情况是，舅舅没有一刻忘记过小龙姑娘。他打完家具之后，就用一把小刀子雕一些小物件，小木块在手里三转两转，就变成一把栩栩如生的小椅子。他把小椅子塞给我，继续雕其他东西。我坐在小凳子上眼花缭乱地看着他，怀里抱着一堆小玩意儿。我觉得他是在用忙碌遮掩他的难过。那时候，我觉得姥爷和姥姥并不比八岁的我更了解他们的儿子。

就是这样，我舅舅和舅妈的婚姻从一开始就注定了不和谐，一方面，舅妈无时不在刻意拿捏，另一方面，舅舅沉浸在往事里，根本不去理会舅妈的故作姿态。这让舅妈非常恼火，不久她缺乏礼教的本性就彰显无疑，表现在她开始迁怒于旁人，我姥爷和我姥姥。由于她的坚持，姥爷不得不跟舅舅分家，而出于住房紧张的原因，他们两家不得不依然隔墙而居，舅舅和舅妈甚至依然需要穿过姥爷和姥姥的房间，才能到达灶屋，然后由灶屋走到院子里，或者大街上。可想而知，这样的居住格局是多么尴尬，舅妈脸擦得雪白，毫无表情地在姥姥屋里进进出出，时不时搞些指桑骂槐的行径，来表达她对姥爷一家人莫名其妙的仇视。而由于生活中林林总总的一些原因，我姥爷和我姥姥对舅妈采取了隐忍的态度，他们认为这门婚事既然已经这样了，就该尽力维持下去。

我姥爷时常坐在炕上，脸色阴郁，感叹自己时运不济，摊了这样一个儿媳妇，我姥姥则佝偻着腰，惴惴地用眼角对姥爷察言观色，仿佛摊上这样一个儿媳妇是她的错。

而我觉得，我的快乐童年结束了。我时常站在西墙边，跟邻居家的男孩黑子聊天，他蹲在他家晒粮食的平房上，讲笑话给我听。

二

在曲葵花的记忆里，成千上万的鬼子进驻水道镇仿佛只是一夜之间的事情——炮楼像巨大的水塔立在镇西，家家户户几乎都住上了鬼子。曲葵花娘家只有两间茅草房，其中一间是灶房，没有炕，因此没住鬼子，但仍避免不了他们端着刺刀进进出出，对着水缸和粮食袋子东挑一下西捅一下。

据曲葵花回忆，日本鬼子刚到水道镇的时候还算规矩，个别鬼子端着刺刀追逐花姑娘，被炮楼里住着的鬼子头头知道后，还会挨上一顿训斥。但是不久情况就不那么乐观了，一个鬼子强奸了邻居家姑娘二花，二花爹气冲冲找到炮楼讨说法，鬼子那时候已经对这些事情失去耐性了，他们冲二花爹叽里呱啦一阵子，二花爹不懂，就去问翻译，翻译是个中国人，他告诉二花爹说，赶紧回家吧，否则你闺女就不是被奸这么简单了，二花爹说，那还能怎么样？翻译说，死了死了的！二花爹吓得一溜烟跑回家，第二天就赶着毛驴把二花送到了五十里外自己的表妹家。

曲葵花带着两岁的女儿在娘家住了大约半个月，邻居家二花被鬼子强奸了，这让曲葵花很不安，她对她娘说自己打算回家。在一个黄昏时分，曲葵花头上包着一块蓝毛巾，怀里抱着女儿草草，被二花爹用毛驴驮着，朝二十里外自己家里赶。在离自己村两里的邻村村口，曲葵花碰见该村一个村民，从这个村民口中曲葵花得知这一带几乎成了空村，人们都躲在山里，因为日本鬼子到处杀人，更别提强奸妇女了。当时已是半夜，这个好心的村民极力主张曲葵花返回水道镇，他认为相比之下水道镇治安情况要好一些，理由是那里是鬼子据点。

曲葵花权衡再三，考虑到至少在水道镇她不必躲到山里去，而当时是隆冬，难以想象两岁的草草住到山里是一种什么样的情形。当天夜里曲葵花骑着二花爹的毛驴又偷偷潜回娘家，返回之前，她让邻村那位村民想法告诉草草爹一声，既然形势这么紧张，她就暂时先在娘家再住一段时间，看看风声再说。

在那个隆冬之夜，如果曲葵花能够看到她此后（甚至一生）为这个决定付出的代价，那她宁愿躲到山里去，一辈子也不再出来。那个冬夜的情况是，曲葵花骑着毛驴偷偷潜回了水道镇，曲葵花的娘听说了这种形势后，唉声叹气地摸着草草熟睡中的脸，又抬头看了看自己的女儿曲葵花，心里涌上一股强烈的不安全感——她的女儿曲葵花长得太美丽了，即使给脸抹上锅底灰，她也仍然会让男人过目难忘。

水道镇一九四二年的冬天极不太平，鬼子对姑娘们的骚扰愈演愈烈，曲葵花时常感到镇子上空飘荡着荷尔蒙的气味。姑娘和年轻媳妇们告别了休养生息多年的地面生活，开始向地下和空中转移，她们躲到炕下的地窖里，或隐蔽的阁楼上。由于隐藏的需要，她们的父母故意把这些地方搞得肮脏杂乱，比如在阁楼入口堆满破铜烂铁，在地窖里堆满异味扑鼻的烂地瓜。有一些姑娘借助这些地方得以保全贞洁，而有另外一些姑娘则不那么幸运，鬼子端着刺刀进入地窖，对着那些影影绰绰的物体乱捅一气，她们受到惊吓，或干脆被捅伤时，难免失声尖叫，鬼子哈哈笑着，把她们拽出来，用刺刀挑开衣服，把她们拖到地面上或干脆就在地窖里，进行强奸。

曲葵花的母亲曲王氏也打算把曲葵花藏到地窖里去，但是两岁的外孙女草草是个问题，这个对形势根本不了解的小女孩，用撕心裂肺的哭闹表达对这种安排的不满，她不喜欢阴暗潮湿的地窖。她穿着母亲曲葵花给自己缝的小花棉衣，在家里和院子里摇摇晃晃地走来走去，张开小手，去抓一切她感兴趣的东西。有一天她张开小手去抓一件东西，那天阳光很好，那东西长长扁扁的，在阳光下面像镀了银似的，闪闪发亮。一段时间以来，草草经常看到很多大人腰里别着或手里拿着这样的东西，她很想摸一摸它。这一天她很高兴，有个大人腰里别着这东西，正好站在她身旁，她快要够着它的尾巴了。

曲葵花在屋子里看到草草用小手在够鬼子的刺刀，她大惊失色地跑出来，蹲下去，一把将草草夺到怀里。那个午后，草草在母亲怀里很开心地抬头看着腰挂刺刀的鬼子，鬼子出人意料地蹲下来，对草草做了一个张开怀抱的动作，这一幕注定了她母亲曲葵花的悲剧命运。

三

关于舅舅跟小龙姑娘的爱情，如果要写的话，难免落入俗套：他们属于青梅竹马型的恋人，这也正是为什么他们分手后舅舅长期处于失恋意境里的原因所在。以我对他们关系的目睹，及后来对爱情的认识，我认为像舅舅跟小龙姑娘那样的爱情完全称得上真正的爱情，我这样说，除了他们恨不得每天都腻在一起之外，还有一个确实发生过的事情可以作为有力的佐证：小龙姑娘在某个深夜孤身行走的时候失了身，她遇到了村里的鳏夫老郑，老郑把她拍昏，然后拖到银杏树林里，对她实施了强暴。小龙姑娘哭得昏天黑地，很后悔没有把贞洁早早送给我舅舅。但是小龙姑娘的父母似乎对此很高兴，他们借此游说小龙姑娘跟鳏夫相好，据我看来，他们看中的是鳏夫的钱，用现在的话说，一九七九年的鳏夫老郑是个小包工头，简单说，村里的大姑娘小媳妇都从老郑那里拿活干（绣花），他每从城里工厂拿货回来，那些小媳妇大姑娘就跑去跟他献媚。我舅舅的恋人小龙姑娘是个很勤快的好姑娘，另外她还心灵手巧，更没有理由不去绣花。就是说，老郑觊觎小龙姑娘很久了。

这件事情发生后，我舅舅对躺在炕上痛哭的小龙姑娘发誓绝不嫌弃她，将一如既往对她好，并声明如果小龙姑娘愿意，他明天就娶她进门。按理说，小龙姑娘的父母应该对我舅舅感激涕零，但实情正好相反，他们把我舅舅骂了出门，小龙姑娘的母亲是这样说的：我们从来没想把小龙嫁给你，真是癞蛤蟆想吃天鹅肉。小龙姑娘的父亲则对我舅舅说：也不撒泡尿照照自己什么德行。

其实，我认为我舅舅是全村男人里罕有的德行不错的人，我承认，也许从小我就是个有些恋舅的丫头，但是，任何一种情感的存在必有其理由，促使我恋舅的理由，我认为正是因为我舅舅是个德行不错的人。粗通文墨（我舅舅念过完整的初中和一年高中）加上天资聪颖，使我舅舅很显然地跟村里其他男人不同，他们找他帮忙写信，写春联，还有画东西。我舅舅时常踩在某户人家的凳子上，左手端颜料盘，右手拿笔，给人家的墙上画画，我站在地上仰望着舅舅在极短的时间里画出人家需要的东西，一只小叭狗，两个小孩子，一棵松树和几只仙鹤。我纳闷我舅舅的脑子里怎么装了那么多东西，还有他的手怎么会那么巧，想什么画什么，且画得那么传神——如果他在那些画上勾出边框，四个角上再画出图钉，谁也不会怀疑那是一幅商店里买来的纸画。

我舅舅就是如此聪明，前面我还说过他是一个木匠，他给姥姥村及周边其他村里的人们打家具，很多孩子都知道他除了打家具，还会雕刻很多小玩意儿，他去了那些村里之后，孩子们就跑去找他，他们对他提出各种各样高难度的要求——在他们眼里我舅舅是个无所不能的人。而基本上，我舅舅能够满足孩子们纯真的欲望，几乎所有孩子家里都存有我舅舅用木材下脚料雕刻的小玩意儿。

关于我舅舅怎么会如此聪明，村里的大人们似乎一直保持着一种不足以道的共识，他们讳莫如深的样子在我眼里是沆瀣一气的，诡秘的。一方面，他们消受着我舅舅的聪明给他们的生活带来的种种方便和改善，另一方面，他们对我舅舅的聪明抱有一种朦胧的，奇怪的抵制，可以这样形容这种奇怪的抵制：他们绝不嫉妒我舅舅的聪明，也从不拿他跟自己的儿子加以对照和比较。我认为他们甚至不希望他们的儿子也像我舅舅一样聪明，似乎，这种聪明不是一种荣耀，而是一种恰恰相反的东西。

为什么会这样？这是一个长期的谜。在一九七九年的鲍家泊村，似乎只有我心无旁骛地崇敬着我的舅舅，我想不出任何理由不崇敬他。后来的青春期里，我一直希望将来找到一个像我舅舅那么聪明和英俊的男人做男朋友和老公，而在当时的童年时代，我经常这样想：如果我舅舅愿意，将来我就嫁给他。尤其是当我舅舅跟小龙姑娘的恋爱结束之后，这个念头就更为强烈，有一次我很真诚地问我舅舅：你觉得我好不好？我舅舅说，当然好了。我说，那等我长大我嫁给你算了，反正小龙阿姨也嫁人了。

我舅舅就把我搂到怀里，说好啊，我谁也不娶了，就娶你，你可得快点长啊。

不难想象，在舅妈看上舅舅之前，我对这个许诺当了真，舅舅结婚那天我非常不高兴，我认为他背叛了我。但即便如此，我对舅舅的依恋也没有加以收敛，在内心里我迁怒于向我舅舅主动示好的舅妈，我认为她是一个不要脸的女人，只有不要脸的女人才让媒人上别人家去提亲。

事实证明，我舅舅的婚结得过于草率，舅妈恶劣的品行使我相信，之前她几乎是一个嫁不出去的姑娘。而由于一些我不明白的原因，姥爷和姥姥忽略了这一点。让自己心如死灰的儿子尽早成家，这个念头过于强烈，掩盖了其他所有明智的思考。好吃懒做使舅妈的生活无聊之极，这样一来，隔三差五地找点茬就成了她很热衷干的一件事情——我坚信她属于那种不找茬就活不下去的女人。她怀孕之后，这种癖好变本加厉起来，每天我都能听到她哇哇地吐着酸水，骂尽我舅舅的祖宗八代。她还咒骂肚子里的我舅舅的后代，似乎对那小东西天生有仇。她嫌我表弟（或表妹）害她脸上长斑，挺着肚子像个企鹅，以至于羞于出门见人。那段时间我舅妈的确变得很不好看，姥姥私下里跟姥爷说，八成怀的是个男孩。姥爷听了，脸色愈加阴郁了。自从舅妈怀孕，姥爷的脸色比以往更加难看了，这不符合常理——按理说他应该高兴得要命才对，舅妈的种种生理变化都说明，至少截至舅舅的下一代这一辈，姥爷的香火得以延续了。

我很好奇的一个事情是：舅妈允许舅舅跟她盖一床被子，是从什么时候开始的呢？很明显，如果他们两人不盖一床被子，那舅妈就不会怀孕。照此推断，他们夜里肯定盖了一床被子，还做了能生孩子的事情。但是，白天多数时候彼此仇视的他们，夜里是怎么说服对方，跟自己盖在一床被子里生孩子的呢？我很想通过墙上的小玻璃窗看个究竟，但是小窗被彻底封住了，从舅舅和舅妈那边封的，用的不是报纸或其他什么纸，而是颜料——舅舅画画用的颜料，黄色的，一丝不苟地涂满了那张小玻璃。如果他们用了纸，我还会觉得，有朝一日那纸必定会破损，但当时那黄黄的颜料让我很灰心。

那面涂满黄色颜料的小玻璃窗，加重了我的失落感，有时我甚至觉得我也失恋了。

四

从一九四二年冬天那个午后开始，到第二年春天，这两个多月里持续发生的一件事情，是草草一生都困惑难解的。她的母亲曲葵花对腰挂刺刀的人倍感恐惧，她生怕他们会把自己的孩子用刺刀挑起来，挑在空里玩，玩够了再插到树枝上。这个残忍的故事，是曲葵花听别人说的，距镇子三里的邻村一个孩子，让鬼子拿刺刀挑着玩死了，原因是这孩子的爹带了一帮子人到处打鬼子。

曲葵花由此很担心草草的爹，那男人性子太烈了，曲葵花担心他也会拉起一帮子人，跟鬼子们干起来。如果水道镇的鬼子们知道了草草的爹也在跟他们干，他们拿刺刀挑着草草玩一玩，就不是一件不可能的事情了。距曲葵花半夜回家又偷偷潜回，时间又过去了将近一个月，在这期间，鬼子们的行径越来越猖獗，打鬼子的势力也小股小股的逐渐风生水起，水道镇的炮楼是这一带鬼子的据点，他们在很多村子里安插了眼线，曲葵花听隔壁二花爹说，这些眼线都是中国人。总之，曲葵花很担惊受怕，她夜里开始频发噩梦，梦见她男人赵立达被一群鬼子追赶，眼见就要追上了，鬼子的刺刀距离赵立达后背只有半尺远了，曲葵花大叫一声，快跑！就把自己叫醒了。

曲葵花很害怕在梦里看到鬼子用刺刀刺中赵立达，所幸每次她都会及时醒来，曲葵花的娘曲王氏由此断定，自己的女婿赵立达没事。曲葵花知道，也许那是娘宽解自己的。无论如何，曲葵花决定尽快回一趟家，看看丈夫赵立达在干什么，是不是在干掉脑袋的事情。

就在曲葵花打算拣个黄昏时分骑着隔壁二花爹的小毛驴回家，但还没有动身的时候，那个在曲葵花一生当中意味深刻的午后就到来了。她的女儿草草在自己怀里朝外挣着，去够鬼子的刺刀，鬼子出人意料地朝草草张开胳膊，做了一个抱的动作，草草灵巧的小身子出溜一下，就像一条鱼一样从自己母亲的怀里滑脱了，她天真无邪地奔向鬼子的怀抱。

鬼子逗草草玩了有十分钟之久，这是一个备受折磨的时刻，曲葵花被心脏跳动的频率搞得有些气喘，她不再敢去夺草草，生怕惹怒了心情尚好的鬼子。十分钟过后，鬼子的离去看起来意犹未尽，他把草草放到地上，并且拍了拍草草嫩嫩的小脸蛋，鬼子的翻译官随后向曲葵花交代了这样一句话：太君非常喜欢这个小姑娘，从明天开始，每天都要把小姑娘送到炮楼里去，让太君高兴一下。

当晚曲葵花抱着草草跟自己的娘曲王氏四目相对，拿不定主意。最后曲葵花很理智地认为，她短期内是不可能带着草草离开水道镇了，如果鬼子看不到草草，一怒之下，可能会拿着刺刀来劈了自己的娘曲王氏，甚至他们也许会找到自己的村子，杀了他们一家三口。

曲葵花抱着无知无觉沉睡的草草，恍惚觉得草草正要离她远去。

第二天的午后，鬼子没有来，会说日语的中国翻译来抱走了草草，曲葵花绝望地拉住翻译的衣摆，说你一定要把草草给我送回来啊！翻译说，那要看太君的心情了，我也不敢给你保证。曲葵花说，你是中国人，不能帮鬼子祸害我家草草啊！翻译说，中国人也要活命吃饭啊，谁不怕刺刀啊！翻译说完，就抱着草草走了。草草开始还很高兴，离开曲葵花十步远的时候，发现曲葵花没有跟上来，就开始眼泪哗哗的了，翻译哄草草说，等会给你糖吃啊。其实翻译也不知道等会草草能不能有糖吃，甚至能不能活着命回家。他只知道太君脾气十分暴躁，动不动就拿刺刀捅人。

在曲葵花和她的母亲曲王氏四目相对长吁短叹的时候，两岁的草草在鬼子那里很新鲜地四处张望，她看到了跟自己外婆曲王氏家里很不一样的摆设，听到了她没有听到过的音乐。以往草草听的最多的是戏，她外婆曲王氏和她母亲曲葵花都会唱戏，以往她经常被爸爸赵立达抱着，站在一个土台子下面，看她的母亲曲葵花在台子上面唱戏，她觉得那时候自己的母亲真美。想到这里草草意识到，她已经很久没有听戏了，随着这些腰里挂着亮闪闪家伙的人的突然到来，她的外婆和她的母亲，还有其他很多人，都不唱戏了，他们脸上总是挂着一层忧伤惊慌恐惧的神色，就好像他们忽然忘记了唱戏这码事一样。草草很喜欢听戏，她想，没有戏可以听，那么，听这样的音乐也好啊，没有音乐的家和镇子都死气沉沉的，不好。

后来，草草听着音乐睡着了，她实在是太累了，等她醒来的时候，她听到鬼子在发火，叽里哇啦的，说一些她听不懂的话，随后草草看到一个衣服破得一缕一缕的大人被捆着推了进来，发火的鬼子又叽里哇啦说了一阵，忽然拿出亮闪闪的东西，朝那人劈头舞弄了一下，草草惊讶地看到，随着一股红血的冲天喷射，这个人咕咚一声倒在了地板上。

草草很惊讶地看了看那把亮闪闪的东西，现在她知道这东西的用途了，让人流血。染了血的那东西看起来有些可怖，草草害怕了，她哇的一声哭了起来。

最后，草草离开的时候，鬼子朝她口袋里塞了一些吃的东西，花生米及煮熟了的豆子。草草母亲曲葵花给草草缝的小饭兜很漂亮，一个桃形小口袋，口袋上面绣着小朋友三个字。鬼子朝桃形小口袋里塞完花生米和豆子后，又指着三个字叫草草：小朋友，小朋友。鬼子笑眯眯的，但是草草还是有些怕他，刚才他挥舞腰里挂着的那东西时，眼光非常吓人。不过，草草的注意力更多地集中在小口袋上，她想马上回家，把口袋里的东西展示给母亲和外婆看。

曲葵花和曲王氏从窗户里看到草草被翻译抱着走进院子，曲葵花的眼泪刷地流了下来，她跑出去抱过草草仔细检查了一遍，以确认她有没有被伤害。草草情绪还不错，伸手从口袋里抓出几粒豆子给自己的母亲看，并告诉她很好吃，她母亲曲葵花夺过那些东西扔到地上，草草很不解同时很委屈，她大声地哭泣起来，两手紧紧地捂着口袋，以表达对母亲粗暴扔掉那些豆子的抗议。草草的外婆也踮着小脚跑出来，她唤过家里那条瘦嶙嶙的小黑狗，看着它吃掉地上那些豆子，确认黑狗没有什么异样，之后两个大人才满腹狐疑地把草草抱到屋里。

之后的两个多月里，草草被抱到鬼子那里多达五十多次，鬼子已经会用很娴熟的语言称呼草草为小朋友。水道镇所有人都知道杀人如麻的山田小左几乎每天都要命人来抱曲王氏的外孙女草草，送她回来时，还在口袋里塞满好吃的东西，他们对此感到不解。

这个时候，水道镇以及周边村子里的抗日势力逐渐形成，曲葵花的男人赵立达，这个血气方刚的汉子果真拉起了一帮子人，开始打起了小鬼子，曲葵花住在娘家期间，她并不知道，她自己的村子已经成为后来极为著名的地雷村，赵立达带领青壮小伙子在村子地下埋藏了神出鬼没的地雷，那些铁西瓜让鬼子吃尽了苦头，他们在汉奸的协助下成立了扫雷组，但是赵立达总能想出反扫雷法。在曲葵花为草草和赵立达忧心忡忡的时候，赵立达跟其他民兵一起。在不断的实践中，先后制造和改进了“子母雷”、“水雷”、“梅花雷”等三十余种雷，使鬼子防不胜防。

赵立达沉浸在这项伟大的事业里，他并不知道自己的女儿赵草草几乎每天都会被抱到鬼子山田小左那里去。偶尔他会想起自己的女人曲葵花及女儿赵草草，每当想起她们的时候他就决定尽快去接回她们母女，现在他们村子里的男女老幼再也不用往大山里逃跑了，鬼子被他们的地雷搞得宁愿绕道而行。如果赵立达像他决定的那样，尽快接回草草母女，那么也许后来的悲剧就不会发生，但是他当时太专注于制造铁西瓜了，总是把接回草草母女这件事情一拖再拖，这样，就拖出了后来的一件大事。

五

舅舅跟小龙姑娘当年的抗争失之所以失败，缘于舅舅弄残了鳏夫老郑的一条腿，准确地说，舅舅用一把铁镐刺穿了老郑的右腿。那天我舅舅去小龙姑娘家里，小龙姑娘正在为自己的失贞而痛哭，我舅舅当场发誓他决不嫌弃她，如果她愿意，他马上就娶她过门。但是出乎意料的是，舅舅被小龙姑娘的父母骂出了门。本来我舅舅就打算腾出手来好好收拾一下鳏夫老郑，这下他不等腾出手了，而是直接回家从柴屋里拿了一把铁镐，拎着这把沉重的铁家伙，趁着星光，一路杀气腾腾地来到老郑家里。

老郑可能没有想到我舅舅会拿着那家伙来找自己算账，他听到房门被哐一声踢开，之后就看到我舅舅一步窜了进来，抡起那把铁镐就朝自己的脑袋刨过来，他往旁边一滚，我舅舅的铁镐就刨进了他的右腿里。我舅舅像刨一个树坑一样，在老郑大腿上刨出一个血呼呼的大洞，他觉得自己的手艺太差了，跟一个扬名立万的木匠身份很不相称，于是他深吸了一口气，竟然从老郑大腿里拔出那把铁镐，又举了起来，老郑还是在炕上打了个滚，使自己的脑袋躲开了那把致命的铁镐，他下意识地用已经有一个大洞的右腿承接了我舅舅的第二下打击。

这样，老郑的右腿整个废了，据我姥爷从医院里回来后对我姥姥的讲述，他当时就坐在跟手术室一墙之隔的外屋，很清晰地听着医生在锯老郑的右腿，一下一下的，锯到骨头的时候，有点像我舅舅锯木头的声音。最后，我姥爷听到当的一声，老郑的右腿被扔进地上的垃圾桶里，我姥爷说，垃圾桶是个红色的塑料桶，立在手术室门边，他看到老郑的右腿竖在垃圾桶里，骨茬白森森的。

事情不难理解了：如果我舅舅没把老郑的右腿弄残废，或许他跟小龙姑娘还有抗争的余地，这样一来就完蛋了。老郑堂而皇之地娶了小龙姑娘。其实，我舅舅宁愿为老郑那条腿伏法，也不愿看着小龙姑娘嫁给老郑，事情很俗套：小龙姑娘不愿意看着我舅舅为那么一条脏腿失去自由或其他东西，于是她宁愿失去自己的东西。

这就是舅舅沉溺于失恋痛苦中的原因了。小龙姑娘嫁给老郑之后几乎不出门，他们都猜测是老郑把小龙姑娘软禁起来了，目的是防止她跟我舅舅见面。可是我不这么看，我觉得是小龙姑娘自己不愿意出门的，她既然能决定嫁给老郑，还有什么不能做到的呢？我舅舅也同样如此，他从来没有表达过想去见小龙姑娘的愿望，在旁人看来，他连这样的念头可能都没产生过，我有时也觉得他没有见她的念头，他甚至绕着老郑的门口走路。但他想她却是真的。照这样看，我舅舅跟小龙姑娘心意相通地选择了互相不见。

我舅舅跟我舅妈关系紧张，一直持续到他们的孩子出世，并且丝毫没有因为这件大事的莅临而有所缓解。基本上，我舅舅成了一个外表麻木的人，对一切事情都不闻不问，包括我舅妈对全家人的仇视。无疑，他的漠视加剧了这种仇视，最后演变成我舅妈对我姥爷和姥姥的无端挑衅和谩骂。我记忆里，因为这些事情，姥爷家里发生过两次大规模的武斗，一次是我妈回娘家目睹这种情况后，忍无可忍，跟我舅妈站在灶屋的地中间对骂。当时由于关系紧张，姥爷把灶屋西边那间放杂物的房间腾出来，进行了一番修缮，让舅舅和舅妈搬了过去，这样，姥爷和姥姥就不用再每天数次看着舅妈从他们屋子里进进出出了，他们两家只有同时经过灶屋的时候能够遇到。即便这样，也没能避免这种关系恶化到武斗的地步：我妈跟我舅妈站在灶屋地上对骂不久就动了手，我舅妈怀里抱着我的小表弟，我妈心疼孩子，劈手夺过来，打算去抱给我姥姥，说，别吓着孩子！我舅妈劈手又夺过来，说，我的孩子关你屁事！

另外一次武斗发生在我姥爷去世之后。关于姥爷的去世，多数人倾向于这样一种说法：他是被我舅妈气死的。而我觉得他不单单生我舅妈的气，他更多的气愤似乎来自于我的舅舅。在他生前的一段时间里，我隐约觉得他对我舅舅已经有些仇恨了，他看他的目光很凛冽，有时候我感觉冷森森的。那段时间我姥爷就经常那样冷森森地看着我舅舅，那么看了一段时间，有天他突发脑梗阻，就那么死了。

我姥爷的去世，使我姥姥越发显得孤单弱小，有一天她实在为我舅舅的懦弱而气愤（在她看来我舅舅的冷漠是一种懦弱的表现），她打算好好教训一下我舅舅，结果是她在灶屋里追打我舅舅，我舅舅骂不还口打不还手，且听且退，两人一直追打到院子里。不久很多邻居挤进院子看起了热闹，我姥姥又气又急，脱下鞋子，高高举着，一副不打到舅舅绝不罢手的样子。结果当然是我姥姥追不到我舅舅，而且她被我舅舅放在院子里的木料绊倒了，那个时候我舅舅已经从人缝里挤出去了，只剩下我责无旁贷地去扶我姥姥，她当时已经差点背过气去了。

这两次武斗过后，可能我舅舅也对这个地方感到厌倦了，他决定到东北去。我舅妈起初收拾细软跟他一起走了，可是不知道什么原因，走到中途我舅妈改变了主意，一个人又回来了。我舅舅不理会她的变卦，还是义无反顾背井离乡，去了东北。

六

一九四三年的春天，赵草草在鬼子那里吃了很多好东西，相比于水道镇别的孩子来说，赵草草生长得非常健康，脸色红润，皮肤光洁。她的父亲赵立达总在夜深人静想起她的时候，发誓第二天就去接回她和她的母亲，但是第二天红彤彤的太阳一照，赵立达又忘记了这件事情。他跟村子里的其他制雷能手一起，白天黑夜地窝在一间民房里制造各式各样的地雷，再分工教给村民，他很忙，这件极有意义、将来把他载入抗战史册的事情，牵住了他的所有精力。

就在赵立达白天黑夜制造地雷的时候，他的女人曲葵花有一天走进了鬼子山田小左的住处，原因是草草在他那里一夜未归。曲葵花呼天抢地的，终于被获准进入她从来没有进入过的地方，她看见她的草草躺在榻榻米上香甜地安睡，没有被伤害的痕迹。

曲葵花觉得那个清晨异常静谧，似乎所有的人和事情都在安睡，只有山田小左似醒非醒的眼睛向她昭示着某种厄运的来临。

事情很简单，曲葵花终于没有躲开被奸污的命运。她的草草在她旁边香甜地安睡，某一刻她觉得草草似乎微微睁了一下眼睛，这个两岁的孩子什么都不懂，她看到自己的母亲和给她东西吃的男人就在她的身边，这让她觉得很高兴，她满足地微微笑了一下，就又睡了过去。曲葵花几乎是没有挣扎的，她看到鬼子的刺刀亮闪闪地挂在墙上，似乎一有什么风吹草动，它就能落下来，落到草草脖子上。

当然，曲葵花被奸污这件事情还不足以算是一件大事，真正的大事是这件事情留下了可怕的后患——曲葵花怀孕了。在那个静谧的清晨过后，曲葵花抱着草草回到曲王氏家里之后，就义无反顾地收拾东西，让隔壁二花爹赶着毛驴，把自己和草草送回了鲍家泊村。临走之前，曲葵花跪下来给曲王氏磕了个头，她觉得她很有可能再也见不到自己的母亲了。她的母亲曲王氏安慰她说，不会有事，你去吧。我也活够了。

一个多月过后，曲葵花意识到自己怀孕了，她开始做一件持续了很久的事情：她拼命去干她所能想象到的所有体力活，比如挑着水桶到村子东头的大井里提水，比如劈柴，刨地。在干完这些活的时候，曲葵花就在院子里一个人跳高，她拼命地跳到空中，再把自己重重地摔下来。她做这些事情的目的只有一个，把肚子里的孩子弄下来。但是相比起这些来说，命运过于强悍，曲葵花肚子里的孩子似乎长了手，牢牢地抓紧了她。曲葵花每天都被自己折磨得筋疲力尽。两个月后的某一天，曲葵花终于发现自己流了一些血，小腹痉挛似的疼痛了一会儿，她虚脱一样躺在炕上流下了幸福的眼泪。曲葵花觉得那一刻是她自有生命以来最幸福的一刻。

然而事情似乎有些不对，幸福只持续了很短的一段时间，经验告诉曲葵花，她的身体还没有恢复到正常状态中来，最有力的佐证就是曲葵花的例假迟迟不来，就像一直处在孕期当中一样。但是明明曲葵花的肚子一直没有鼓起来，并且里面毫无动静，根本不像有一个胎儿蜷在里面。这新来的烦恼再次笼罩了曲葵花，她惶然地度着日子，日子过着过着，就过到了夏天，又过到了秋天，假如曲葵花肚子里有个孩子，那就应该生产了，但是曲葵花的肚子依然平平的，没发生任何跟生产有关的事情。一切都没什么变化，包括她迟迟不来的例假。这个时候的曲葵花彻底松了一口气，她想，例假不来就不来吧，来了反倒麻烦。

在曲葵花一生所经历的事情当中，她觉得她继草草之后的第二次怀孕和生产是最难解的一个谜，这个谜超越她有限的生理知识而发生了。当然，这个谜放到现在，也应该算是一个超越医学知识的疑难病例。这是确实发生在上世纪四十年代鲍家泊村的一件事情，不含有任何虚构成分，这就决定了这个谜对曲葵花持续一生的困扰。事情是这样的：三年后的某一天夜里，曲葵花做了一个很典型的胎梦，她梦见自己站在一棵枣树下面，树上坠满红色绿色的大枣，树杈上蹲坐着一个小男孩，他笑着朝她伸出小手，手里抓着一个红彤彤的大枣。从这个梦里醒来，曲葵花突然感觉到了明显的胎动，同时她脑海里某根似乎一直匍匐在那里的弦蓦然拉紧，向她宣告了一个事实——两年前她肚子里的孩子并没有掉下来。曲葵花凭着莫名其妙的女人的直觉，确认了这样一件匪夷所思的事情。

事实证实了曲葵花的直觉，在这两年里，那个一度被曲葵花遗忘了的胎儿，其实并没有随着曲葵花那次的流血而掉下来，他依然牢牢地抓紧着曲葵花的身体，只是，由于无法解释的原因，他暂时停止了发育，在曲葵花的肚子里沉睡了两年。

这之后，曲葵花没有再做两年前那些疯狂的举动，她哀叹地认了命，她觉得这个小东西的存在是命定的，根本就是她无法左右的。

从感觉出胎动到生产，这个过程很正常，又过了八个月，曲葵花像所有正常女人一样，生下了草草的弟弟土土。名字是曲葵花取的，她觉得他的生命是卑微的。她的男人赵立达跟她一起经历了这个孩子的出世，他很豁达地接受了这个鬼子的后代，只是他发誓要亲手将山田小左送上西天。

这个时候的赵立达已经把地雷战发挥到了极致，他似乎对地雷有与生俱来的天赋，在这种天赋的引领下，他发明了让人惊叹的多种多样的地雷，并在此基础上发明了空中雷，鬼子穷尽想象也应付不了鲍家泊村的地雷。从一九四五年开始，赵立达专心研究在他生命中可以写下辉煌一笔的雷，这种雷一旦制成，将专门用来对付水道镇的炮楼，它将会把那个盘踞几年之久的炮楼在瞬息之间炸成废墟。

七

我舅舅一九七九年独身一人跑到东北，之后大致有七年或八年时间他毫无音信，没有任何消息从东北那里传回来，仿佛他这个人已经从这个世界上消失了。

与此同时，我跟我姥姥过了一年提心吊胆的日子，舅妈开始流露出她风流的本性：她同时跟村里几个男人相好，他们帮她种地，给她钱花，她每天都往脸上涂厚厚的脂粉。有个男人每天都把他家的驴拴在姥姥家门口，让它像主人一样时不时昂昂地叫唤。舅妈的娘家哥哥也时常来，姥姥背后称呼他们为红胡子，在她的理解里，红胡子就是土匪的意思。她认为舅妈的家教非常差劲，他们家所有孩子都缺乏良好的品性。我也非常害怕舅妈的娘家哥哥，他们一共有三人，每次都是呼啸着穿过村子，走进我姥姥家的院子。每当他们走进院子，我姥姥就迅速插上房门，我们在屋子里静静地坐着，听他们在另一个屋子里大声说着很粗野的话，然后喝酒，喧哗。

舅妈在灶屋里做饭，时不时拿着菜刀在缸沿上霍霍地磨，她每磨一下，姥姥都要把我抱紧一下，她的恐惧传染了我，那时我一直认为，如果我们弄出什么声响惹怒了舅妈，她很有可能就会伙同她的那些哥哥，冲进我们的屋子里来，把我跟姥姥用菜刀剁死。

这样的日子过了一年，在一个冬天的黄昏，我妈坐着一辆大汽车来了，我姥姥离开她生活了一辈子的家，跟我一起，被我妈接回了我们的家。

关于我舅舅，他在消失了七八年之久后的某一个冬天，忽然给我妈寄了一封信，信很简短，告诉我们他要回家过春节。我开始翻箱倒柜，寻找舅舅给我留下的小玩意。在我记忆里，我好像留下了他给我雕刻的一个不足巴掌大小的小算盘，这个小算盘雕刻得非常精致，我可以负责任地总结，这个小算盘是他此生最杰出的一个作品，如果放到今天，完全堪称艺术品。当年我是很想把这个小算盘送给小龙姑娘的，因为舅舅除了雕刻了那些活灵活现的算盘珠子之外，还在它的腹心精制了一个小抽屉匣子，我认为那个小抽屉匣子最适合盛放胭脂粉之类女孩子用的东西。我拿着小算盘在老郑家门口溜达了两天，也没有见到小龙姑娘，她像在老郑家里隐居了一样。之后我怏怏不乐地拿着小算盘回了我母亲的家，心里一直对它的去处耿耿于怀。

没想到的是，在我舅舅消失七八年后的那天，我竟然找不到这个小算盘了，我妈家里的柜子和抽屉太多，我的姐妹也太多（我有一个姐姐两个妹妹），我根本不记得把它放到了哪个抽屉里，也不敢断定是我的姐姐还是我的两个妹妹把它弄没了。为此我跟我的姐姐和两个妹妹闹了几天别扭，她们都矢口否认自己拿过那个小玩意儿。当时我已经读高一了，我的姐姐在县城里读师范学校，我的两个妹妹都在镇中学读书，我跟她们闹了大约一个月的冷战，直到春节来临。

自从放了寒假，我就对我舅舅的归来做着很多想象，花费时间最多的想象是：四十岁的舅舅将会变成什么样子（我大致算了一下，他应该是四十岁了）。在我想象里，一，他挣了一些钱，衣锦还乡；二，他混得很不好，穷困潦倒；三，他过得一般，勉强够得上温饱。如果是一，那他必定具有中年成功男人的魅力，成熟，稳重，对像我那般年龄的小女孩极具杀伤力。如果是二，那他很可能样貌猥琐，具有中年男人过早衰老的迹象（比如谢顶）。如果是三，这种情况下他的样子有可能偏一，也有可能偏二，不好估计。

舅舅按照信里承诺的时间回了家，据他自己所说，他是回家两天后才来我家的，至于他为什么回家两天了才赶来看他的母亲（也就是我的姥姥），他没有解释。我站在姥姥的房门口，看着一个我不太认识的男人坐在炕上，我姥姥和我妈也坐在炕上，这男人很显然正是我舅舅，我看见他的第一眼他是这个样子的：他盘腿坐着，后背冲着我站立的方向，极力躬下腰和脖子，把自己的头顶亮给我姥姥看，他说，妈，你看，我都谢顶了。之后他转了个方向，对我妈说，姐，你看，我都谢顶了。

很不幸，我想，我为舅舅设计的第二种情况应验了：他转过头来，我看到他果真谢了顶。除了谢顶，他还显出一种超乎我想象的老态，我真想放声大哭——我太绝望了，小的时候，我曾经那么想嫁给他！

跟别人家里有亲人远道归来的情形一样，我妈，我姥姥，我，我的姐姐和我的两个妹妹，全体坐在炕上，听我舅舅描述他的东北生活。根据他的描述，他在东北这些年的经历是这样的：刚去东北的时候他穷困潦倒，无以为生，像野人一样住在山洞里，曾经多次遭遇野狼的袭击。这些遭遇锻炼了他野外生活和狩猎的本事，过了几个月，他拿着用一些兽皮兽肉换来的钱，到附近村子里干起了杀猪的买卖。简单说，他成了一个屠夫，直到现在。

我们都沉浸在他的讲述里，没有人想起来问一下，他为什么不干木匠了。似乎大家都忘了他曾经是一名杰出的木匠。有关于他在东北的生活，其实我只用上面一段寥寥的话就给予了高度概括，而他当时在我姥姥房里的炕上坐着，讲了大致有三个多小时，直讲到黄昏来临。我妈起身到厨房做饭去了，我的姐姐和两个妹妹也开始觉得意兴阑珊，她们也离开我姥姥的房间，到别的地方玩去了，我姐姐当时很喜欢我们大姑姑家里的大表哥，她常常借口到同学家里去玩（她一个中学时很要好的同学住在我大姑姑家隔壁），骑着自行车到一公里外的姑姑村里去，实际上是去见我们的大表哥。我们的大表哥长得很帅，但是我觉得这太缺乏现实基础，首先是我们的大表哥不一定也喜欢我姐，其次他们属于近亲，没有可能。而那个时候的我已经比较理智了，我看着老态毕现的舅舅，清醒地认识到，童年时代我对他的迷恋，根本谈不上男女意义上的迷恋，只能说是一个小女孩对一个大人的依赖，或者说，从另一个角度来理解，童年时代的我缺乏父爱——从三岁开始我就住在姥姥家里，这导致我对父亲这个词语几乎没有什么概念——在我的潜意识里，舅舅代替了父亲的概念。

女人们都离开了，我的舅舅忽然挪到炕边，弯下腰把他的皮鞋（我不确定那是不是正宗的皮鞋）拿了起来，他抽出鞋垫，从鞋洞里拿出几张钱，对我姥姥说，妈，我只能给你这么多，所有的钱都让她搜去了，只剩下藏在鞋子里的这三百块。很显然，他的钱都让舅妈搜去了，除了舅妈，谁也不知道他这次回来带了多少钱。按照我妈的猜测，他杀了这么多年的猪，应该积攒了一笔数目不小的钱。

我描述了我舅舅从鞋洞里拿钱这个细节，是想进一步说明我舅舅的落魄——无论如何，即便我不知道他到底是不是因为杀猪挣了一笔钱，至少他给我的所有感觉都是落魄的。在这个基础上，我很想知道我舅舅是不是还想着小龙姑娘，而我舅舅对小龙姑娘只字不提，我想，时间已经过去了这么久，自从他们各自结婚，我舅舅就对小龙姑娘只字不提，所以我不太方便直截了当地把这个人从记忆里提出来。我忽然很强烈地想知道小龙姑娘的近况，于是第二天我自告奋勇陪舅舅回家。

关于我是否能够顺利见到小龙姑娘，这个担心事实证明是多余的，鳏夫老郑已经在几年前去世，这个小手工业包工头死前给小龙姑娘留下了一笔钱，这使她可以衣食无忧地过着独居生活。即使老郑死了，小龙姑娘还是深居简出，这验证了我当初的推断：小龙姑娘是自己愿意待在家里的，也许并非老郑软禁了她。

我舅舅当然是没去看小龙姑娘的，我一个人去了。小龙姑娘也已经老了，对此，自从看到我舅舅，我就早已做好了思想准备。去看小龙姑娘给了我一个意想不到的收获，她告诉我一个秘密：当年老郑是在小龙姑娘父母授意下，把她给奸污了的。这个秘密是老郑临死前透露给小龙姑娘的，他死前回顾了自己的一生，觉得用一条腿为代价，享受了一回奸污小龙的快感，直至讨了她做老婆，这太不划算了。他认为是小龙姑娘的父母唆使他做了这件不划算的事情。我对此事感觉蹊跷极了，从事情表象上来分析，事情应该是这样的：小龙姑娘的父母当初极力反对自己的女儿跟我舅舅相好，因此他们迫切希望她尽快嫁给别的男人，当时老郑对小龙姑娘垂涎已久，并且他手里有几个小钱，小龙姑娘的父母认为他完全可以取代我舅舅，成为他们的女婿。在苦于小龙姑娘非我舅舅不嫁的情况下，他们授意老郑奸污了小龙姑娘。

这个推理应该说是合情的，我感到蹊跷的是这件事情深处的谜：为什么小龙姑娘的父母不惜采取如此极端的方式，来干扰两个年轻人的幸福结合？

当晚我睡在舅舅家里苦思冥想。我的舅妈不停地推门进来向我献媚，一会儿问我是否有什么需要，一会儿打开箱子把她准备过春节的衣服拿给我看，那些衣服无一例外地俗气无比。我的思路几次被打乱，使得我一夜没有睡着。快天亮的时候，我觉得我应该回家问问我的姥姥，除了她有可能向我提供某些线索，估计其他人知情的可能性极小(小龙姑娘的父母均已去世)。

八

爆炸大王赵立达在一九四五年冬天制成了一种名叫炮击雷的地雷，经过几次试验，赵立达确信它能够将水道镇的炮楼一锅端上天。在一个没有月亮的夜里，赵立达率领爆炸队，夜入水道镇，在炮楼周围埋下炮击雷。

当天夜里，水道镇及周围村里的群众都被轰鸣的巨响惊醒，盘踞在水道镇几年之久的炮楼果真在瞬息之间化为一堆废墟。紧跟其后的民兵组分散袭击了镇上散住在村民家中的鬼子，山田小左没有幸免于难。那一夜，水道镇上空响了一夜密集的枪声，凌晨时分，一切都安静了下来。

一夜之间名声大振的赵立达受军区委派，扛起了一面远征爆炸队的大旗，开始到周边一带向部队战士及当地民兵传授制雷和埋雷技术，这个时候的曲葵花正在为自己的儿子土土烦恼，这个孩子快两岁了，却不会走路，他始终躺着坐着，或者被大人抱着，一点都没有学走的意思。曲葵花担心他的腿有先天残疾，找了附近村里好几个看病先生来看，都说没什么毛病。

曲葵花在烦恼中迎来了一九四六年的夏天，这年夏天雨水丰沛，鲍家泊村东面的河滩终日流淌着清亮的河水，在一个毫无预兆的傍晚，曲葵花看见自己的儿子土土忽然一个人站了起来，在那之前，这个孩子躺在炕上看着窗外出神。窗外天气低沉，又要下雨了，曲葵花正打算到院子里收拾白天晾晒的衣物，却看到土土忽然坐了起来，之后站了起来，动作娴熟伶俐，仿佛他这样躺着坐着然后站起来已经无数次一样。

曲葵花顾不得到院子里收拾衣物，她惊喜地奔到炕边，这个时候土土已经四平八稳地朝她走了过来。

土土从小就是这样一个与众不同的孩子，他在娘胎里曾经停止发育长达两年，生出来之后又长达两年半不会走路，然而，这些都没有阻碍他以惊人的速度成长，包括生理和头脑。在他忽然会走路的第二天，鲍家泊村很多人都惊讶地看到这个孩子一个人在街上健步如飞，左手提着一个小水桶，右手拿着一个小铲子，似乎转眼之间，他就走出了村子，有两个好事的大妈远远地跟着土土，看见他拎着那两样家什，一路走到了村东头的大河边，放下小水桶，开始拿小铲子铲起了沙土。他像其他孩子一样，专注地跟沙土和水玩着，一直玩了一天，中午，他的母亲曲葵花来喊他回家吃饭，他像没有听到一样。

自此，土土以他聪明的头脑，在大人们惊讶的目光中成长起来，他的成长伴随着鲍家泊村人们关于他身世的猜测和想象，他们看他的目光极具复杂况味。

九

春节过后，我舅舅打算返回东北。我舅妈依然不打算跟他到东北去，当然，我舅舅也不肯带她去。据他临行前对我妈所说，在东北他有一个相好的女人。我妈对此忧心忡忡，她认为他这么干不对，如果他的确想跟那个女人在一起过日子，那么他就应该跟我舅妈离婚，然后跟人家结婚。反正我舅妈也有多个相好的男人，她满可以从那些男人里随便找一个适合结婚的。

而我的意思是，我舅舅应该跟我舅妈离婚，然后跟小龙姑娘相好。即便他一心一意想返回东北，那他也应该带小龙姑娘同去，然后，跟东北的相好一刀两断。我认为我舅舅在内心里其实一刻也没有忘记过小龙姑娘，他越是不表达这个意思，就越说明了这个问题。

但是我舅舅一意孤行，他既不打算跟我舅妈离婚，也不打算带走小龙姑娘。他一个人返回了东北，像回来时一样。

在即将开学的时候，我终于向姥姥表达了心里的疑问，我姥姥用了一个晚上的时间，给我讲了一个故事，故事的时代背景是一九四二年的冬天。我姥姥在讲故事的时候，隐去了男女主角的名字，但我还是在故事开头就猜到，姥姥讲的是自己，也就是说，故事里被山田小左奸污的女人就是我姥姥本人曲葵花，她生下的那个怀胎长达两年之久的孩子，就是我的舅舅赵土。

我可怜的舅舅赵土，从在娘胎里就是一个异类，我姥姥曾经想尽千方百计阻挠他跟这个世界的接触，但是我舅舅顽强对抗着我姥姥的努力，他终于以胜利降临这个世界向我姥姥宣告了生命的不容剥夺性。然而他来到这个世界后的情形又是怎样的呢？我姥姥的故事充分让我感觉到：我舅舅的前半生是耻辱的半生。实际上，小龙姑娘的父母把我舅舅骂出家门之前，除了骂他是癞蛤蟆想吃天鹅肉，让他撒泡尿照照自己外，还说了一些别的话，这些话我舅舅当时听了感到很震惊，他回来从我姥姥那里求证那些话的真伪，我姥姥沉默了很长时间，最后给了我舅舅一个肯定的答案。我舅舅自此终于明白，为什么从小他就感觉到村里很多人对他投来一些讳莫如深的目光，那些目光原来包含着对他身世的嘲笑和抵触。耻辱自此深深弥漫了我舅舅的灵魂。

可以肯定地认为，我舅舅此后的沉默寡言，对世事的不闻不问，包括后来的闯关东，都代表了他躲避这个世界的一种态度。甚至他躲避小龙姑娘——如果不这样认为，就无法解释他为什么不带已经死了丈夫的小龙姑娘走，或者留下来跟她生活在一起。

当然，以我现在的人生观和世界观看这件事情，我认为我舅舅完全不必如此，他的身世这么不堪不是他的错误，他完全可以昂着头颅生活，跟所有人一样。但是我姥姥不这么认为，她的论据是，我没有在那个时代生活过，因此无法感同身受。我姥姥向我描述他们躲避鬼子扫荡时是如何奔逃的：我姥爷赵立达制造地雷给了鬼子一些打击之初，鬼子大规模疯狂袭击鲍家泊村，赵立达他们的地雷阵还不够完善，村民们不得不向东边的大山里转移。我姥姥背着我妈赵草草，肚子里揣着我舅舅赵土，等她跑出来时，枪声已响成一片，我姥爷赵立达带着民兵不知道在哪个地方跟鬼子干着，其他村民都跑远了，我姥姥拼命朝着大山奔逃，跑着跑着，她听到脚底下有人叫她，低头一看，看到一口枯井。这个时候我姥姥身后的枪声越来越密集，她感到我妈赵草草是那么重，压得她一步都跑不动了，于是她闭着眼睛跳下枯井。枯井里已经挤满了体力不支的老弱病残，我姥姥顺着井壁朝下出溜，最后顺利出溜到井底，不知道踩着了谁的肩膀。井下已经没有她的立足之地了，于是她只好歉意地踩着人家的肩膀，大气也不敢出一口，直等到枪声稀疏最后消失，才被我姥爷他们解救出去。

除了讲述他们在那个年代是如何疲于奔逃，我姥姥还向我描述他们的饥饿。总之，我姥姥尽可能详尽地描述那个年代，以期唤起我的感同身受，从而理解我舅舅为什么深受身世之累。

我不再希望我舅舅能够跟小龙姑娘共同生活了，这个美好愿望，相对于强悍的时代和命运来说，轻微得像一粒尘土。我觉得我舅舅这样做是对的，他没必要离婚，也没必要独身一人。找个相好的女人，在异乡不好不坏地生活，这是最好的选择了。我甚至还觉得我舅舅不再干木匠也是对的，总之他完全应该过一种跟过去完全诀别的生活。这样一来，在我想象里，我舅舅的东北生活是很美满的：以他的聪明，他的杀猪手艺肯定炉火纯青，这使得他根本不愁生计，并且他每天都有猪肉可以吃。

我感到惋惜的一点是，如果我舅舅生活在现在，他完全可以成为一名艺术家。比如画家，雕塑家，甚至诗人小说家也不是没有可能。

我舅舅此后再次没有了音信。我的姐姐和两个妹妹因为跟舅舅接触较少，脑海里根本没有多少他的印象，在她们那里他是一个若有若无的人，剩下的其他人，我姥姥，我爸，我妈，我，这几个对我舅舅身世比较知情的人，都对这个人的存在保持着心照不宣的回避，主要指语言上的回避，至于对他的想念，那是肯定的。我们都这样想：让他终老在异乡吧。

我读大学二年级的一年秋天，我妈在电话里告诉我说，我姥姥可能不行了。我请了假从天津坐车回家，看到我姥姥躺在地上，她总说热，热得不行，身上滚烫，只有躺在地上，才会觉得好受一点。按照习俗，我妈把她放在一扇门板上。

其实我姥姥除了有一点轻微的气管炎之外，身体很好。据说她的发病非常突然，她做了个梦，梦见我舅舅小时候的样子了。他在我姥姥梦里张着小手，一边哭一边倒退着走，渐行渐远，越变越小，最后消失不见了。舅舅在梦里哭得很伤心，使我姥姥也很伤心地从梦里哭醒，醒了之后她就不行了。当时我姥姥七十八岁，医生的结论是，我姥姥不久之后的离世是自然衰竭的结果。

我姥姥始终坚持着不肯闭眼，而在那之前的很多年里，我姥姥似乎每时每刻都在盼望着死亡的来临，她认为她这么长久地住在女婿家里是不对的。我妈对我爸说，她是在想赵土了。

于是我爸马上买了车票，登上了去东北的火车。我爸拿着我舅舅几年前写给家里的那封信，经过一天两夜的奔波，按照信封上地址，找到了我舅舅靠杀猪生活着的村子，他们告诉我爸一个意外的消息：我舅舅一天前刚刚去世。于是我爸又连夜返回。我姥姥大致的去世时间，是在我爸朝东北赶，大致赶到济南的时候。根据我妈迷信的说法是：我姥姥因为那个梦预见到了我舅舅的死亡，于是她自己也迅速衰竭了，但是她硬撑着，希望我舅舅能在她闭眼之前让她看上一眼。等我爸刚赶到济南，我舅舅就去世了，我姥姥弥留之际是有天眼的，她看到了我舅舅的死亡，知道等不到我舅舅回来了，于是才闭了眼。

农村里的人总是喜欢赋予死亡一些神秘色彩，我是无神论者，不相信什么天眼之说，我认为我妈和我爸关于我姥姥死亡时间的说法并没有什么道理，只不过是一种巧合而已。

最后有必要说一说我舅舅的死亡。在我舅舅靠杀猪为生的那个村庄两公里之外有一座大山，以往这座大山跟其他大山在人们眼里没有什么区别，后来，随着一个地质勘测队的到来，人们惊讶地获悉，这座山除了生长着蘑菇木耳等菌类及各种大树之外，在深达几千米的地下还埋藏着大量能提炼出黄金的矿石。地质队就近住在我舅舅的村子里，每天早晨我舅舅都能听到几个年轻小伙子放着音乐刷牙和洗脸（他们正好住在我舅舅家对面几间闲房里），他很喜欢他们扭着屁股刷牙和洗脸的样子。洗漱完后他们吃完简单的早饭，就拿着仪器和工具出工，中午或晚上，我舅舅又能听到他们放着音乐做饭，他很羡慕他们喧嚣着喝酒吃饭的气氛。

我舅舅以杀猪为生，地质队的小伙子们当然要时常光顾他的肉摊子，我舅舅很慷慨地时不时白送他们一些大腿骨之类的东西，他们相处得非常融洽。某一天我舅舅忽然意外地听到有人在说日本话，地质队里一个平时不太爱说话的白净小伙子，拿着手机站在墙根下，叽里哇啦说了一大通，我舅舅忽然明白原来这是一个日本人。事实上，这的确是一个学地质的日本留学生，如果他知道我舅舅内心里纠缠了大半生的身世情结，那他一定不会选择在那个秋天的傍晚去光顾我舅舅的肉摊子。当时谁也不清楚发生了什么事情，总之地质队里其他小伙子忽然听到他们的同伴跟我舅舅起了争执，他们没太在意，我舅舅这个人在他们眼里是很和善的，与世无争的一个老实人。

总之他们争执起来，还没等地质队里其他小伙子跑过来，他们就动起了刀子，是我舅舅先操起杀猪刀意欲行凶，但是不知道怎么搞的，那把杀猪刀最后插进了我舅舅的胸口，日本留学生也受了伤，一根手指头差点掉下来，送到医院紧急接了上去。他也说不清当时的具体情况，只说当时很乱，他完全不记得了，只记得我舅舅拿刀捅他，他手忙脚乱地自我防护了几下。

我认为，实际情况也许根本与日本留学生无关，而与我舅舅蓄意已久的找茬有关。我觉得，他可能自从知道这是一个日本人之后，就一直在找茬跟他干上一仗。由于蓄意已久，一朝爆发的快感使我舅舅完全失去了自控能力。

这就是我舅舅赵土的一生。

蹲守

一

鱼小丁

这个世界上我最想杀死的一个女人，名叫于香香。由于迫不得已的原因，我必须是她女儿，她必须是我妈，但这一点都不妨碍我想杀死她。

早晨我搬开沙发寻找一把木头梳子，于香香穿着一双木屐，呱嗒呱嗒敲打着地板极其不满地向我走来，两只胳膊交叉抱着说你找金子啊？我向着沙发下面的地板极目搜索，除了灰尘，和一枚旷日持久的硬币，什么都没有。我拾起硬币，坐在沙发上发呆，于香香觉得没趣因此打算回去了，她扭动着疲沓的臀部，打了一个很放肆的呵欠，嘴里冒出陈腐的气味。我朝着她的背部说，我要杀了你。

于香香停住了。

这是一个冬天的早晨，这个冬天很冷，总有寒流从海上来临，昨天晚上我梦见一堆温暖的火焰，一个名叫鱼江洋的男人在给我梳头，由于他在三十岁那年就已死去，因此在梦里我察觉不到他的衰老。我的头发在他手里闪着乌亮的光泽，他给我打了一个蝴蝶结之后就消失不见了，我四处张望，发现他刚才坐过的沙发空荡荡的，只有一朵向日葵在他靠过的沙发背上盛放着，没有了火。

如果找不到那把梳子，我就杀了你，我恶狠狠地对回过头来的于香香说。于香香大张着嘴，眼角堆着两粒眼屎，很具防范性地后退一步，木屐呱嗒呱嗒的，听了让我心烦。我说，你为什么就不能穿一双软底的拖鞋呢，你非要时刻提醒我，你是存在的，活得好好的，对不对？

于香香悄悄摸着墙边一个立式花瓶，很警惕地说你倒想杀死我？你的命都是我给的，应该是我随时可以杀死你才对。

我从沙发上站起来，义无反顾地走到她身边，说我来了，你杀死我啊。于香香不动。我拿头去撞那个美丽的青花瓷瓶，瓷瓶上的古代书生很冷漠地看着我的游戏，我用额头一下一下撞击他红润的嘴。

于香香歇斯底里地拽我的睡衣，我听到扣子噼里啪啦落地的声音，像珠子落到玉盘里，非常动听，她用脚厌恶地踢走那些扣子，说还是你杀了我吧你杀了我吧。

我敞着胸心满意足地离开她，回到我的房间，边走边说，我要挑个黄道吉日。

这就是我跟于香香之间的关系，这个大我十八岁的女人除了屁股有些疲沓外风韵犹存，而我已经三十岁了。在我三十岁的这一年，我特别想杀死于香香，因为我的父亲鱼江洋是在三十岁那年死的。他拎着一把菜刀，站在毛巾厂家属院里，抬头看了看灰蒙蒙的天，天上当时正飘着雪，鱼江洋抬头看了一会儿雪，又低头看了看手里的菜刀，菜刀很锋利，闪着亮光，他似乎有些害怕，咣当一声，我听到菜刀掉在坚硬的地面上，然而他迅速蹲下身子拾起它，仿佛怕人抢去似的，很慌乱地朝脖子上剁了一下。

我的父亲鱼江洋朝脖子上剁的时候，于香香还没穿好衣服，加上厂长在她的床上，她不便马上冲出来。有个小伙子不知道，跑进去找于香香，厂长说，门也不敲，出去出去！

今天我让于香香害怕了。我知道她害怕死，她还没活够，她不像我那么盼着死亡，她刚刚认识了一个日本人，开始了她此生第一次跨国之恋，这跟以往任何一次都有本质的区别。我没有听到那男人的声响，冲于香香很具防范性地抓紧青花瓷瓶的样子来看，那男人不在她的房间，当时她没有任何帮手。其实她根本抓不起那个巨大的青花瓷瓶，它比我还要高，瓶身上不知道被谁画上了一对古代男女，他们跟我的个子不相上下。

我感到了快乐。

于香香

藤井不知道跑哪去了。

从这个小日本在朱雀街的阳光底下走过，我的心别地跳动了一下，就再也没有平静过。

那个午后他从朱雀街的阳光底下走到了我的美发厅门口，目不斜视。我向兰兰使个眼色，兰兰扭着腚推开玻璃门走出去，说这位大哥，街上多冷，进屋暖暖吧，屋里有火炉。他就走了进来。

这个世界上有不吃腥的猫吗？我没见过。我的美发厅里总是坐着两三个散发着腥味的姑娘，即使是在冬天，她们也穿着刚刚盖过大腿根的短皮裙，我给她们生了足够温暖的火炉，她们不冷，相反她们身上总是觉得热，需要时不时地温暖一下从寒冷大街上走进来的人。

我，于香香，今年四十八岁。我的身上已经没有多少腥味了，男人们走进店里，眼梢都不瞟我一下。有时候我很伤感，于是我只能坐到吧台后面数钱。我把身上散发着腥味的姑娘们交给我的钱一遍一遍数来数去，然后在下午四点钟前，穿过朱雀街，到对面的建设银行存上。建设银行的收银员不在乎我的钱有没有腥味，她们知道钱的流通性有多么厉害，比台风流通得要快。

在我假装低头数钱的时候，我听到一个声音说，我就在火炉旁边坐坐，不干别的。我的店是允许客人只在火炉旁边坐坐的，我崇尚人性化服务，客人不情愿进里屋去，我是绝不强求的。我数了三遍钱，感觉到火炉旁边的男人开始看我了，他不看另外两位露出大腿根的姑娘，却看起了我，四十八岁的于香香。两位露着大腿根的姑娘很兴奋，可见她们完全了解平日里我的落寞。

这个名叫藤井的日本男人第二天就住进了我的家里。在我的床上他用熟练的汉语说，知道吗，你太像我死去的太太了。

这绝不应该是一个蹩脚的求爱故事。因为我早已经不相信诸如此类的东西，因此我相信了他。他喊我香香，半个月来从没失口喊错过，我很满足。

这个时候我们国家正在自发地形成一种可贵品质，抵制日货。跟我住在一起的我的女儿鱼小于说，你应该把藤井像扔日货一样扔出这个家。我说藤井不是日货，他怎么能是日货呢，他是个人。鱼小于说，他就是个日货，还会吃喝拉撒睡的日货。

我不能跟鱼小于在这个问题上争论，在她的眼里我不能有男人，我只能给鱼江洋那个死鬼守寡。那个死鬼，没有我于香香，他能在毛巾厂食堂轻轻松松地蒸馒头吗？他蒸上馒头以后就忘了他曾经挑过毛巾厂公共厕所里的粪便了，毛巾厂共有一百一十三号干部职工，他由一名给一百一十三号干部职工挑粪便的工人，变成给一百一十三号干部职工蒸馒头的大师傅，这种巨变是说句话就能成的么？毛巾厂有多少大姑娘小媳妇眼巴巴地想让厂长睡上一觉，也给自己男人换个好工作，可是厂长看她们一眼了没有？这个死鬼，他不好好待在厨房里蒸馒头，却拿着一把菜刀跑回家里来，他怎么能用厂里的菜刀剁自己呢，那是切馒头用的菜刀啊，他剁了自己以后，再没人敢用那把菜刀切馒头了。

我不止一次地把这道理讲给鱼小于，希望跟她达成一种共识，但我无法说服鱼小于，她倔得像块石头。有一次我给她说实话，我说那时我其实真的挺爱厂长的，他很能干，厂里很多大姑娘小媳妇都暗地里爱着他。鱼小于嗤地从鼻子里笑了一声，说妓女爱上嫖客？真新鲜。我辩解，我说我真的挺爱厂长的，女人都喜欢有成就的男人。鱼江洋跟厂长放在一起，根本没有可比性。鱼小于说，他哪里不如厂长好？我说，鱼江洋当上厨房大师傅后就不知道自己姓鱼了，他把勺子在菜盆里挖得咔咔响，瞅哪个姑娘朝他笑，就捞稠的挖给她。还有，他不敢剁厂长，也不敢剁我，没办法，就只有剁自己了。你说，你爸爸，鱼江洋，这样一个没出息的男人，值得我爱吗？鱼小于说，你说到天上去，也是你杀了我爸爸，刀在他手里，但是你剁的他。你没有受惩罚，那是法律对你这样的人还没想出办法来。

关于活和死，这是两个在我生活里频繁出现的汉字，尤其是从今天早上开始，我意识到了危险的来临，鱼小于看我的眼神恶意深重。她要找一把梳子，说是鱼江洋在梦里用那把梳子给她梳过头。又是那个死鬼，他阴魂不散。天阴了，要下雪了，我忧心忡忡地坐在玻璃门里，看着外面灰蒙蒙的大街，这时一个陌生男人竖着棉衣领子，快步朝我的美发厅走来。

罗宾

这个城市很冷，我从南方一个名叫深圳的城市一路赶到这里。深圳很温暖，我离开那里的时候，我的女朋友小耳的阳台上还盛开着花朵。

小耳问我说，罗宾，你又要到哪里去?

我说，小耳，你真美好，像花朵。

小耳叹了一口气。

这条街名叫朱雀街，在我来到这里的第三天，就明白了这条街之于这个城市的意义，它正在被开发，百废待兴。在它待兴的日子里，很多新生和旧生的事物同时存在，我在街上走着的时候看到不少美发厅，白天它们平淡无奇，晚上则不约而同亮起粉色灯光，而不论白天还是晚上，每个玻璃门里都晃坐着几位操皮肉生意的，面目相像的姑娘。

我走进这间名叫香香美发厅的玻璃门，接受一个名叫兰兰的姑娘给我洗头。她在我头上揉出很多泡沫，手指在泡沫掩护下时轻时重，很具诱惑力地抚摸我的头皮，边摸边说，大哥是外地人吧，出门在外孤单吧，我说还行吧，她说要不要我陪你玩玩啊，我说我刚玩完，下次行吧姑娘，她说好啊以后你就是我们老顾客了，我会给你打折的。

这个时候我注意到情绪有些低落的老板娘在给谁打一个电话，她说你在哪儿啊，几点回来，好我等着你。

她在给谁打电话呢，那个我观察了好几天的日本人吗？我注意到兰兰在镜子里露出暧昧的笑。她已经结束了对我头皮的挑逗，拍拍我的肩说，来，洗头。我跟着她来到水池边，躺下来，她开始用温热的水给我冲洗，不时摸一下我的耳垂，手法老道，我想起我美好的女朋友小耳来了。

下午我刚刚跟我的女朋友小耳通了电话，我说这是我的新号码，当你感到长夜漫漫寂寞无聊时，可以打这个号码找我。小耳说这是哪里啊？我说你真是个美好的姑娘。小耳说我能查到。片刻之后她再次打来电话，说你在烟台，跑那么远，干吗呢？我说小耳……小耳马上说，你真是个美好的姑娘。我说对对，你就是个美好的姑娘。每当小耳的问题涉及到我的隐私，我只能拿赞美的话搪塞她。

我装上新电话以后，还试了试其他设备，主要是一架高倍望远镜，它性能良好，能轻而易举忽略百十来米的空气，让我看到我想看到的两个房间。这两个房间都朝阳，一间挂着粉色窗帘另一间挂着深蓝色窗帘，整个下午两个房间都处于虚席状态，我对帮我送仪器来的派出所民警小王交代了一番保密事项，说没什么事不要来找我，有事我联系你们，就锁上门离开。下楼的时候我注意了一下这栋楼的居住动态，六楼目前只住了我一家，我的对门还没有卖出去，五楼没住人，四楼住了一户，三楼一户，二楼没住人，一楼一户。我对这个格局很满意，这非常便于我隐藏。

我隐藏到这里来，主要是为了找人，找一个我十年都没有找到的人。十年来每当想到这个人我就心口发堵。我在电话里最后对小耳说的一句话是，姑娘，这次如果我顺利凯旋，第一件事就是把你娶到怀里搂起来。小耳说，好啊，我等着。

我为我的许诺踌躇满志，因为我感觉这次是真的了，我嗅到了异物遥远而又熟悉的气味，在过去了的十年里我盯过一百零六个男人，他们都没给我这么浓郁的气味。

鱼小于

这个世界上我最想杀死的一个男人，名叫张野。在他的家里，我一直下意识地寻找刀具，我甚至以烧水为名，去了他的厨房，但我只找到一把生锈的菜刀，他们家很少做饭。

一周之前，我在天园书城里看到张野的时候，他正在翻看一本书，他皱着眉头，依次翻了翻封二，封三，封四，又退回封二看了看我的照片，然后拿着它朝收款台走。我想，又有一个人买我的书了。我总是替出版社担忧，生怕他们把给我印的书都砸在仓库里。但是，这么巧，是张野买走了我的一本书。我跟上去，他已经走到一辆白色的丰田佳美旁边，丰田佳美很漂亮，我做梦都想有这么一辆雪白色的丰田佳美。他钻进去，发动丰田佳美。机不可失，失不再来，我跨到他的车前边，朝着远处东张西望，他在车里摁响了喇叭，我把脸趴到他的车前玻璃上，说你号丧啊?

两分钟以后我们已经站在大街上说话，他拿着刚买的书，翻在封二上，说你人比照片漂亮，我说我小时候才漂亮呢，十五岁的时候就有男孩子追，他说可惜那时候我不认识你。

这个混蛋，他果真不认识我了，这是多么不对等，凭什么过了十五年之后我还认识他，他却不认识我了。他在黑乎乎的文化宫小树林里把我做了之后，就不认识我了，而我没有一天不在温习他这张脸。

在街上我答应了张野，给一个名叫张匆匆的女孩子辅导作文。奇迹是什么呢，就是你用十五年时间去找一个人，却在你差不多失望了的时候，用一分钟时间让你遇到了。我的杀机重新燃烧了，它噼里啪啦的，毕毕剥剥的，烧得欢快烧得兴奋，像急于做爱的器官，以至于早晨我有些按捺不住，差点先杀了那个名叫于香香的女人。

见张匆匆是我的失误，如果你见了这样一个如花似玉的十三岁的少女，你还会狠下心来，打算去杀她的父亲吗？这个女孩子，她看到我的第一眼就喜欢上了我，她给我弹琴，给我唱歌，用小手绢折小老鼠吓唬我。可我还中途拐进她家厨房，去寻找可以拿来一用的菜刀。我根本没有心思辅导她写作文，据我所知写作文像写小说一样是种天赋，世界上有那么一位大作家是经人辅导出来的吗？她愚蠢的父亲张野大概就是这么想的，他想让他的女儿经一名作家辅导，将来也成为一名作家，我恐怕要让他失望，但那是以后的事情。

第一天我在张野家的时间就是这样打发掉的，下午六点他准时回到家里，按照我的工作时间，数了一百六十块钱给我，我把其中一张放到台灯底下照，冬天的白天太短，六点钟天已经黑了。张野见我把他给我的钱放到台灯底下照，就说我的钱没有假的，全是真的。我说我不相信这个世界上还有真的东西，我十五岁的时候被人哄骗到小树林里，人家对我说人家喜欢我，爱我，到头来还不是假的，我却信了。张野说，这跟钱有什么关系呢，两码事。

我说好好，两码事，但你不能说服我不去照你的钱。于是我挨张照他给我的钱，照完之后他邀请我留下来吃饭，我说你厨房里连把锋利点的菜刀都没有，杀人都找不到工具，他说这家里又没人想杀人。他说我带你们两人到外面去吃。

我还不想这么早就跟这个负心人坐在一起吃饭，于是我说我得回家，我们还有的是时间。他说对对，张匆匆要过了春节才能开学呢，要不我开车送你回家吧。

我很想坐那辆雪白的丰田佳美，它太诱惑我。我坐着这辆雪白色的丰田佳美进入我住的小区，进入小区之后我发现了一个陌生人，他竖着棉衣领子，快步走在阴沉沉的院子里。这个小区不停地在住进一些面孔陌生的人，地球人都在跟飙升的房价较劲，这也包括于香香。其实她迟早是要死的，她还买新房做什么呢，还把它装修得富丽堂皇，像个豪华陵墓的前身。

从丰田佳美上下来后，我跟这个竖着棉衣领子的男人打了个照面，他身上飘来一阵美发厅，而且是香香美发厅独有的气味，我每天都在这种气味里生活，因此对它了如指掌。这个男人他到我母亲于香香的美发厅里去过，是谁给他洗的头呢，兰兰，还是红红？那两个骚货。

这个男人竖着棉衣领子，下巴深深地藏着，我注意到了他的眼，猎人一样睿智。

罗宾

这是一个像小耳一样美好的姑娘，我在望远镜里看着她，她浑然不觉。

她在有深蓝色窗帘的房间里，喝着牛奶，在电脑上敲敲打打，有两次还站起来，走到窗前，对着外面没有目的地看。她离我这么近，我轻轻叫了一声，小耳，她依然浑然不觉。她根本听不到我的耳语，尽管她在望远镜里看起来跟我近在咫尺。我看了看楼下，楼下是一片花圃，现在是冬天，除了一道蜿蜒的冬青，没有什么花朵。而很显然这是个喜欢花朵的姑娘，她在想象花圃里开满花朵的样子。

她重新在电脑前坐下来以后，我离开望远镜，在锅里烧了热水，煮方便面吃。等我吃完面再回去，粉色窗帘的房间里已经有人了，香香美发厅里的老板娘，和那个我观察了几天的日本人，穿着和服坐在圈椅里喝茶。这个房间里有着明显的日化征象，如果不出什么意外，我相信于香香接下来会跟这个名叫藤井的日本人学说日本鸟语。哈一。米西。撒哟那拉。做爱怎么说？我没听过有人用日本话说这个词。现在关键的问题是，这个人是日本人吗？我想证明他不是日本人，而是我要找的那个中国人。

现在这个中国女人和这个日本男人要做爱了，他们喝完了茶，日本男人站起身来，走到窗前动手拉粉色窗帘，他在动手之前朝院子里和对面看了看，他朝对面看的时候我下意识地躲藏了一下，我正在他的对面，但我马上意识到危险是不存在的，我架望远镜的屋子在厨房旁边，是个小储藏间，没有开灯，漆黑一团。

藤井为什么这么警惕呢？他朝对面和院子里看了看，才带着一种狐疑的表情拉上粉色窗帘。他拉上窗帘之后在做什么我就无从知晓了，这个夜晚我对他的监控到此为止。

于是我重新掉转望远镜，去看深蓝色窗帘的房间，那个如小耳一样美好的姑娘还在电脑前敲敲打打，她是如此勤奋，小区物业管理员说她是一名作家，我毫不怀疑她是一名出色的作家。

晚上十点，她到外面去了一趟，回来时手里拿了一个苹果，一把水果刀，她用水果刀很娴熟地削苹果，削着削着她突然把刀从水果上拿开，放到了自己脖子上。我的心呼地提了上来，我贴紧望远镜，不知道她好端端地为什么把刀架到了脖子上。好在片刻之后她把它拿了下来，我松了口气，她似乎在玩，我看到她的表情在笑。然后她又把它架在手腕上，先是左手腕后是右手腕，两只手腕相继比画了一阵，继续削起苹果来。这真是一个很好玩的姑娘，她一边吃着苹果还一边把玩着水果刀，水果刀在她手里溜溜地转，我没见过一个普通人可以玩一把刀子玩到这般水平，跟我们警察不相上下。

我想我的女朋友小耳了，小耳也想我了，我刚想给她打电话我的电话就响了，我的美好的女朋友小耳在电话里对着我的耳朵吹气，说我想你呀，你想我不？我把电话拉到储藏间，看着对面的姑娘回答她，想。

二

鱼小于

第六天的时候我有一次杀张野的机会，下午三点他被他的随从送回家里来，趴到马桶上呕了一堆秽物，从他胃里呕出来的气味酸腐刺鼻，我从书房走出去，来到客厅，他刚刚从卫生间出来，脸色蜡黄，很可怜很企求地看着我。我说，你是不是难受得想死啊？他说对对你怎么知道？我说因为像你这样的人早应该死了，他抓住我的衣袖说求求你杀死我吧我活够了，我说你想死我偏不让你死这么痛快。他回头呵斥他的随从，滚滚，快滚。

之后他就死了一样睡过去，冬日午后的阳光照在他脸上，就像照着一个死人。我给他的女儿张匆匆布置了一道作文题，让她谈谈死亡。张匆匆说，小鱼阿姨，我们语文老师从来没让我们写过这样的作文。我说这不叫作文，这就是说话，你把电脑当成一个人，你坐那里跟他谈论一下死亡的话题，就这样。她说，就像跟网友聊天那样吗？我说是，她很兴奋，说我干脆去找一个网友聊聊这个话题，我说完全可以，写作是不拘形式的。她说小鱼阿姨我很喜欢你。我让她两个小时以后交作业，就来到她爸爸张野的房间，看他睡着时的样子。据我猜测，人死后的样子跟睡着的样子应该基本一致。

我坐在张野旁边，思考着杀他的方式。他的厨房里新添了一整套橱刀，大到菜刀小到柳叶刀，一把比一把锋利，还漂亮，漂亮得勾人魂魄。但是我考虑到了别的问题，如果我随便挑一把刀，就这么把他剁了，血流满地，他的女儿张匆匆一会儿写完作文出来看到，会吓坏的，我不能这么干。这个小女孩再过两年，就到了我当年被他爸爸做的年龄了。她是个少女了，已经开始一个月来潮一次。

这样，我就没办法在那一天的午后杀他了。他睡了一个小时后突然睁开眼，说他做梦他死了，让我给杀了。我说你第六感很厉害，他抹一把脸上的汗，说开什么玩笑，我们往日无冤近日无仇。我说你这半辈子，跟多少个女的过过性生活？他说我忘了，干吗问这个，我们之间的关系还没到吧？

我很迅速地挥起胳膊，甩了他一巴掌，啪，很响亮，他目瞪口呆，说你是在打我？我说当然，就是你。我走了出去，来到客厅，等张匆匆的作文。张野在卧室里一声不吭。他为什么要这样，他应该奋而起床，动手打我，我就直奔厨房去找橱刀，于混乱中一刀毙他的命。可他像看穿了我的思想，挨了一巴掌却一声不吭。

五点钟，张野彻底醒了，他看起来忘了我打过他了，情绪很好地宣布要下厨房做晚饭，让自己的女儿张匆匆，及她女儿的辅导老师鱼小于老师尝尝他的手艺。我靠在厨房门口，看他摆弄那些刀，想象着他倒在地上流血五步的样子。想象过于逼真，让我呵呵笑出了声，我拿过一把柳叶刀，在他身后比画，他躬身在水池里洗东西，一转身把我吓了一跳，我感到哪里一痛，丝的一声，像让什么东西啄了一下，那把柳叶小刀不识时务地侵犯了我的左手心，一条血线凸了出来。我冲张野的腿胡乱踹了两下，他说你还踹，还踹，都什么时候了还踹，他一躬身把我扛起来，扛到沙发上，找了些纱布和药水，把我的手五花大绑起来。我绝望地想，我还怎么杀你？

晚饭的时候他居然要喂我吃饭，这个我十五岁就把我做了的男人，我真想在手不能动弹的情况下，用脚在桌子底下踹他的裆部。我伸了伸腿，觉得可以够到他，就抬起来胡乱蹬了一下，他不知道怎么用他的腿一挡一缠一绞，就把我给控制住了，我的两条腿被夹在他的两条腿中间动弹不得，憋得我脸通红，他若无其事，照样在桌子上面喂我吃饭。

饭后他送我回家，开着他漂亮死人的丰田佳美，我突然得到一个灵感，跟他一起在他的丰田佳美里待上一夜，开着暖风，第二天有人就会发现我们缺氧死在车里了。但是这种方式，得付出搭上我命的代价，我还没杀死于香香呢，划不来。

我的杀心在胸膛里起起落落，弄得我痛苦不堪。在我家楼下，他趁我不备亲了一下我的脸，他说你别动啊，手有伤，我欠你一个巴掌就是了。我说你岂止欠我一个巴掌，你欠我你这条狗命。他眉头挑了挑，说你连骂人都这么美。

于香香

藤井把头埋在我怀里，说香香人的命里是不是总有一样东西怎么躲都躲不过去。

这个日本男人如此悲伤，像个孩子。他像个孩子一样衔着我的胸呜咽，我摸着他的头，他的头发有几根已经泛出斑驳的灰色。从没有一个男人如此需要我，自从我爱上毛巾厂厂长，全世界的人就把我当成了婊子，就连厂长都把我当成婊子，鱼江洋死后我跑去问厂长，我说你什么时候娶我？他说，娶？

他很好笑地笑了起来，眉头开心地跳跃着，仿佛听到了他这一辈子听到的最大的一个笑话，他说，我为什么要娶你？我说你睡了我，他说我睡了很多人，能娶得过来么？我说可是我爱你啊，她们不可能像我一样爱你，他说爱？你爱我？

他更好笑地笑了起来，肩膀一耸一耸，他笑出了泪花，他说我要不是厂长你还爱我吗？我说当然，你即使是个挑大粪的我也爱你。他说可惜我不是个挑大粪的，挑大粪这样的活，只有鱼江洋那样没出息的男人才配去干。

厂长的意思是说，我只配嫁给挑大粪的，鱼江洋那样没出息的男人。我听出了他话里的这层涵义，这让我极度悲伤，我是真的很爱厂长，在爱上他之前我没爱上过任何人，包括鱼江洋，鱼江洋娶了我是因为他爹拿门口的两棵树贿赂了我爹。他爹从院墙那边叼着烟杆充满计谋地，很慷慨地对我爹说，这两棵树给你家吧，我可是养了二十多年了，从鱼江洋生下那天就养着了。我爹感激地说，你看，你看，我也没什么可给你的，鱼江洋的爹说，把你家闺女给我家小子吧，我爹看了看他垂涎了若干年的那两棵树，说，行。我爹用半棵树给我打了陪嫁的家具，他自己赚了一棵半。鱼江洋死了以后，鱼江洋的爹率领鱼江洋的兄弟，浩浩荡荡地上我家院子里，把我爹还没舍得卖掉的半棵树搬运到院墙那边，我爹再也不敢去摸还好好长在鱼家和于家院墙外面的另外那棵树，他坐在自家院子里看着那棵已经不属于他的树，看着看着，他对我娘说，告诉你，这家谁要是再让那死丫头迈进一步，我敲断谁的腿。我娘叹了口气，说就是你想让她回来，我也没脸放她回来啊。

我回家那天下着雪，我爹和我娘坐在热乎乎的炕头上不作声。我拍门，拍得村子里好几条狗都叫起来。我爹加固了两扇木门，里面弄了三道门闩，我像往常那样试图用一根树枝把它们拨弄开，结果没弄开，我就回到了毛巾厂。

现在鱼小于总想杀了我，早知道这样还不如当初我先杀了她。如果没有她这个累赘，我还在这个世界上活这么久做什么？她睁着两只仇恨的眼看着我，那眼是那么像鱼江洋，仿佛鱼江洋躲在她身体里，这个阴魂不散的混蛋，我操起一把剪刀就冲上去，我要杀了她和躲在她身体里的鱼江洋。六岁的鱼小于哇地大哭起来，哭得很伤心，我把剪刀扔掉，把她抱到了怀里，她是我的女儿，我不能杀她，我要和她相依为命。厂长已经彻底不理我了，我由一名办公室接电话的工作人员重新回到车间当了一名工人，每天我都在轰隆隆的机器声里，把湿淋淋的毛巾从染缸里捞起来，挂到机器上，无休止地直腰，弯腰，弯腰，再直腰。当我后来开了美发厅，有个男人要求我做一个高难度的动作，跟腰有关，我做到一半就痛得掉下了黄豆大的汗珠。厂长带人巡视车间来了，他停下来看了一会儿我的工作，比较满意地点了点头，离开了。我听到旁边的人开始不怀好意地笑和吹口哨，女工们幸灾乐祸，她们的嫉妒终于找到了出处，男工们则用眼一层一层剥我的衣服，对我意淫。一个很冷的下午，我离开车间去院子里的公共厕所，我来了例假，又拉肚子，急于上厕所，半个小时之内我已经上了三次厕所了。我徘徊在厕所门口，厕所门上挂着一个牌子，上面写着：有人。我看着这块牌子，盼望里面走出来一个排泄完的女工，把牌子翻到“无人”那一面。可是我等了很久也没人出来，我捂着肚子跑回车间，我必须先跑回去，否则他们要扣我的工钱。我跑回车间又干了一会儿活，再跑出去，牌子上还写着有人。我绝望地蹲到了地上，之后我的裤子湿了，血和粪便顺着裤管向下流淌。我坐在地上，听到车间门口传来开心的笑声，一名女工大摇大摆走过来，打开厕所门走了进去。厕所里居然一直没人，她们故意把牌子翻到有人那一面，让我把血和粪便都拉到裤子里。她们在我身后哄堂大笑。

我看到厂长站在厂长室的玻璃窗后面，第一次他做我的时候就在厂长室里，在沙发上他咬着我的耳朵说，我要把你调到办公室里来。

从我24岁那年开始，就没有男人肯爱我了。当我开了美发厅，谁都知道这样的美发厅除了给人理发还提供特殊服务，很多男人都来要求我提供特殊服务，甚至包括毛巾厂以前那些对我意淫过的男工，他们的钱我要得一分也不少。他们从口袋里朝外掏钱的时候很气愤，有一个还在钱上啐了一口才交给我。对这个世界上的男人，我还应该抱什么美好的希望吗？只有藤井给我美好，他说香香，我很想找个沧桑的女人过日子，看你的第一眼我就有了这个念头。我等着他向我求婚，我喜欢这个男人，他身上也有沧桑的味道，我不知道他的过去也不需要知道。他有深重的忧伤，他趴到我怀里说，人的命里总有一样东西躲也躲不过去。说完之后他就要我，很久都没有男人这么心疼地要我了，这些年那些要我的男人有时候作践我，有个男人曾经塞了一把阴毛在我的下体里。

我爱上了这个日本男人。尽管我怀疑他的身份到底是不是日本人，他汉语说得好极了。但那有什么关系呢？

刘学

人的命里总有一样东西怎么躲也躲不过去。

我从南方躲到北方，又从北方躲到南方，最后我在一个月黑风高的夜里偷渡去了日本，在那里一待就是十年。我快要忘了我是个中国人，在日本每天我拒绝与任何中国人用汉语说话，我只在需要的时候，才在心里默念几句，在这十年里，我换了好几个城市，最后我在东京落户。东京是个很好的城市，我在那里居住得很好，可是我住着住着，就想念某个地方，当我过完我在日本的第十个生日，我掐指算了算，我已经五十岁了，我身体的很多地方都开始犯毛病，难道我要死在外面吗？于是我回来了。我已经不太想念国内的亲人，他们死的死失去联系的失去联系，我跟他们之间的血缘关系，慢慢消隐在时光背后了。

我只想念一个人，这个人有一双猎人一样的眼睛，十年之前他只有二十多岁，还是个警校实习生，所有的警察都对我犯下的案件束手无策，只有他敏锐地盯上了我，靠的不是证据，而是他猎人一样的直觉。是的他没有证据，我杀了人，但是谁都找不到证据，我完全可以堂而皇之地过正常中国公民的正常生活。但是老天知道我过不上这样的生活，只要他的眼睛存在，是他的眼睛把我逼到了日本。十年里我没有一天不在想着他，我不知道他现在在做什么，他还想着我，或是已经忘了我。我五十岁了，弄不清这个问题我跑到天边都无法安静地终老。

我从日本回来后没有去我流落过的那些南方和北方的城市，我来到了烟台，这个海边小城是我的宿命，在日本我梦到了它，和一个女人，于是我来到了这里。我没费多少力气就找到了一条名叫朱雀街的街道，它在我的梦里出现过，依然没费多少力气，我找到了我认为的那个梦里的女人，她有别人没有的沧桑，我想跟她一起好好地过日子了。如果那双猎人的眼睛不再出现，即使我知道他还在这个世界上活着，我也要跟这个女人得过且过地过下去。

然而我发现我的命里没有侥幸这个词语，我知道那双眼睛来了，尽管我不知道他具体在哪里，离我有多远，或有多近。每天我走在朱雀街上，坐在美发厅里，甚至躺在于香香的怀里，都能感觉到危险正匍匐在某个地方。

危险使我愈发感觉到身体的疼痛，疼痛上来的时候就像小虫子无所不在。有一天我又想念某种物质了，我在深夜的朱雀街上徘徊，最后我走进一间酒吧，向一个我一眼就能看出来的小混混买了一盒烟。在日本我吸过一段时间这种烟，后来戒掉了，现在我又想了。我回到于香香的家里，她还待在美发厅没有回来，我拉上窗帘，关上卧室的门，躲在她的床上吸烟。我吸了一根烟之后，心情就没那么烦躁了，我出现了幻觉，在幻觉里我看到让我杀死的那个人复活了，他活得好好的，健康而又年轻，就是他死时的样子。我很高兴，他复活了，我不用害怕那双猎人的眼睛了。

我在幻觉里幸福地睡了过去。

张野

不知不觉的，我开始追求鱼小于了。

鱼小于是个不错的姑娘，这么些年来，我阅女人无数，但从没见过像鱼小于这样干净的女人。是的她干净，每个毛孔都透着干净，就连她打我耳光，我都觉得她打得干净。如果换成平日里跟我鬼混的那些女人，她们敢那样打我，我能揍出她们的屎尿来，揍出屎尿来我还能叫她们舔下去。妈的这个世界上的女人都肮脏透顶，为了我的钱她们能乖乖地舔我的屁眼，而鱼小于不，她每天只拿她应得的工资，有几次我多数了几张票子给她，她数了数，又退给了我，我说，你这是干什么，算我给你多发的奖金，她说，你以给女人发奖金为荣吗？她对我说话越是这么地毫不客气，甚至刻毒，我越是喜欢她。

我他妈的这是怎么了？

我的女儿张匆匆说，爸爸，鱼小于阿姨真好，你觉得呢？我说，我也觉得好，张匆匆说，那你干吗不去追她？我说，我可以吗？张匆匆说，可以，你很帅。

我下楼就去发动丰田佳美，开着它去鱼小于家。在她家的楼下我痴痴地看着她窗户上的深蓝色窗帘摁喇叭，她撩开窗帘看到了我的丰田佳美，可是她偏不下楼，我继续摁喇叭，旁边有扇窗户里冒出一颗头，说穷叫唤什么呀不就是有辆破车吗？多年以来对这样的人我已经懂得抱以宽容的姿态，我不计较他骂我，就像我从不计较我也有过非常穷的过去。这个世界就是这样，你有钱了你就可以过着高质量的生活，你可以优越，无限制地优越，这优越可以养你的气，养你的神，让你被尊重，让你走在街上一眼就能被看出你的与众不同。好吧，你不喜欢我摁喇叭，我不摁，但我相信我的车戳在你的眼皮子底下，让你这个早晨无法心平气和，你一定在咒我的车胎漏气，爆裂，车玻璃哗啦啦破碎，我知道，以前我穷的时候也这样咒过那些有钱人，我为了送一件美丽的连衣裙给一个可爱的女孩，而不惜去跟一个混混借钱，混混说，你从我裤裆底下钻过去，我就借钱给你买连衣裙，不要你的利息。我没有钱，我爹妈也没钱，他们不管我是不是到了喜欢可爱女孩的年龄。我钻了那个混混的裤裆，他扔给我一沓钱，使我顺利地买到了那件昂贵美丽的连衣裙，然而那个可爱的女孩鼻孔朝天，说瞅你长那个钻人裤裆的穷样。

于是我发了狠，不挣到钱绝不谈恋爱。是的我连谈恋爱的空儿都没有，就是为了挣钱，我为了挣钱到现在也没谈过一次正经的恋爱，也许我穷的时候曾经有好女孩喜欢过我，让我想想，这个早晨鱼小于在楼上听着我摁车喇叭，就是不下来，我利用这段时间想想过去……有那么一个女孩，她很小，每天放了学就坐在文化宫的旱冰场旁边，看我滑冰，我还没有挣到钱，每天都在旱冰场上很迷茫地滑冰，她很羞涩，我从她眼前绕过来又绕过去，她的脸红得像天边的晚霞，眼里澄澈如水。有一天我看着她晚霞一样的脸忽然心里蠢蠢欲动，天黑了我说你怎么还不回家，她摇摇头不吭声，我说我们到那边去玩会儿怎么样，她咬着下嘴唇点点头，顺从地跟着我，来到了小树林。

事情的后来是，我害怕了，我穿上裤子逃之夭夭。她叫什么，那个晚霞一样的，眼里澄澈如水的女孩？这个冬天的早晨我忽然听到我的心别地跳了一下，像撞到了一面古老的墙壁，发出陈旧的回音，鱼小于，这个眼里蓄满冰水的女人，她是谁？

鱼小于终于下楼了，在我怦怦的心跳声里她像一株长在深谷里的幽兰，每向我走近一步都让我迷失一分，最后我几近昏迷，甚至无力下车去给她打开车门。她自己打开车门坐进来，说你号丧啊？我说，我知道你为什么特别想我死了，她横我一眼，为什么？我却说不出口。我仔细地辨认着她，我很迷惑，她是那位晚霞一样的女孩吗？为什么我看不到晚霞，看不到澄澈如水的眼睛？是谁掠夺了它们？我是如此地悲伤，和如此地爱她，我从没这样悲伤过，就连张匆匆她妈妈那个可恶的女人一夜之间卷款离开我，我都没有这么悲伤过。

我把车子缓缓开出小区，开到冬天稀薄的阳光下，我冷得一阵一阵发抖。

兰兰

我知道那个男人是做什么的。这个世界上，有两种男人逃不过我的眼，一是嫖客，二是警察。我被嫖客嫖过，被警察抓过，嫖客和警察身上都有特殊味道，我一闻就能闻出来。

在三个星期里，这个男人来过三次，每次都是我给他洗头。我知道他的真正目的不是为了来洗头，警察是不会连续三次到这样的美发厅，让我这样的女孩给他洗头的，很显然他也不是为了来扫黄，如果要扫黄他早就行动了，何况扫黄也用不着这么复杂，需要这么长期蹲守。是的他在蹲守，他到香香美发厅里蹲守，目的是谁呢？朱雀街是一条鱼龙混杂的街道，谁都不知道这里生活着一些什么样的人物，刚刚过去的秋天里，警察从朱雀街上抓走了两个抢劫犯，他们在光天化日之下枪杀了开发区商业银行押钞的，抢劫了一车钱。

我看着黄昏的朱雀街，街对面建设银行门口停着一辆绿色吉普，一个押钞的头戴钢盔装模作样地站着，端着枪，有点狐假虎威。我对坐在我手底下的男人说，银行被抢真正的原因不是劫犯聪明，而是银行运钞存在漏洞。我手底下的男人把头从我的搓揉下挣脱出来，很意外地看了我一眼，眼里藏着一把钩子。我说你看，押钞的出来了，一人在车旁边站着，另两人抬着一袋子钱，朝车上一扔，之后锁门，三人一起走向驾驶室。这是个多么巨大的漏洞，这个时候只需要有个人扔颗烟幕弹，再朝车上扔颗炸弹，从他们转身到走向驾驶室，五步之内钱绝对被抢。

我说我每天都看这辆运钞车，它之所以一直没被抢，是因为大家不想抢。

这个男人很意外，他一定没想到我这样一个操皮肉生意的婊子，每天在美发厅里坐着所做的事情不光是从嫖客口袋里掏钱，还想别的，而且想的还是不那么平凡的事情。我说大哥，我知道你是做什么的，他又一次意外地看了我一眼，我说但我不会说，你放心，他很有原则地保持沉默。这天是个晴天，尽管很冷但是有阳光，朝朱雀街那么一看，让人觉得心里敞亮亮的，我特别有说话的欲望，美发厅里现在没有人，老板娘到建行存钱去了，她去了十多分钟了，建行里面排着长队，听说电脑刚刚经过一段不短时间的维修。美发厅里的另一个女孩红红请假回了老家，现在整个屋子里只有我跟这个警察，我说我感觉今天很快乐，真的，我都不知道快乐是什么鸟玩意儿了。

警察在镜子里笑了笑，我说你笑的样子很动人，他更加笑了，我有些不好意思，我说我真不知道怎么形容，我没念过多少书，也正因为这样我无法在这个城市里找到一份体面的工作，所以我只有干这个。我做梦都梦见自己在北大的校园里走，旁边有一湖青绿青绿的水。

警察问我，那为什么没念书？我说大哥这太简单了，没钱啊，我爹从地里刨出几个钱，全让我妈带到棺材里去了。

警察说那为什么不找个正经工作?

我说人一旦养成习惯是很难改变的，比如说现在要你换一份工作，你干吗?

警察想了想，似乎觉得无法回答我的问题。

我说我是不是说的有些多？其实按道理说你们是我们的敌人，你们抓我们，有时还带着电视台记者，让我们衣衫不整的样子在电视上曝光。我在绿鸟夜总会干的时候就被曝过一次，你们的人从前门后门那么一堵，然后挨屋把人朝外赶，像赶一群牲口，我的屁股还被谁踹过一脚，坐都没法坐，骨盆像裂了一样，疼了好几天。你们抓就抓吧，干吗还要踹我那么一脚？知道我怎么想的吗？你们的人踹我那一脚是很流氓的一脚，跟那些嫖客干我的性质是一样的，只不过你们的人不能像嫖客那样光明正大地去干我们，所以你们抓到我们之后，就拿脚来踹我们的屁股，踹的时候，全当是在干我们。大哥我分析得没错吧？我也不知道我怎么跟你说这么多，你们是我们的敌人呢，可我觉得大哥你人不坏，你是个好……人。

我本来想说，你是个好警察，但我马上意识到我不能那么说，现在我跟这个警察之间存在一种默契，谁也不能说破，于是我说你是个好人，他显然听懂了我的意思，在镜子里朝我温暖地看了一眼。我愣了，他怎么能这么温暖地看我呢，在这个世界上从来没有一个男人这么温暖地看过我一眼。我说我敢确定，如果你带人扫黄，一定不会拿脚踹我的骨盆。

为什么我会鬼使神差地要他的电话呢？这事从里往外都透着奇怪。而他很痛快地给了我他的电话号码，在给我号码之前他问了我一些老板娘的事情，顺带还问了问老板娘的日本男人，关于他们我没什么可说的，老板娘跟任何一个鸨母一样，只要我给她钱她就高兴，那个日本男人我毫不知情。我在跟他要了电话之后的当天夜里，就鬼使神差地用到了他的电话，在午夜的时候我接了最后一位客人，当我走到租屋所在的那条胡同时，遇到了一个强奸犯，靠，这年头还有强奸犯，简直滑天下之大稽，我起初以为是个抢劫的，天底下我最不怕的就是劫犯，我一穷二白，刚刚从嫖客身上挣来的五十块藏在美发厅里，我的身上只有一个廉价的小灵通，移动公司门口花三十块买的地摊货。我举着这个廉价的小灵通对他说，给你给你，拿了赶紧走路。他戴着一截黑色的长筒袜，手持一把匕首，说少啰嗦，快躺下，解开衣服！我说我衣服里面也没钱，不信你摸。我拿着他手朝我身上摸，他一下就捏住我的胸，然后把我摁趴在地上，匕首架在我脖子上，说快脱掉裤子！我说我裤子里也没钱，他把匕首在我脖子上紧了紧，我说你不是要抢钱？他说老子要干你老子六个月没干一回了。我明白这是一个强奸犯了，我说滚开你这个强奸犯，他说老子在街上看了你一下午加一晚上了你接了三个客人现在装什么蒜？我说你他妈的老娘今天晚上死了也不能让你干成，我把腿在身后翘起来朝想象里的他的裆部勾去，我勾得很准，他呀地大叫一声，手里嗖一使劲，我感觉到脖子冒出了血，我一个鲤鱼打挺翻过身来，疯了一样去抢他的匕首，他大约被我血乎乎的脖子吓着了，爬起来窜了。

我坐在胡同里用小灵通给警察打电话。

罗宾

我有些想不明白，妓女可以为无数嫖客服务，为什么面对一个强奸犯却能激烈反抗，不惜被割断脖子。

这天白天天气很晴朗，夜里却下起了雪，兰兰，对，这个在美发厅里做皮肉生意的女孩子名叫兰兰，她脖子上流出来的血浸到白花花的雪地上，像白布上盛开着一些蜡染的花。我打了车把她送到医院，然后回到小区去找于香香。我每天都通过望远镜监控于香香的家，因此对她家所在的方位很熟悉，我一级一级地向上走，一步一步地逼近着跟藤井（我一直想弄明白他的真实名字是不是叫刘学）的距离。门开了，名叫于香香的美发厅老板娘看见我有些惊讶，她说你想洗头还是想做别的，美发厅现在打烊了。我说我下午刚洗了头，我也不做别的事情，她说那你来做什么，我说兰兰受伤了，脖子差点断了。于香香啊的一声，惊慌失措地说，藤井，兰兰的脖子差点断了。

我看到了我从望远镜里看了无数次的藤井，他为什么如此警惕，眼前罩着戒备森严的寒光。我直视着他，这是一副与十年前截然不同的面孔，但我依稀能看到十年前那副面孔的影子，他做了什么（比如整容）？我不放弃任何猜想及猜想后面存在的可能。

在深夜的门口我跟这个现在名叫藤井的男人四目相对，他站在门里边我站在门外边，只需要伸出半个胳膊我就能把他一把拽出来，用一秒钟时间咔嚓，给他拷上拷子。我的后腰里别着一副亮锃锃的拷子，但现在它派不上用场，我无法用它来拷他的手脖子。两个男人四目对接，真正的较量全在心里，我听到他在心里说，我认出你了，十年之前你嘴上没毛现在嘴上有毛了，而我也在心里对他说，我也认出你了，十年之前你不是这个样子现在变了个样子但你的气味没变，猎人能因为一头狮子变了模样就嗅不出他的气味么。他继续在心里说，从你的目光里我看出你猜到我把这张脸进行了整容，说实话我很佩服你的倔脾气但你能拿我怎么样？我在心里对他说，直到现在我依然拿不到你杀人的证据，你也算是个高智商的罪犯了，我喜欢跟你斗下去，无论多少个十年都无所谓。

我们用目光交谈了一会儿，于香香对藤井说，赶紧换衣服陪我去医院。我看着那间紧闭着门的，挂着深蓝色窗帘的卧室，好像我跟那个名叫鱼小于的姑娘之间发生了什么感应，卧室门忽然朝我敞开了，她穿着美丽的睡衣走出来，说，你可以留下来陪陪我吗？我说当然可以，说完我理直气壮地走进门，结束了我站在门外的历史。在走进门的时候我的肩膀撞着了藤井，我感到了来自他的抵触，但我不管，在这个家里他是个尴尬的角色，轮不到他对我的进门发表任何意见。于香香听到鱼小丁邀请我留下来，飞快地用一种讨好的表情面对我，说你就留下来陪陪小于吧。我听到鱼小于用鼻子哼了一声她的母亲，她说你快点走吧，去晚了你的妓女没命了你这个老鸨要被抓进局子里的。

我直接被带进鱼小于的房间，这是一间我一点都不陌生的房间，只不过现在我身处其中，可以用很多个角度看那些我熟悉无比的家具。我站在窗前看了看我的储藏室小窗，那里漆黑一团，无声无息。

鱼小于坐在电脑椅上，全身上下透着一种慵懒的美，她说你是新来的？我说是的，她说，我看到你竖着棉衣领子走路，你很特别。我说，这么晚了你让我留下来，不怕？她说不怕，我十五岁就在小树林里让人做了。我说，所以你总是很忧伤，你也很特别。她说，你注意我？我说，你这样美好的姑娘生来就是让人注意的。她说，这个世界上只要有一个人注意我就够了。我说他很幸运。她说可是我想杀了他。我说我知道了，你又爱他又恨他。

她说你有一双猎人的眼。

凌晨一点的时候这个名叫鱼小于的姑娘趴在电脑桌上睡了过去，我在帮她倒水的时候，朝她杯子里加了一点助她睡眠的东西。之后我迅速来到于香香的卧室，把一个针孔摄像头装到墙上的一幅油画上。摄像头跟油画色调一致，悬挂位置高过一个普通人站着外加伸直胳膊，我可以负责任地说，它不会被发现。我做完这件事情只用了几分钟，整个过程完全在我的计划之内，当我趴在储藏室里的时候曾经多次设计过刚才这个过程。

之后我回到鱼小于的卧室看了看她，她睡得很熟，我把她拖到床上，盖上被子，然后打开她的电脑上网。凌晨三点的时候藤井和于香香回来了，于香香很疲倦地说，这个小婊子，总算保住了小命，我不用进局子了。我说恭喜你啊，于香香说，鱼小于从没对我露出像对你那样的笑。我说她挺喜欢笑的啊，一整个晚上都在笑。她说她恨我恨得要死，我敢打赌如果我死了她才会对着我的尸体露出那样的笑。

三

刘学

我叫刘学。

很多时候我几乎忘了我曾经叫过很多年刘学这个名字。

下午在美发厅我看到了锡纸，红红在用那些闪着水银色光泽的锡纸给客人卷头发，她从盒子里一张一张地把它们抽出来，卷在客人的头发上，将客人的头发拧成无数根水银柱。我坐在沙发里看着那些银亮色的纸，感到它们是那么的迷人，让我的嗅觉饥饿万分。

夜色降临了，我来到绿鸟夜总会，寻找卖给我烟的小混混。

在一个咖啡座里我找到了这个小混混，他拿眼瞅我的口袋，我的口袋里装着钱包，钱包很鼓。我坐到离他有五米远的一个角落，经过他身边的时候我朝他桌子上放了一张纸条，十分钟之后我跟他在厕所里的同一个格子间门口面无表情地擦身而过，我的口袋里多了一包东西，他的口袋里多了一沓钱。当我打算离开绿鸟夜总会的时候，我看到那个我命里的敌人，正坐在一个桌子旁边喝咖啡，跟他坐在一起的是鱼小于。

危险是如此的无处不在，我不知道我是否该对他们两人的关系感到紧张，他不费任何力气就似乎在进入于香香的家。他真的不是个普通意义上的警察。

危险让我感到焦灼，我撒开腿朝于香香的家里奔跑，跑到美发厅门口的时候我看到里面漆黑一团，这说明于香香此刻已经回到了家，我忽然觉得我再一次无处可去。路边黑乎乎地矗立着一个建筑工地，一片没有完全拆倒的平房停在冬天的深夜里，我走进一间还算完整的房子，发现里面躺着十几名工人，他们在自己散发出来的馊烂气味里没心没肺地睡着。我找到另外一间没有工人睡觉的房子，从口袋里哆嗦着掏出白天在美发厅里偷拿的锡纸，和刚才在绿鸟夜总会从小混混手里买到的东西，我把它倒在锡纸上，从口袋里哆嗦着掏出打火机。

我看到我的周围空无一人，大街上来来往往地跑着空车，世界上没有了人类，危险不复存在。

我知道这是我的幻觉，我越来越需要逼真的幻觉，抽那种烟已经无法满足我，冬天的深夜，我躲在一个颓败的建筑工地里，用锡纸烫吸一种可以让我进入迷幻之中的粉末，我不知道当我习惯粉末之后，我还会去做什么，也许我会注射，全身扎满针眼。

我在幻觉里睡了过去。凌晨时分我的手机在口袋里振动，于香香问我说，你去哪了？我说，天国。她说不许乱说，快点回家。我说家在哪儿？她说你怎么了？

我坐在黑暗里，幻觉已经全部消失了，我的眼前是无边的黑暗和寒冷，建筑工地像个巨大的坟墓，我冻得哆嗦成一团，这让我万分想念于香香怀抱的温暖。那个正在衰老的，充满沧桑的怀抱。

当我离开建筑工地的时候，我想起让我杀死的那个人了，十年来我经常在这样的冬夜里想起这个人，他占据着我越来越有限的脑海，我能感觉到他像蚂蚁一样在我的脑袋里拱动，一点一点蚕食我的脑干。

罗宾

我坐在客厅里，面对着一台电视机，看于香香和藤井做爱。我并不想看这样两个正在老去的人做爱，每次看他们做爱我都觉得是两个穷途末路的人在绝望狂欢。他们的身体都老了，藤井有两次始终没有勃起，他日渐萎缩了的器官死了一样挂在裆部，他低头看着，很绝望，于香香跪到他前面，亲他，还是不行，我看到他哭了。

摄像头太清晰了，清晰得有些残酷，藤井的泪通过无线信号发射接收器清晰地抵达我的电视屏幕，一瞬间我希望他不是我要寻找的罪犯。但是他哭什么呢？

自从安上摄像头，我不用趴在储藏室用望远镜监控藤井了，当然我没有想到我会如此顺利把摄像头安到于香香的家里。我安上摄像头有段日子了，除了看藤井和于香香日常起居，没有发现什么可疑迹象。

在这样寂寞的蹲守的日子里我想念我的女朋友小耳，每当我看到鱼小于我就更加想念小耳。小耳跟鱼小于一样都是美好的姑娘，但是鱼小于比小耳忧郁，在电视上看够了于香香和藤井之后我还会到储藏室里去用望远镜看看鱼小于，她上午写作下午出门，一辆白色的丰田佳美有时会来送她或接她，我不知道丰田佳美里的那个男人跟鱼小于到底是什么关系，她说这个世界上只要有一个人注意她就够了，她爱着他又想杀了他，我想这个人一定是丰田佳美。是的鱼小于经常摆弄刀子，只要吃水果她就要摆弄刀子，每当看到她摆弄刀子我就觉得十分危险，这是一个外表平淡内心激烈的姑娘。

我对面的六楼，就是如此填充着我的蹲守生活，我不知道我跟它们之间的关系还要持续多久，这取决于名叫藤井的日本人什么时候能在我面前卸下伪装，还原他名叫刘学的本来面目。我清楚地知道这件事情的难度有多大，十年之前的现场早已不复存在，证据用在十年前的案子上，已经是个毫无内容的空洞的词语。有些寂寞的夜里我也会感到茫然，但我知道我必须耐下性子来，十年我都跟这个人耗下来了，时间对我来说已经不是什么问题了，我所能做的就是采取所有手段继续跟时间耗下去。

当我想要睡觉的时候，电视画面出现了新的情况，藤井从床上起来了，他悄悄穿上衣服离开了房间。于香香还在沉睡。我也飞快地穿衣服，下楼，躲在楼角，他急匆匆地走出小区，拐到朱雀街上，警惕地四处看看，居然飞跑起来。我隐蔽着跟在他后边，一直来到绿鸟夜总会，进了大厅之后他不见了踪影，我在角落里四处寻找，看到他从卫生间里出来，急匆匆穿过大厅离开夜总会。我想他睡着睡着忽然急匆匆跑到绿鸟夜总会的卫生间里来，绝对不是为了上个厕所，我继续跟踪他来到一处建筑工地，原来他在吸粉。他不在于香香的家里吸，却跑到这个寒冷的建筑工地来吸，吸完之后他就死了一样躺在露天的破房子里。

在他吸粉的时候我完全可以冲进去把他拘起来，我的后腰上别着一副拷子，那是随时为他准备的。但是我为什么没有行动呢？我在思考什么？快到春节了，我美好的女朋友小耳多次在电话里问我什么时候回去，我说我也不知道，她说，难道你要在外面过春节吗？当然我并不想在外面过春节，但是我不能因为不想在外面过春节，就放弃我跟这个人的较量，随便找个理由把他拘起来，尽管他吸粉我完全可以把他拘起来。

总之我放弃了这个男人，重新返回了绿鸟夜总会，我在绿鸟夜总会坐了一个小时之后，就找到了我想找的人，凌晨三点这个卖粉的小子离开了，在朱雀街一个黑暗的街角我拧住他的胳膊把他的脸摁在墙上。他张着嘴巴像鱼一样艰难地喘气，边喘边叫我爷爷。我说你们几个人？他说三个。我说好，连夜从朱雀街上给我消失。

鱼小于

我的右脚马靴里插着一把刀，它贴着我的脚踝，让我不能自如活动那只脚，我很想把它从马靴里抽出来，让它完成我赋予它的使命，让我的脚自由。这个冬天我总是穿着马靴，这让我感到累极了，我不喜欢穿这种森严的东西，而且它总让我想到兰兰红红这些鸡，在朱雀街上这些鸡们都穿马靴。

张野对我说，小于，我爱你，我们结婚吧。

他把一个漂亮的金丝绒盒子打开，把一枚钻石戒指亮给我看。戒指很美，美得像梦。他拿起我的手，要给我套上，我缩回去，他说，为什么？

我说，我不爱你。

他说，可是你为什么三十岁了还不结婚？

我说，我爱不起来了。

他流下泪来，这个男人竟然流了泪，他哽咽着说，小于，我对不起你。他的泪啪啪地朝下掉，掉到我的腿上，把我的裤子洇湿了一片。

他只说他对不起我，我们都不提很多年前文化宫小树林里发生的事情，但它像鱼刺一样插在我们的心上。我梦想过这样的一枚戒指吗？它跟我梦里的样子怎么能如此相像？这个晚上我很悲伤，因为我发现我还爱着张野，但我却爱不起来了。我对张野说，我们喝点酒吧。在喝酒的过程中我一直在傻笑，我咯咯咯地笑着，止也止不住，笑出了眼泪花儿。张野醉了，他把张匆匆叫出来，指着我说，叫妈。我说，不许叫。张匆匆说，你们两人先协商好了再来叫我吧。说完她就扭着小身子回去了。

半夜的时候我在街上打了辆车，司机问我到哪里去，我说文化宫。我穿着黑色马靴在文化宫下了车，文化宫附近像坟墓一样静。我在广场边上坐了一会儿，看到一个男人缩着膀子朝我走过来，他走过来后打量了我一会儿，凑到我跟前问，多少钱？我说，什么多少钱？他说，别装了，多少钱，二十干不干？我说，三十，他咬了一下嘴唇，说，二十五，我说，行，他说，你住在哪？我说，到小树林去。

在小树林里我找到一棵树，这棵树长得很粗了，很多年了我都没有来过这片小树林，现在它长得很粗很高了，我居然还认得它，这可真是奇妙。我醉得不轻，手脚不听使唤，我说你帮我脱，他动手开始脱我的裤子，脱到马靴那里时他停下来，找到我的左脚马靴拉链，哧地拉开，弄掉它，然后弄掉左腿裤子，不再管另一条腿，开始拉自己的拉链，他只把自己的东西掏出来，裤子不脱，就压在我身上。他的举动让我兴奋，怎么这么像张野呢，当初他也这样慌张，几分钟就把我做了，然后拉上拉链跑了。

在他拉自己的裤子拉链准备跑时我伸出手拉住他一条腿，我说给我钱，二十五，他说醉成这样还记得钱？说完他就使劲挣他的腿，我坐起来，从右腿马靴里唰地抽出刀，朝他腿上扎了一下，他嗷地叫了一声跌到地上，我又朝他的胸扎了一下。

我终于轻松了，这件事情做完让我觉得很高兴，我很想告诉谁我杀死了张野，但是告诉谁呢？我想起了罗宾，他陪过我一夜，还陪我喝过咖啡，在这个城市里我生活了三十年，但是从没有一个男人在我的卧房里陪过我一夜，还陪我在夜总会里喝咖啡，我们认识的时间很短，只有一个冬天，但是他是我此刻最认可的朋友。我给他打电话，我说我终于杀死张野了，他说张野是谁，是那个你爱着又恨着的人吧，你在哪里？我说，我在文化宫的小树林里。

于香香

我一点都不了解鱼小于。这个冬天她每天下午都出门，我不知道她出去干什么，有时候我看到一个男人送她回家，或接她出去。我想她可能要恋爱了，我希望她恋爱，恋爱了的女人会露出她最美好的品质，她会很宽容，不再想杀我。

但是我错了，她没有恋爱。她从警察那里回来以后，居然不认那个开丰田佳美接送她的人了，她说你是谁啊，我们以前认识过吗？开丰田佳美接送她的人说，我是张野啊，鱼小于说，张野那孙子让我杀死在文化宫小树林里了，张野说，那是你的幻觉，死的人不是我，是个东北流窜犯，我没死，我活着，等着娶你呢，鱼小于说，狗屁。说完她就很冷淡地回到自己房间，打开电脑，噼里啪啦地打字。她被警察检查了阴道，她阴道里留着死者的精液，因此她杀死那个人算是正当防卫。而且死者被查出有案底，东北警方通缉了一年，没有抓住他。

我的鱼小于就这样很平安地回了家。只是我不明白那晚她为什么要到文化宫的小树林里，现在是冬天，文化宫那里一到晚上很冷清，尤其是小树林，连只鸟叫都听不到。她究竟去那里干什么呢，从鱼江洋死后她就没跟我说过任何心事，我不知道她心里装着什么秘密。

这个晚上藤井很晚也没有回家，我不知道他去了哪里，我给他打电话，他很焦躁，说他在拉面馆旁边的建筑工地里。我穿上衣服赶到建筑工地，在一间很破败的房子里找到了他，他问有没有人跟踪我，我说我没注意，他像感冒了一样流着鼻涕，脸色蜡黄，眼神涣散，他说香香我顶不住了，求求你，想办法给我弄点粉，我找不到绿鸟夜总会那个小混混了。

我以为我没有听清他的话，我让他重复一遍，他就重复了一遍，他说得很快，像风掠过没有玻璃的窗户。他像打摆子一样发抖，我上去抱着他，试图温暖他，可他还是抖。我不知道怎么办，我说我们回家，他说不，我说为什么，他说一回到家我就觉得有双眼睛无处不在地盯着我，我说要不我带你去兰兰家。我搀扶着他，到兰兰家去。兰兰脖子的伤已经好了，她让藤井躺到她的床上，藤井开始撕咬她的床单，我把床单抽出来，拿剪刀剪开，把藤井的手脚捆到床上，又用一块床单塞住他的嘴，以防他咬自己的舌头。藤井无望地翻腾，像条失去空气的鱼。我的泪像小河一样流淌下来。

半夜时分，我开车到开发区，去找一个认识卖粉人的朋友。两点我回到兰兰家，带着能让藤井安静下来的东西。五分钟后，街上没有任何声响，兰兰租屋的院子里突然出现了很多警察，他们带走了刚刚安静下来的藤井，还有针管和我。

兰兰

是的是我打电话报了警。在警察局里我的老板于香香很仇恨地看着我，我说你不要这样看着我，你仇恨我，我又该去仇恨谁？

当我来到香香美发厅想当一名理发师的时候，我没有想到几年后我没有当成理发师，却当了一个婊子。于香香她没有逼我，也没有在我的水里下药，她对我的堕落似乎没有任何责任要负，但是我看着红红她们大把大把地从胸罩和内裤里朝外掏钱，我就没有办法不像她们一样，也当一名婊子。于香香是我的远房姑姑，她亲眼看着我成为一名婊子，她很高兴，她认为她培养了我，至少她提供了让我成为一名婊子的土壤。

我离开了治安大队，不知道应该朝哪里去。在朱雀街上我给那个警察打电话，我说你能出来陪陪我吗，天快亮了。他说，对不起，不能。

他的语气很温婉，却拒人千里。我说，我把于香香和藤井告了，他说，我已经知道了。

我很寒冷，这个世界总也没有让我感到温暖的人和事情。只有这个警察让我感到了一丝丝温暖，但这温暖根本不属于我，我们的世界是两个世界。我只能在他的温暖旁边擦身而过。这个世界上，什么人和什么人之间的关系最终不是擦身而过呢？

我关了手机，走到香香美发厅门口，拿出钥匙来打开门，又打开灯，粉色的灯。美发厅里静悄悄的，我点上炉子，开始给自己化妆。我一边化一边哭，妆总是被弄乱。我为什么要是一个婊子呢，如果我不是一个婊子，说不定这个男人就会答应陪我说说话，我们会像很多男女那样，肩并着肩在街上走。可那种场景只能是我的想象，快过春节了，我很怕这个节日的到来，每到这个节日我都无处可去，我的父母，一对老实巴交的农民，一边极目远眺邮递员送去我给他们的汇款单，一边害怕我回家。村里有人回去说，老姚闺女在城里做鸡，我的老父亲老姚就很害怕我回去了，我只要一回去，他就坐在院子里唉声叹气地抽烟，他还拿棍子赶鸡，拿脚踹狗。所以我害怕春节的来临，春节到时，满大街都是焰火，我去什么地方呢？

我终于化好了妆，像往常那样坐在玻璃门里，脸朝着大街，半个小时以后一个男人走了过来，我朝着他叉开大腿，他就推门走了进来。我把他带到里屋，给他把衣服裤子脱了，他急吼吼地要做，我说我先去喝点水。我来到外屋，第二次给治安大队打电话，说香香美发厅有人卖淫，你们快来吧。我想，我还是到政府开的局子里过春节吧，这样我就不用看满大街不属于我的焰火了。

罗宾

这不是我所希望的结局。

藤井在警察局里对他们说，他想见一个人，他们问他那个人是谁，他说罗宾。见到我之后他对我说，兄弟你赢了。

可我觉得我没赢。这个冬天里我什么事情也没有做，我只是猫在一栋楼的顶层，用望远镜和无线接收器盯这个男人，盯了整个冬天，依然没有找到关于他杀人的任何证据。我几乎是机械地在跟时间叫劲，毫无章法毫无目标地叫劲，我不知道这场叫劲的尽头会在哪里，也许这个名叫藤井的男人最终会因为过度摄入毒品而猝死，也许他会在我眼皮子底下再次玩一场人间蒸发，跑到美国或其他星球去，让我再次陷入无望的等待，也许我会跟他永远在这个城市耗下去，耗到他死，或是我死。

但是这些结局都在想象之外。事实是，一个名叫兰兰的操皮肉生涯的洗头女终止了这场游戏，对我来说就像一场战斗戛然而止。这个世界每天都在上演着一些让人始料不及的变故，这让我万分怅惘。在我准备打道回府的前夜，我很留恋地坐在客厅里通过无线接收器看了看于香香的卧室，又到储藏室用望远镜看了看鱼小于的卧室。鱼小于坐在电脑前打字，她到客厅拿了一回苹果，就着纸篓削苹果，削完之后却没有再转水果刀。我很想再欣赏一下她娴熟的玩刀技巧，她却把它放在了果盘里，再也没有看上一眼。

这个时候我的女朋友小耳打来电话，她问我说，罗宾，想我了没？我看着鱼小于回答她，想。